大家小书

楚辞讲座

汤炳正 著
汤序波 汤文瑞 整理

北京出版集团公司
北京出版社

图书在版编目（CIP）数据

楚辞讲座／汤炳正著；汤序波，汤文瑞整理. —北京：北京出版社，2017.8
（大家小书）
ISBN 978-7-200-12853-6

Ⅰ. ①楚… Ⅱ. ①汤… ②汤… ③汤… Ⅲ. ①楚辞研究 Ⅳ. ①I207.223

中国版本图书馆CIP数据核字(2017)第039319号

总策划：安　东　高立志　　责任编辑：王忠波　孔伊南

·大家小书·

楚辞讲座

CHUCI JIANGZUO

汤炳正　著　汤序波　汤文瑞　整理

*

北京出版集团公司
北京出版社　出版
（北京北三环中路6号　邮政编码：100120）
网　址：www.bph.com.cn
北京出版集团公司总发行
新华书店经销
北京华联印刷有限公司印刷

*

880毫米×1230毫米　32开本　9.625印张　163千字
2017年8月第1版　2018年5月第2次印刷
ISBN 978-7-200-12853-6
定价：39.00元
如有印装质量问题，由本社负责调换
质量监督电话：010-58572393

序　　言

袁行霈

“大家小书”，是一个很俏皮的名称。此所谓“大家”，包括两方面的含义：一、书的作者是大家；二、书是写给大家看的，是大家的读物。所谓“小书”者，只是就其篇幅而言，篇幅显得小一些罢了。若论学术性则不但不轻，有些倒是相当重。其实，篇幅大小也是相对的，一部书十万字，在今天的印刷条件下，似乎算小书，若在老子、孔子的时代，又何尝就小呢?

编辑这套丛书，有一个用意就是节省读者的时间，让读者在较短的时间内获得较多的知识。在信息爆炸的时代，人们要学的东西太多了。补习，遂成为经常的需要。如果不善于补习，东抓一把，西抓一把，今天补这，明天补那，效果未必很好。如果把读书当成吃补药，还会失去读书时应有的那份从容和快乐。这套丛书每本的篇幅都小，读者即使细细地阅读慢慢地体味，也花不了多少时间，可以充分享受读书的乐趣。如果把它们当成补药来吃也行，剂量小，吃起来方便，消化起来也容易。

我们还有一个用意，就是想做一点文化积累的工作。把那些经过时间考验的、读者认同的著作，搜集到一起印刷出版，使之不至于泯没。有些书曾经畅销一时，但现在已经不容易得到；有些书当时或许没有引起很多人注意，但时间证明它们价值不菲。这两类书都需要挖掘出来，让它们重现光芒。科技类的图书偏重实用，一过时就不会有太多读者了，除了研究科技史的人还要用到之外。人文科学则不然，有许多书是常读常新的。然而，这套丛书也不都是旧书的重版，我们也想请一些著名的学者新写一些学术性和普及性兼备的小书，以满足读者日益增长的需求。

“大家小书”的开本不大，读者可以揣进衣兜里，随时随地掏出来读上几页。在路边等人的时候，在排队买戏票的时候，在车上、在公园里，都可以读。这样的读者多了，会为社会增添一些文化的色彩和学习的气氛，岂不是一件好事吗？

“大家小书”出版在即，出版社同志命我撰序说明原委。既然这套丛书标示书之小，序言当然也应以短小为宜。该说的都说了，就此搁笔吧。

入门与提升之上选

——《楚辞讲座》说略

力 之

汤景麟先生炳正教授《楚辞讲座》一书，由先生哲孙序波君据先生生前讲稿悉心整理而成，今名“丛刊”——“大家小书”收入是书，是为着进一步满足广大读者关心《楚辞》、了解《楚辞》，尤其是提升研究《楚辞》能力之需要。这说明，是书具有长久的生命力，当然也说明北京出版社的编辑先生之有眼光。兹遵序波君嘱，谨以于“渊研楼”内外受教一得奉附先生大著末，敬抒多年私淑无限景仰之忱。

一、略说先生之“学”

先生一生所涉甚博，然主要成就则在“楚辞学”与“小学”两方面；出版过《屈赋新探》《楚辞类稿》《语言之起源》等十分重要的学术著作。就《屈赋新探》言，著名学者郭在贻先生说：

综观是书，在材料和方法的运用上以及所取得的成就上，都无愧为楚辞研究中一座新的里程碑。就材料而言：自从近代罗（振玉）、王（国维）提出“二重证据法”后，学者类能以地下出土资料研治史学，而用之于文学研究并取得重大创获者，则并不多覯。……就方法而论：本书一方面继承了清代乾嘉考据学派实事求是、无征不信的朴学家法，在具体问题的考证中熟练地运用了古音学、训诂学的方法和知识；同时，又运用了综合研究法，注意到不同学科的互相渗透，书中很多地方涉及历史地理学、神话学、民俗学、语言学、美学，把这许多学科沟通起来，对楚辞进行综合研究。这也是前贤和时人很少能做到的。既然材料和方法都有重大的突破，则本书能在楚辞研究上开辟一个新纪元，从而取得超轶前人的新成就，便不奇怪了。（《郭在贻文集》第三卷，中华书局2002年，第565—566页。）

这是至为恰当的。近人傅斯年先生说：“后人想在前人工作上增高：第一，要能得到并且能利用的人不曾见或不曾用的材料；第二，要比前人有更细密、更确切的分辨力。”（《中国古代文学史讲义·史料论略》）这无论是前者还是后者，先生之研究均为典范。不仅如此，先生“小学”造诣之高，同样难以企及，《语言之起源》一书即为明证。其中的如成稿于1944年的《〈说文〉歧读考源》、发表于1949年的《语言起源之商榷》两文所体现的先生之识，实远高出于时辈。简言之，两文于语言起源、文字与语言之关系这两大语言学方面的重大问题的研究所做贡献之大，难以估量。这同样充分体现着先生“力求于小中见大，于果中求因，于现象中探规律”的学术追求；同样充分体现着先生“对种种学术问题，决不满足于知其当然，而更要追求其所以然”的“‘追根究底’的治学态度”（《自述治学之甘苦》）；同样充分体现着先生“乐于‘碰硬’”的“学术个性”（《我与〈楚辞〉》）；同样充分体现着先生研究方法之“‘微观’‘宏观’，交相为用”（《〈屈赋新探〉后记》），而“在确可靠的事实面前”，“从未忘却以理论性的剖析为归宿”（《我与〈楚辞〉》）之得；等等。

大略了解先生治学之特色与其相关研究成果的情况，无疑是有助于我们了解这本“小书”之用途与价值的。下面，再说说是书。

二、关于《楚辞讲座》

是书除了“开场白”外，共有十三讲。而有关《楚辞》主要的基本知识，均在此中。就这一层面言，先生讲“《楚辞》研究的代表性著作”“屈原的作品”“《楚辞》成书的过程与版本概况”“《楚辞》研究史述略及今后研究的展望”等等，或别具慧眼而不同凡响；或俯瞰《楚辞》研究之全貌而勒其演变之轨迹极晰。然若止乎此，仍尚难给读者以有力之“提升”。是书之出彩处，更多的乃在于着重讲屈原研究与《楚辞》研究中的老大难问题。于此，先生不仅“授人以鱼”，更是着力“授人以渔”—— 尽将金针度与人。下面，仅以其“开场白”和新增的第四讲、作为“群”代表的第五讲与重在发掘文献内在证据的第十讲为例以略说之——其实，是书可谓讲讲精彩，尤其是第十二讲，更是“重头戏”。

（一）关于“开场白”

此乃高屋建瓴者也。在这里，先生首先说明其“讲授”的方式如何与着重讲什么；然后再依次讲关于“端正学风”“学习与思考”“博览与专攻”“继承与创新”“个别与整体”“科学研究中的道德”等六个方面的问题。

关于“端正学风的问题” 先生主张将“实事求是、严谨刻苦的学风，跟解放思想、勇于探索的学风高度结合起来”。这至为重要。先生之论著所以那样渊渊入微而戛戛独造，于斯亦可窥其大略。就前者言，先生以文献学大家余嘉锡先生撰《四库提要辨证》等为例，说明成功的学术著作需下苦功夫的道理；又以乃师太炎先生异常之“发奋刻苦”与法国物理学家贝克勒尔之有“科学准备”为例，分别说明“天才是从勤奋中产生出来的”与“机会只是偏爱那种有准备的头脑”的情形。不仅如此，先生还以自己的研究为例，说明“我”是何以能得到“崭新的结论”的。同时，先生还讲述如何确定“研究方向”与确定后应怎么做——如何进行“自我设计”。就后者言，先生强调的是：搞科学研究，要去“发现规律”；在探索的过程中，“想象力”之重要。同时，还讲了如何对待“权威”，等等。至于如何奏1+1>2之效，我们自然得细细琢磨，然先生在书中已揭其“秘”矣。

关于“学与思”　先生强调“在学习的基础上更善于思考”与要“发挥巨大的思考力”。并举戴震读私塾时敢对塾师讲《大学》所引朱熹说提出疑问为例，说明其“后来能成为一代朴学大师，与他从小善于学习、更善于思考是分不开的”。其实，先生自从“就学章门”后，其于学问，境界之高正若是。不仅如此，其同样以此引导后学：“读书不能马马虎虎……遇到问题，就要追根究底……问题提的深度与高度如何，决定了你研究成果的大小。”笔者读此，倍感亲切有味——典范即在眼前。

关于“博览与专攻” 先生主张“在‘博’的基础上走向‘约’，又在‘约’的过程中不断地扩大‘博’的范围”。他说：“就拿《楚辞》研究来说，语言学、文字学、声韵学、训诂学、民族学、民俗学、宗教学、神话学、历史学等方面的书，都应该读，要力求广博一些。古人有‘不通群经，即不能精一经’说。但是不能杂乱无章，漫无目的。”先生之学术研究，每多发前贤时彦之所未发者，与其学术视野之广而挖掘之深不无关系。

关于“继承与创新” 先生强调“在继承的基础上创新”而“新”要以“真”为落脚点。他说：“我们不能只喝真理长河中现成的水，不能炒现成饭吃，一定要在继承的基础上创新。”可见，作为学者，先生之杰异，不仅仅缘于其学术之深度本身。

关于“个别与整体的问题” 此即“小”“大”之辩证关系。于此，先生强调“做学问，一定要从大处着眼，从小处着手”，并对何为“大处”“小处”，做了很好的说明。先生《屈赋新探》一书所以“无愧为楚辞研究中一座新的里程碑”，其研究之方法给力不小。同样，这启我们之思智者亦巨。

“关于科学研究中的道德问题” 此节所讲，主要是学术争鸣应持的态度、著文时必守的学术道德与投稿时何为“要不得”诸问题。

以上这些方面的问题，对年青学子而言，均是“前提性”。“学慎始习”，此之谓也，然又非其所能“域”。

（二）关于《从屈赋看古代神话演化的语言因素》

先生《从屈赋看古代神话的演化》一文之“入手处”甚小，然其无论是对“楚辞学”，还是对古代之神话研究均涉及重大的理论问题而突破之，可谓“小”“大”之别殊巨。而在本讲中，先生主要的是借此告诉年青学子具体的研究方法及要注意的问题。于此，先生先讲运用“归纳法”与“演绎法”的问题；次讲其总结出的“古代神话演变的规律之一，即往往由语言演变而来的”，从而破解了屈原作品中的某些一直悬而未决的神话何以如此之“谜”。然后，再用几个典型的例子，分三部分具体地讲其“解决这方面问题的方法”。不仅如此，每部分的最后，先生均讲了自己的“感受”。如第一部分的“资料的积累要有个中心。当然，中心有大范围，也有小范围，视具体情况而定。而围绕这个中心去积累，到了一定时候就会得出结论，甚至是崭新的结论。所谓中心，按我的体会就是关键问题。我们读书治学，一定要有问题意识，要着力弄清楚影响‘这一’研究的因素有哪些”。总之，就先生撰文时之“挖掘”言，可谓渊乎其渊；而这里所讲，则浅而出之。这对年青学子言，极切实际，故尤为可贵。

（三）关于《〈史记·屈原列传〉的问题》

第五至第九讲所讲的，主要是屈原生平事迹中的老大难问题与解决这些问题之方法。就整个20世纪而言，对这些问题研究之成就最高者，当推先生。同时，先生又是西学东渐以还，最为注重研究方法的学者之一。以本讲为例，我们知道，先生《〈屈原列传〉理惑》一文，乃现代“楚辞学”史上最出色、最重要的论文之一。这不仅在成果之价值本身，其研究方法之给力亦殊足。先生这里所讲的主要就是自己“怎样处理《屈原列传》中的问题”。他说：“做学问首先要提出问题。提出问题有两种情况，一种情况是千百年来对某一个问题没有人提出质问，现在你把它提出来，并加以解决；第二种情况是千百年来大家都认为是个问题，但没有得到解决，或解决得不好，现在你提出新的解决的办法”；“关于提出问题，从某种意义上来说就是揭示矛盾。……矛盾揭示得越充分，问题才可能解决得越彻底。……因此，我在研究《屈原列传》时就尽可能地将它存在的问题全部揭示出来”。接着，先生依次讲如何“提出前人的结论”“善于抓住矛盾”的重要、学术界对于《屈原列传》存在的种种矛盾有怎样不同的“两种态度”、自己又是如何解决这种种问题的，等等。在此基础上，先生告诉我们做学问应注意这样两个问题：一是“立论要言必有据，切忌孤证”；二是“注意从小处着手，大处着眼。……既要抓住一个又一个具体的问题，又要站高一点，力求新的突破”。同时，还提醒我们做科研论文时应注意以下两点：“一是论据与推理应该相结合”；二是“一定要尊重前人的结论，但又不能重复前人的结论”。……

先生在《〈国故论衡〉讲疏·引言》中曾说：“我向来主张把某些有名的学术论文拆散来研究、分析。即把已经绣成的鸳鸯一针一线地拆开来看。这样就会看出很多窍门、方法。”看这一讲，仿如看到一位绣鸳鸯的一等一高手，其是如何将自己精心绣成的鸳鸯边拆边告诉观者，这鸳鸯是如何绣成的。换言之，此指示的乃“提升之路”，乃“登堂入室之门径”。

（四）关于《屈原的政治理想》

日本著名汉学家吉川幸次郎（1904—1980）说过：

发掘文献内在的证据，比什么都强。……但是，真的具有能力去实践这种考证学的人，我所接触到的无疑都是了不起的学者。与黄侃见面时，我就想：只有这样的人才能做这样的考证学。（《我的留学记》，光明日报出版社1999年，第79页。）

其实，若能穿越时空，吉川氏与汤先生“见面”，恐亦会如是说。日本“楚辞学”大家竹治贞夫（1919—1997）先生就说过：“先生的论考，篇篇使人解颐，我想这是楚辞研究上闻一多先生以后的最高成就，对学者裨益绝大。”（《学术与友谊》，《文史哲》1995.4）而目力所及，论“屈原的政治理想”者，当以先生此文之“发明”最多。先生说：“屈原虽然没有留下‘宪令’，却留下了《离骚》《九章》等伟大诗篇。我们完全可以从这些诗篇出发，结合先秦诸子的论述，去探讨其‘宪令’的基本内容，大致勾勒出它的轮廓。”简言之，先生这里所示的“勾勒”之法，同样甚有助于我们之“提升”。

综上所述，先生所“度人”者，以其应用之成功范例，故切于治学之实际。而是书既然不只是讲有关的基本知识，更重要的是告诉我们解决这一研究领域中的一系列老大难问题之方法，则其为“楚辞学”入门与提升之上选，决矣！我想，读先生的书，细寻其治学之途径，对于未来一代进入“楚辞学”的“堂奥”，当是有所裨益的。不仅如此，由于这些方法有着广泛之普适性，故就“提升”言，其又非楚辞一“学”所得而限之。

2016年11月14日

目 录

开场白　治学与学风

我这次给同学们讲《楚辞》，有这样一个考虑，就是先讲一讲屈原的情况，再讲一讲《楚辞》的情况，最后讲一讲从古以至于当代《楚辞》研究的情况。跟以前我讲授《楚辞》，无论从体系来看，还是从内容来看，都有很大的不同。当然也有共同的地方，绝不可能完全不同。

我的讲授是概论式的。但是，在概论式的讲授之中，我准备注意这样一个问题，就是对于屈原的研究、对于《楚辞》的研究中比较重大一些的问题，前人争论得比较多的问题，现在还没有解决，或者是解决得不好的问题，我就着重地讲一讲，强调一下。关于我自己个人的研究情况，几十年来也有一些心得体会，有一些探索性的结论。但这次讲授，我不准备去发挥

* 本书脚注皆系整理者（汤序波）所加。——编者注

它。如果讲授需要的话，我也只是略略地提出来加以说明或介绍；如果将来有机会的话，我可以专门讲一讲自己的收获和从事科学研究的甘苦。

我一贯地有个想法，即讲课必须有逻辑性，才能增强说服力。但是我年龄大了，身体又不太好，话说多了就感到头晕。所以这次讲授，也只能是漫谈式的、“摆龙门阵”式的。

在这一讲中，我想先讲一讲治学与学风方面的问题。这些问题，也与《楚辞》研究有着密切的关系，所以我打算先给同学们谈一谈。

我们知道，古今中外，凡是在学术研究上有成就的学者，他们治学都有各自不同的风格和特点，但是总括起来，是有共同性的。同学们将来书读多了，是能够发现这一点的。因此，我主要谈一谈这些共同性的东西，这对大家今后治学是会有启发和帮助的。

第一，是端正学风的问题。

我的想法是，我们应该提倡实事求是、严谨刻苦的学风，跟解放思想、勇于探索的学风高度结合起来，才能在学术研究上有所收获、有所创造。

学术研究是带有高度创造性的脑力劳动，又是极其艰苦的脑力劳动；所以，我们首先要踏踏实实地学习，认认真真地读书（不要朝三暮四、心有旁骛）。一个人在学术上要有所突破，往往要花极大的心血，少则三五年，多则十几年、几十年，有的甚至是一辈子，才可能在他所研究的领域内有所突破、有所创新（天道酬勤）。同学们可能知道，余嘉锡先生的《四库提要辨证》，用了几乎一辈子的功夫。他小时候读书，觉得《四库全书总目》这部书对他有很大的帮助；但是他同时也发现，这部书存在着许多问题。于是他下决心，研究这部书。他花了几乎毕生的功夫，下了很大力气，写出了《四库提要辨证》这部有很高学术价值的著作。这部书1958年由科学出版社出版过，1980年又由中华书局出版了标点重排本，同学们可以读一读。

这样的例子还很多，并不是个别的和特殊的现象。德国大文学家歌德写《浮士德》，边写边改，花了六十年时间，直到他去世前才定下来。俄国大文学家列夫·托尔斯泰的名著《安娜·卡列琳娜》，修改了十二遍之多。可见，无论是比较成功的学术著作，还是比较成功的文学作品，不下点踏踏实实的苦功夫是不行的。所以我们应该提倡下苦功夫读书、下苦功夫钻研学问的精神（一个学者应不为利所惑、不为欲所动，耐得住寂寞、忍得住艰辛）。

在学习和钻研的过程中，渐渐地确立了一定的方向。当你的研究工作决定了方向，就应该全力以赴（将军赶路不追小兔），用毕生的精力去学习和探索[①]。在方向还没有决定以前，应该慎重，不要轻率地决定；而在方向决定之后，就要坚持，不能够见异思迁，或者知难而退。问题不在于你绝对不能更改，而在于应该慎重考虑。如果见异思迁，追求“浪头”，追求时髦，其结果必然是一事无成。

那么，一个人的研究方向如何决定呢？我是这样考虑的：应该首先看一看个人的兴趣所在，或者是性情所近，或者是基础专长[②]。在西方的科学家中有这样的一句话：要根据自己的才能选择研究方向。这话很有道理。人才学也强调要根据自己各方面的情况进行“自我设计”，就是这个意思。

我所说的三个方面，即个人兴趣、性情、才能，以及基础都要考虑，不要偏于一个方面。现在学术界，有的人考虑钻研方向时，首先想到的是什么“热门”“冷门”问题。大家都在搞，好，我也去凑个热闹；别人不搞，我搞了则独树一帜。这种现象是很不好的。我认为在选择研究方向时，不要过分地想到什么“热门”“冷门”问题。拿文学史来说，对于各个时代的重要作家，或者是对于文学史上带有关键性问题的现象，

① 汤炳正很欣赏陈省身“一生只做一件事”的专一精神。

② 汤炳正曾在给王利器的信中说：“做学问，趋热门固然不对，寻冷门也未必是，而当以情之所钟，性之所近，人类之所需为准。”

就是应该花大的气力去考虑、探索和研究，以期发现新的问题，得出新的结论，从而在前人研究成果的基础上提高一步，对学术研究增添一些新的东西。而不要过多地顾及什么“冷门”“热门”问题。

前面我讲到兴趣。我要指出的是，兴趣这个东西是可以在读书学习的过程中逐步培养的。你在没有钻进去之前，对什么东西都是没有兴趣的。而当你真正钻进去之后，你就会感到兴趣无穷，乐趣无限[①]。而别人则未必有你那样的心情。科研有时真像陆游诗歌所说的那样：“山重水复疑无路，柳暗花明又一村。”当你感到钻不通的时候，真有点无路可走；而当你通过苦苦探索，获得了新的认识，有了新的结论，则“柳暗花明又一村”，真是其乐无穷。而你对所进行的研究课题的兴趣，也就更大了。

关于刻苦钻研，大家是知道古今中外不少实例的。归结起来说，就是：天才是从勤奋之中形成的，灵机是从钻研之中出现的，机会只是偏爱那种有准备的头脑。人们往往在某某人有了发现、有了成就时称之为“天才”，但不知道其人埋头科

① 汤炳正曾在给我的一封信中说：“兴趣的产生，必须是对某一学科深入钻研，并且钻了进去。如果只是走马观花，或被迫学习，那就不会有什么兴趣。”

研，含辛茹苦，付出了多大的心血；人们往往爱说某某人的发现是“灵机一动”，但不知道其人刻苦钻研，所谓面壁十年，偶尔得之；人们往往埋怨自己没有遇到那个“机会”，但不知道当你学术准备不够时，什么样的机会也不会来找你。

总之，做学问、搞科研是一个艰苦的过程，是一个勤奋的过程，休想不劳而获，或者侥幸取胜[①]。我们都知道，太炎先生是晚清以来的国学大师，他天资聪慧，这一点大家都承认；但他发奋刻苦，则未必人所共知。我曾听章师母讲过，太炎先生在日本时，连下班的路上都在考虑学问上的问题。他下班回家，有好多次是钻进别人的宿舍去了。人家认为是客人来了，和他打招呼，他才恍然大悟。有人说太炎先生奔走革命，又有那么大的学问，真是一位了不起的“天才”。殊不知太炎先生连走路都在考虑学问，这是何等的勤奋和刻苦！我还听章师母讲过，太炎先生常常深夜突然披衣起床，拉开电灯，到书架前去翻书。原来他并没有酣睡，还在考虑学问。有一回，他在半睡半醒的状态中，大骂注《左传》的杜预。这些事都可以看出一个学者毕生是怎样地勤奋和刻苦的。读书学习、钻研学问已成了他生活中不可或缺的组成部分。所谓“食不甘味，夜不能寐”，达到了忘我的地步。

---

① 汤炳正曾说：“读书做学问是没有任何捷径可走的。”

所以我说：天才是从勤奋中产生出来的。而另一方面，即使是一个天才，如果不勤奋，也会变成庸才，最后一无所成。这样的例子很多，在我过去的同学中就有这样的人。

我前面谈了“机会只是偏爱那种有准备的头脑”，这也是有不少例证的。发现辐射现象的法国物理学家贝可勒尔，1903年与居里夫妇一同得了荣誉极高的诺贝尔物理学奖。据说在贝克勒尔之前，有的实验员发现铀包在感光纸里感了光。实验员得出的结论是这两种东西不能放在一起，而贝可勒尔却进一步发现了铀的自发放射性元素，在科学研究中有了新的收获和突破（科学界以其名字“贝可”，作为辐射度量的活性单位）。这说明，机会是以踏踏实实做学问为前提的。为什么那位实验员不能提出和解决这个问题呢？因为他压根儿就没有这方面的科学准备，所以对感光那样重要的现象也放过去了，失去了一个大好的机会。

我个人在研究《楚辞》的过程中，也有不少机会。我们知道，《楚辞》研究已有两千年的历史了。先秦的资料一共就那么一堆，摆在那里。有的问题别人没有发现，而我却发现了，并得出了新的结论。例如《江汉考古》1981年第一期上刊载了一篇文章，作者郭德维根据曾侯乙墓中出土的文物，对闻一多同志所说的《天问》里的“顾菟在腹”中的“顾菟”是“癞蛤蟆”的看法提出了异议，认为“顾菟”就是兔子。而我则根据各种资料，证明了“顾菟”实质上是“老虎”。这个结论是从来没有人提及过的，而这又进一步证明了我原来提出的“神话往往以语言因素为媒介而逐步演化”的观点。我之所以能得出这个崭新的结论，是因为我成天都在思考这些问题，现在看到新出土文物的拓片①，心有灵犀一点通，就碰上这个机会了②。

以上主要谈的端正学风的第一个方面的问题，即我们要提倡实事求是、严谨刻苦的学风。第二个方面的问题是解放思想、勇于探索和创新。

搞科学研究，无论是自然科学，还是社会科学，都要求去发现规律。例如我们研究的中国古代文学，就要求研究复杂的文学现象，总结文学发展的规律，用以指导社会主义文学的创作实践。但是，就每一学科本身来说，要解决这些问题则是十分艰难的；加之有时还有外来压力，讥笑，甚至于诽谤、迫害，工作起来就更难了。在过去时代，不少科学家在政治上受迫害，学术上也不被承认。外国的哥白尼就遭到了这样的厄

① 即曾侯乙墓箱盖上“近虎而似兔”的兽形图像。汤炳正认为它保存了“由兔变虎的过渡形象”。

② 何新先生认为汤炳正释“顾菟”为“於菟”，即老虎，“极为正确”；龚维英先生认为汤说“实乃卓识”；而钟仕伦先生则认为汤“考证确凿”。

命；还有达尔文，也是一样。此外，例如布鲁诺被烧死、伽利略被判终生监禁、马丁·路德·金被暗杀。在我国“文化大革命”期间，许多自然科学家和社会科学家，都遭到了非人的待遇和迫害[①]，最轻松的也要把你的论点提出来在斗争会上批判一通；不懂也要装懂。要想从事科研工作，根本是不可能的。今天当然时代不同了，但是，学科本身的困难总还是存在的，外部世界的压力也不同程度地存在着，因此，我们仍然要提倡勇于进取、勇于探索的精神。

当然，我们所说的勇于探索，是基于踏踏实实地做学问，而不是草率行事，追奇尚怪，更不是哗众取宠。

在探索的过程中，想象力是很重要的。如果我们说文学创作需要想象力，人们都会承认；而我们说学术研究也需要想象力，有的人就不承认。做科学研究也需要想象力吗？是的，不仅仅是社会科学，自然科学也需要想象力。爱因斯坦有这样一句话，他说：“想象力比知识更重要，因为知识是有限的，而想象力概括着世界上的一切，推动着进步，并且是知识进化的源泉。”这句话正是从探索的角度提出来的。他还有一句话说：“想象力是科学研究中的实在因素。”我们要注意“实

---

① 汤炳正就因其语言起源于“容态”与“声感”说，与当时的主流观点相左，而被大批判，甚至被打为“反革命分子”。

在”二字。爱因斯坦的话强调了想象力在科学研究中的重要性。而想象力又绝不是空虚的东西，不是毫无根据、毫无目的、毫无基础的瞎想，而是“实在”的东西，是建立在探索精神上的想象。可以这样说：没有想象力就没有探索力，就没有创新，就没有突破。

在科学研究各个领域，在某一门具体学科中，都有不少权威。有的同志认为，既然有权威在那儿站着，这门学科我最好不要去动、不要去摸。我认为这种看法是要不得的。我们应该懂得，再大的权威也不能终结该门学科，科学不会有顶点，也不应该有禁区。不能说某个权威使这门学科达到了顶点。就以《楚辞》研究为例，两千多年来出现了那么多的有名望的学者，那么多的高质量的论著。就以当代《楚辞》学界而言，闻一多同志也好，郭沫若同志也好，游国恩同志也好，姜亮夫同志也好，成就都是相当大的。但是，是不是说《楚辞》研究就已经到顶了呢？闻一多同志等就已经完满地解决了《楚辞》各个方面的问题了呢？显然不是。你如果勇于探索，勇于创新，你也一定会取得成就，甚至会超过他们，这是肯定的。因为学术总是向前发展的，关键在于勤奋钻研，勇于探索。1980年5月，胡乔木同志在中国社会科学院第一次党代会上指出：“我们永远不能满足于重复过去的答案。随着历史的前进和人类知识的前进，每个时代都要寻求和过去时代不完全相同的答案。”[1]胡乔木同志的这段话讲得很精采，希望同学们好好领会。

作为一个学术研究者，在自己研究的领域应该有自己的结论，有新的见解。美国学术界对一个学者的评价，就看他有没有自己的见解和自己的科学体系，这是唯一的标准。最近中国有不少学者到外国去参加学术会议。据他们回来介绍，会议在接受论文时，对那些只是归纳总结过去的结论，洋洋洒洒数万、数十万言的论文，一本也不要；但是如果你有创见、有突破，几百字的文章也被视为宝贝（重质量而轻数量）。拿我自己来说，我也想在《楚辞》研究中有所突破，但我感到，我的研究方法是落后的，下的是笨功夫，因此我也创造不出大的奇迹。我在不少问题上也提出了一些新的见解，但是在研究方法上没有再大的突破。我往往是看到了一些新的资料，触发了思维；或者是对旧资料提出一些新的解释。但我还没有真正做到勇于探索，胆子还不大。尽管如此，我在研究工作中对自己的要求始终是：绝不简单地重复别人的结论，一定要有自己的见解。努力探索，争取为学术事业的发展贡献一份力量。

① 胡氏的讲话全称是《中国社会科学院的根本任务：1980年5月28日在中国社会科学院第一次党代会上的报告》，后收入人民出版社1994年版《胡乔木文集》第三卷中。

以上我所谈的，是端正学风的问题。现在我谈第二个问题，即学习与思考的问题。

关于学习与思考，我国古代早有人提出了。孔子就说过："学而不思则罔，思而不学则殆。"这就是说，光学习而不进行思考，就惘惘然而无所得；光苦思冥想而不学习，就颇有些危险。看来孔子的这两句话很有点儿辩证法。孔子还说："吾尝终日不食，终夜不寝，以思，无益，不如学也。"在孔子看来，学与思的关系不是平列的，而是有轻有重的，孔子是把学习摆在第一位的。我觉得，学与思的关系是这样的，即要在勤奋学习的基础上发挥巨大的思考力，把二者紧密地结合起来。我最近在一本杂志上看到新发表的清末著名学者王国维的书信，里面有这样一句话，对我很有启发。王国维先生在信中写道：名家读书的时候，眼光力透纸背。这句话就是说，凡是在学术上有所建树的人，读书时绝不是浮光掠影，走马观花，而是独具只眼，能思考问题、发现问题。我们常说读书时要在字里行间发现问题；而名家却可以力透纸背，更深入一层。我们如果把王国维先生的话再引申一下，似乎可以说：如果我们读竹册木简，则应该"入木三分"。总之，一句话，要刻苦读书，更要善于读书，在读书学习的过程中积极思考，发挥巨大的思考力。王国维先生正是这样读书的，所以当他看到一个资料，就可以得出超乎我们意料的崭新的结论[①]。

关于学与思的关系，我强调要善于学习，善于思考，在学习的基础上更善于思考。学习，一般人理解为是被动的，而思考则主动一些。善于思考才有收获、有创见。我们应该养成善于思考的良好习惯[②]。

清代著名学者戴震是朴学大师。他十岁时才能说话。这说明他小的时候并不是“神童”。但他发奋读书，又善于思考，学问长进得很快，终于成为清代很有名的学者。他读私塾时，私塾先生讲《大学》，讲到朱熹调整了《大学》原书的许多章节，又加了许多注解、说明，使之成为一个体系。例如《大学》“大学之道”至“而其所薄者厚，未之有也”一段，朱熹注曰：“右经一章，盖孔子之言而曾子述之。其传十章，则曾子之意而门人记之也。”朱熹这样讲，没有任何根据。而私塾先生当然是依照朱熹的说法去教戴震。戴震问他的老师：孔子、曾子是什么时代的人？老师回答说：是春秋时代的人。戴震又问：朱熹又是什么时代的人？老师回答说：是南宋时的

---

① 汤炳正对“屈赋中许多千秋难解之谜”的成功破解，当也是得益于此。

② 但数年后，屈学界颇有放松扎实读书、学人或凭主观想象“定案”时，汤炳正又提出“学思并重，以学为本”的观点，即倡导把脚踏实地的学习放在首位。由于时势不同而各有所重，其纠正学风之苦衷，又隐然可见。

人。戴震说：孔子、曾子与朱熹相隔将近两千年，朱熹凭什么说曾子述孔子之言，门人又记曾子之意？他的根据是什么？戴震的提问，他的老师回答不出，就是朱熹本人还健在的话，他也回答不出。因为朱熹是无根据地推测、想象。虽然当时朱熹的说法是“钦定”的，但戴震却敢于提出疑问，敢于反对朱熹的意见。他从小就有思考问题的习惯，这很了不起。他后来能成为一代朴学大师，与他从小善于学习、更善于思考是分不开的。他对于学问，不仅仅是知其然，更重要的是知其所以然。如果不善于思考，则把朱熹的话背下来就行了。但戴震不是这样。这个故事对我们是很有启发的。在清代学术派别中，戴震是“皖派”，注重考实、创见，这跟苏州惠栋“吴派”不同[①]。

我常常给同学们讲，读书学习的时候，脑子里要多有些“句号”、“逗号”和“问号”，尤其是“问号”。读书学习是打基础，要一丝不苟。而我们谈到思考的话，则脑子里更应该多打几个“问号”。读书不能马马虎虎，要多问几个为什么。“问号”多了，将来可以成为你科研的题目。有些“问号”，你一边读书一边就可以解决；有些“问号”，多年都解决不了，比较难，但只要这些“问号”装在你脑子里，你书读

① 据我所知，汤炳正一生最佩服的前辈学者，一是戴震，一是顾炎武。而对他治学影响最大的，当首推其师太炎先生。

多了，还是能解决一些的；当然有的“问号”，你这辈子可能都解决不了，学术界其他的人也解决不了，那就留给后人去解决嘛。这有点像“哥德巴赫猜想”，到现在虽然只证明到“1+2”，但总是一步一步地接近解决。总之，我们读书学习时，脑子里总要打些“问号”。不善于打“问号”的人，不善于找课目的人，在学术研究中是不可能有多大成就的。干我们这一行的，我经常讲：在阅读作品时，脑海里要多有些“句号”“逗号”，应当一字不苟；欣赏作品时，脑海里要多有些“感叹号”，在感情上要能产生共鸣；研究作品时，脑海里要多有些“问号”，那就是要从大量的文学现象中提出问题，遇到问题，就要追根到底，多问几个为什么，否则就会被动接受，不能主动思考。问题提的深度与高度如何，决定了你研究成果的大小。问题提得愈有高度、深度，那你的科研成果就愈大。不能提出问题，就谈不到科研工作①。

我孙儿小波，在读高中一年级的时候，老师布置了一篇作

---

① 汤炳正在给我的一封信中说：“你来信说，平时看书，不善于提出问题。这确实是个重要问题。我认为能否提出问题，关键在于能否独立思考。如果一个人具有较强的独立思考能力，则在看书或看问题时，并不是被动地接受知识，而是主动地分辨是非。如他人的论点‘是’，当然应该接受；如他人的论点‘非’，则你不仅不接受，而且能提出自己的独特见解。这‘不能接受’，就是‘提出问题’；而又有自己独特见解，这就是‘解决问题’——无论自然科学，还是社会科学，都是在这样不断地提出问题、不断地解决问题的过程中，不断向前发展的。”

文，他写的题目是《我的爷爷》。文章说：“爷爷是个活字典。”我看了以后叫他把这句话删掉了。我说，我不是活字典，我认不得的字、解不到的词还多得很，怎么是活字典呢？而且，我也决不愿意当活字典。我不愿意死记硬背多少字、多少词。死记硬背的“记问之学”是不足取的。因为我更看重的是思考[①]。爱因斯坦说得好：“‘百科全书’能查到的东西，我都不记。”有一次爱因斯坦去美国，有人问他光的速度每秒钟是多少。他说：“记不得，我考虑的是问题，不是去死记硬背前人的一些结论。”当然，这话也有一定的片面性，重要的结论还是要记的，但也绝不能以记结论为唯一目的。

下面谈第三个问题，即博览与专攻的问题。

所谓“博览”，是指读很多的书；所谓“专攻”，则是指在学术上潜心钻研的方向。这实际上就是古人所说的“博”与“约”的问题。古人云“由博返约”，是说首先要大量读书，然后回到专攻的研究课题上来。我觉得，单单提“由博返约”是不够全面的。我的提法是：在“博”的基础上走向“约”，又在“约”的过程中不断地扩大“博”的范围。同学们正在打基础，但是，能否说经、史、子、集全部读完了才

① 汤炳正应我所请开列的“楚辞学”与“传统文化”的必读书目时，要求我“在读的过程中，固然要记住；但更重要的是会思考”。

叫“博”呢？这实际上是不可能的。中国古书浩如烟海，你一辈子也读不完。同学们正在努力地读书，并且在这一基础上考虑将来专攻的课题，所以，“博”绝不是泛滥无归，而是为了专攻服务的。所以我希望大家既不要放松专攻方向，又要不断地扩大博览的范围。这种读书方法，才是可取的。

清代有一位著名的学者叫章学诚，写了一本《文史通义》，很有名。其中专门有一篇《博约》，论述“博”与“约”的关系。他是很重视这个问题的，故在该书的《假年》篇亦复论之，其中有这样几句话：“宇宙名物，有切已者，虽锱铢不遗；不切己者，虽泰山不顾。”意思是说：宇宙间万事万物，与自己研究有关的东西一丝一毫也不能漏掉，而与自己研究无关的东西，可以根本不顾及。这话有些道理，但讲得太绝对了点。因为有些东西，表面上看与自己研究的对象无关，但是如果你深入钻研，细细思考，你也许会发现，这些材料会大有用处；或者这些材料现在暂时没有用，但今后对你的研究会大有用场。我们说章学诚的话有点绝对，原因就在这里。不过，他另有两句话，说得却很好：“博而不杂，约而不漏。”（《博约下》）这是值得我们好好体会的。

就拿《楚辞》研究来说，语言学、文字学、声韵学、训诂学、民族学、民俗学、宗教学、神话学、历史学等方面的书，都应该读，要力求广博一些。古人有“不通群经，即不能精一经”说。但是不能杂乱无章，漫无目的。因为你的研究有你自己的角度；对上述学科的学习，也不可能平均用力，一定要有重点。《楚辞》研究近年来涌现出了一批新生力量。有个叫萧兵的年轻人，发表了不少文章，有不少创见。他主要是从民俗学、民族学、神话学的角度去研究《楚辞》，提出了一些新的观点。虽然有些文章还有些粗糙，但创新的东西也很不少。萧兵同志研究《楚辞》的方法，对我们是有启发意义的。

外国学者对中国文学的研究，也很注意角度。日本学术界研究唐代文学，有人从宗教的角度着手，提出了一些新的见解。唐代道教盛行，佛教也很盛行。文人学士多受其影响[①]。你研究唐代文学，不注意这一重要事实能行吗？

而且，研究社会科学的人，还应该懂得一些自然科学方面的知识。我在这方面有切身的体会。如果我能更多地懂得一些天文学方面的知识，有一定的研究的话，我的那篇《历史文物的新出土与屈原生年月日的再探索》将会写得更好一些。

现在，在国际学术潮流中，大量出现了所谓的“边缘学科”。前不久，我听一位从美国参加学术会议回来的同志说，美国有一门叫“医学工程学”的新学科，将医学与工程学结合

① 如王维就享有“诗佛”之称。

起来，提出了医学研究中的一些新问题。在国外，学科是没有分得那样细的，跨学科、跨系别，这一势头还在发展，形成了不少交叉学科、边缘学科。据说中国留学生在国外学习，基础还是不错的，但是在交叉学科方面的知识就差一些。这与我国教育体制、教学课程的设置等方面存在的问题有关。而我们当研究生的，则应该自觉地意识到这一点，加强交叉学科方面知识的学习，并在科研中运用这些知识。学科越分越细，细了才能深；但知识越广越好，广了才能新。

总之，博是为了约，约时更加博。我强调的是既要“博”，又要防止泛滥无归。不要当“万金油”，不要当“百事通”。因为说穿了，“百事通”实际上是百事不通，一无所成。荀子曾说：“目不能两视而明，耳不能两听而聪。螣蛇无足而飞，梧鼠五技而穷。”我前些天曾把这句话写成条幅送给小波。告诫他在学习时，要注意处理好“博”与“约”的关系。否则，就可能成为终身读书而一无所成的失败者①。

第四个问题，是继承与创新的问题。

① 1983年2月，当谈到读书时，汤炳正曾对我说：“每个人的阅读都是有限的，读书也像人生的其他事情一样，需要取舍的智慧。”另，他曾在1988年9月给我的一封信中指出：“学习有了目的，还要讲求方法。你这些年主攻散文，总算有了目的。至于方法，首先是‘博’与‘约’的结合。一方面是博览群书，一方面是专攻散文；而在博览群书之时，一刻也不要忘记专攻散文这一最终目的。”

我的理解是，对于前人留下来的遗产，我们当然要继承，但是更应该在继承的基础上创新。我过去爱谈这样几句话：搞科研的人，搞学术的人，应该在人类认识真理的长河当中添一滴水，或者是半滴水；在学术的高峰上添一撮泥土，或者是半撮泥土。我们不能只喝真理长河中现成的水，不能炒现成饭吃，一定要在继承的基础上创新。

著名物理学家李政道博士在北京做报告时说：一个人做研究工作，一定要走自己的路。不必用太多的精力去研究别人已经做过的工作，只要了解他在干什么、他的弱点是什么就够了。要针对别人的弱点去做自己的工作，一旦有所突破，就能使这门学科向前推进一步①。李政道先生的这段话是很有体会的。

我们应该看到，继承往往是有限度的，而创新则是没有限度的。任何学科都是不断地向前发展的，因此，所谓“标新立异”，应该这样理解：如果是某人在这个学科的研究上提出了

---

① 朱光亚院士在讲到李政道治学特点时曾说：“对于自己每项研究，他都从基本的原理和假定出发，推出所有必要的公式；对于别人的工作，他则着重了解其中的未知与未能之处，并常以别人尚不知或不能的难题作为自己新的研究方面。所以，一旦进入一个领域，他便能不受已有的方法的束缚，常常很快得到别人没有的结果，从而彻底改变这一领域的面貌。”转引自杨健《物理是我的生活方式：李政道学术生涯小记》，载《人民日报》1996年11月20日。

一些新的见解，说他“标新立异”，也可以。他提出一些新的见解，是为了还原事物的本来面目，是为了探讨事物发展的规律，这是应该给予肯定的。当然，如果胡说八道，那就是歪门邪道，而不是“标新立异”了。例如在《楚辞》研究中就有人搞歪门邪道。胡适“研究”来“研究”去，得出的结论是本无屈原其人。跟着他跑的有一个叫何天行的人，写了一本《楚辞作于汉代考》，不承认先秦时有屈原其人、有屈赋问世。这种所谓的“研究”，就是歪门邪道，因为它歪曲了事物的本来面目。所以，我们主张在继承的基础上创新，但不能搞歪门邪道。学术研究是科学的严肃的东西，绝不允许胡说八道。

我觉得，判断你的观点是不是创新，有这样几种情况：某一个问题众说纷纭，得不到正确的答案，而你提出了一个新的答案，这当然是创新；也有大家都没有提出异议，没有提出值得争议的问题，理所当然，自古如此，而你却大胆地提出了新的结论，这也可以说是创新；还有，前人提出了某些问题，但不成熟，或者没有得到充分的论证，而你有许多的证据证明其说可以成立，并使这个初露端倪的观点成为定论式的结论，这算不算创新呢？我看也可以算创新。例如对于《尚书》，我们知道《今文尚书》是真的，而《古文尚书》是假的。这一点清代以前就有不少人提出过一些证据，怀疑《古文尚书》。而阎若璩用了大量的材料，条分缕析，充分证明了《古文尚书》是伪作，遂成千古定论。他的《古文尚书疏证》一书，一直被学术界视为极有创见的名著；梁启超先生称他为“近三百年学术解放之第一功臣”，不是没有道理的。

第五个问题，是个别与整体的问题（亦即宏观与微观问题）。

我们做学问，一定要从大处着眼，从小处着手。所谓大处，是指某个学科整体性的东西，带规律性的东西；所谓小处，是指该学科局部性的东西，细节性的或个别性的东西。我觉得我们作论文时，如果论题范围太大，总感到容易流于空泛；而论题小一些，就容易做得深入一些，细致一些。当然，这二者又不可割裂。我们当然要注意研究整体性的问题，探讨规律性的结论；但如果从小处着手，所得的结论往往可以反映出事物发展的规律，使科研向纵深推进①。

前段时间我看到一篇报道，说中国古典文学研究座谈会1980年7月在东北长春召开，北京大学的林庚同志有个书面发言，大意是说：只有从无数的点点滴滴的具体成果当中，才能认识到某些带有普遍性的规律。我很欣赏他的这句话。我们搞

① 汤炳正曾说：“先由个别概括出整体，则整体的理论才能生根柢；再从整体指导个别，则个别才有判断。”

科研的，应该从无数的具体问题出发，解决这些问题，在这一基础上，才可能得到一些具有规律性的结论。

具体情况具体分析，这是马克思主义的灵魂。你不具体地分析、研究科研工作中的具体问题，就背离了马克思主义的原则。为了更好地指导我们科研工作，我建议同学们读一些马列主义的书，特别是读一些马列主义哲学和历史唯物论方面的书。姜亮夫先生1979年受教育部的委托，在杭州大学举办了个全国高等院校讲师以上的"《楚辞》进修班"，他就要求学员们读一读恩格斯的《家庭、私有制和国家的起源》、列宁的《哲学笔记》以及马克思很欣赏的摩尔根的《古代社会》。这个意见我很赞成。用马克思主义指导我们的文学研究，一定能大大推动我们的科研工作。

第六个问题，是关于科学研究中的道德问题。

第一，我认为在科研工作中，要以理服人，不要盛气凌人。在"百家争鸣"时，你如有道理，有根有据地把自己的意见讲清楚就行了，切不可盛气凌人。前不久我针对王力同志的《楚辞韵读》一书，写了一篇文章，提出了自己的一些意见。我力求做到平心静气，以理服人。是不是在文章里无形之中语气陡了一点？我自己觉得是心平气和的，把自己的理由讲清楚就行了。同学们写论文时也要注意这个问题[①]。

第二，要谦虚，不能够狂妄自大。这应该是一个事实，而不是摆门面、做样子，故作姿态。同学们书读多了就会体会到，宇宙是无穷的，知识是无限的，而一个人的智慧、能力则是很有限的，绝不应该狂妄自大。单就中国古代文学这个比较小的研究领域而言，我们的知识也是很有限的。文学古籍多得很，谁都读不完。因此，我们应该正视这一事实。欧洲有一位科学家说过：我的知识的贫乏的一面，与我的知识的丰富的一面同样地惊人。另一位科学家也说过：很难懂的东西，我把它搞懂了；但是最一般性的东西我却一窍不通。他们都很明白这个道理。所以说狂妄自大是很幼稚的，很无知的；而谦虚谨慎才是符合做学问的实际情况、符合客观真理的。

第三，我们应该牢记，科研工作不是为了个人目的，而是为了祖国的文化建设。因此不能垄断知识、垄断资料。学问、学术乃天下之公物、公器，是为整个人类服务的，怎么能由一个人垄断起来呢？我这番话并不是无的放矢的。例如，我们中国是文明古国，近年来不断出土新的文物，这对于学术研究来

① 清钱大昕在《答西庄书》中说："愚以为学问乃千秋事，订讹规过，非以訾毁前人，实以嘉惠后学。但议论须平允，词气须谦和。一事之失，无妨全体之善，切不可效宋儒所云'一有差失，则余无足观'耳。"

说，提供了不少新的极其宝贵的实物资料，完全可以利用来解决一些新老的问题，得出新的结论。但是这些文物出土之后，有的人硬是将它垄断起来，一个人搞“独家新闻”。打个比方：这个东西好像一块肉骨头，该由我一个人来啃，别人是没有资格的。等到他啃不动了，认为没有什么油水了，才抛出来。殊不知你自己啃不动，但别人只要学术水平比你高，还是可以啃出油水来的，超过你的水平，发现新的东西。

现在有些人学术风气不正。我自己的论文有时真不敢投稿，生怕有个别人偷自己的论点。这种事情出了不少，还打过官司。这使我想起了达尔文的一个小故事。他写的《物种起源》一书，还没发表时，有人寄给他一篇华莱士的文章，其见解竟与自己不谋而合。虽然达尔文的文章是十四年前就已经写好的，但读了华莱士的文章之后，便打算（“放弃发现的优先权”）不发表自己的东西了。人们劝他说：你的文章是十四年以前就已经写成的，比华莱士的文章要早多了，为什么不发表呢？结果两个人的文章同时发表在一家杂志上。达尔文的气度是很值得我们学习的，而我们有的人却不是这样。前不久报纸上登了，湖南有人根本没有参加论文的写作，却要求署上自己的名字（“不在未参与工作的研究成果中署名”，应是学者的最基本准则），而且还要署在前头。这种人和达尔文相比，应该感到惭愧。

第四，我想谈谈，我们要提倡忠诚老实，反对抄袭剽窃。我们在写文章之前，应该尽可能地把有关的文章都摸一遍，看看有没有和自己一致的。若有，自己的文章就可以不写了；写了也不要拿出去发表。有时也有这样的情况，自己并不想抄人家的文章，但文章写出来，与人家的观点相同。这只说明你的见识不广，与别人雷同了，这不是抄人家的，而是你见识不广。但也有的人则是把人家的东西东抄一点，西偷一点，那就是学术道德问题了（“道德”比“文章”更为重要）。我们晓得，清初顾炎武氏的学术水平是很高的，他的《日知录》，条条都是他自己的心得。成书时，如果发现别人已有类似的观点，即使其比自己的晚，他也会毫不迟疑地删掉[①]，这说明顾氏的学术修养、学术道德是很高的[②]。而我们现在，抄袭之风

---

① 汤炳正同样如此。他的《楚辞类稿》收175条札记，在《自序》中他说：“凡古人或时人已‘先我而有者’，则‘必削’之无所惜。”

② 《世说新语·文学》中有一则《郑玄欲注〈春秋传〉》的故事，讲的是郑氏虽与服虔素不相识，但当他偶然听到服氏与人说其“注《传》意”与自己的观点多同时，竟把所注好的那部分稿子全部送给了服氏，遂成就了服氏的《春秋左氏传解谊》。另，高梦旦研究十余年“四角号码”检字法，后发现王云五也有兴趣，便把所有原稿都提供给王氏参考。王云五在此基础上加以改进，终于在1926年获得成功。《四角号码检字法》要出版，高梦旦为其作序，让稿一事，序中只字不提。高梦旦信奉“成功不必在我，而功力必不唐捐”。

还时有发生。我看到杂志上经常在“编者的话”中，希望不要抄袭。编者有编者的苦衷，他看到一篇文章很好，就发了稿；但不知道是抄袭的。编者不可能将有关的资料都读完，不容易判断出这类文章抄袭了别人的论点。

至于投稿时开后门，拉关系，托熟人，都不行，都是要不得的；而行贿赂，更要不得。有时限于编辑水平不高，看不出文章的高低，就发了稿。例如《九歌·国殇》有“埋两轮兮絷四马”的句子，“文化大革命”前已经有人根据《孙子兵法》解释成：为了表示誓死不退却，所以埋住车轮，拴住战马，决一死战。而最近又有人写了这样的文章送到某杂志社，杂志也发表了。又如《史记·屈原列传》有“屈平属草稿未定，上官大夫见而欲夺之”说，“文化大革命”前有人写了文章，认为不是上官大夫去抢夺屈原所造宪令之草稿，而是想定夺、修改宪令。这是一个新的论点。而最近又有人用这一观点写了文章送到某杂志社去，也发表了。做一个编辑很难，但作为一个作者，一定要有学术道德，不要抄袭剽窃。如果你的文章某一个地方需要引用别人的论点，你也应该说明才是，不要把别人的东西当成自己的意见。

当然，我这儿是指科研论文，不是指概论式的小册子，或者教材。概论、教材是允许抄（借用）的，因为它要反映科研的成果。我是说学术论文，在于创新，不要抄袭别人的成果。

第五，谈一谈选拔研究生的标准问题。我听人介绍了美国学术界选拔研究生的标准：一是基础好，二是有主动性，三是有责任感。我觉得这三条，第一条讲基础好，是指有较为广泛的知识基础。现在文史分家，分中文系、历史系。我们过去常说“文史一家人”，而现在分家了。古今也分家了，一个古代文学教研室，一个现代文学教研室，范围愈加狭窄了。中外也分家了，一个中国文学，一个外国文学。文学史和文学作品也分家了，你讲文学史，我讲作品。文学理论和文学作品也分家了，你搞古代文论，我搞古代文学。如果从学科专门化来说，这样分也不是不可以的。但是作为一个文学研究者，你的知识应该较为广泛一点才对。知道点“古”，也知道点“今”；知道点中国文学，也知道点外国文学。总之，我们所说的基础好，是指要有比较广泛的知识，知识层次要复杂一点，要多层次。第二条说要有主动性，讲得具体一点，是要求善于思考，肯动脑筋。第三条是要求有责任感，就是说对自己的专业要有浓厚的兴趣，肯下功夫去探索，去钻研。不然的话，老师出个题目，你写篇文章，混毕业，就不可能在学术上有创获。除了上述三点，我认为还要有第四点，即要有学术道德，要热爱祖国文化，要有高度的爱国主义精神。不以这种精神来研究文史这行道，就不会有责任感。

最后，我略略谈一谈《楚辞》课程的问题。

同学们不都是研究《楚辞》的。大家研究各代作家作品，因此，我的讲课，不同于给专门研究《楚辞》的人所讲的课。我的想法是通过我的讲授，对同学们研究各代作家、作品有点启发性。我研究《楚辞》有一些体会，我就给同学们谈谈这些体会，希望对同学们做研究工作有一些启发。

在讲授方法上，我不打算一章一节地讲，而只是指出一些老大难的问题，讲一讲目前学术界还没有解决，或者解决得不好的问题。至于概论式的东西，各种“文学史”都有《楚辞》专章，还有好几种《屈原》的小册子，讲得头头是道。我的讲授是专题式的，专讲《楚辞》研究上的一些老大难问题，即从几个方面分别提出一些难题来讲一讲。另外，我写了一本《屈赋新探》，快要出版了，到时候同学们可以读一读，这里就略讲，而我还没有发表的东西，我就讲详细一些。

总之，通过这种讲授，使同学们对《楚辞》研究的历史和现状，特别是对《楚辞》研究中的重大问题，有一些了解，对你们从事中国古代文学的研究，引一个路子。

第一讲　《楚辞》研究的代表性著作

这一讲，我主要讲古今《楚辞》研究的大概情况。不过，我的目的不是专门去评价历代《楚辞》研究的论著，而是侧重于向同学们介绍一些比较重要的、有代表性的著作，以便于同学们了解历代《楚辞》研究的基本情况，知道该读哪些书，以及怎样读这些书。

据不完全统计，对于屈原和《楚辞》研究的著作，从古到今，不下二百三十种；论文就更多了，不下六百篇[①]。单是粉碎“四人帮”几年来发表的论文，就近百篇。这么多的东西，怎么着手？所以，我在这里就有必要简单地谈一谈历代《楚辞》研究的一些基本著作。

为了便于同学们了解，我将这些论著大致分成五类。下面

① 这个数据统计的下限是1981年初。到了1987年，著作数已达252种，论文数已达1600余篇（见崔富章《楚辞书目五种续编》）。

分类介绍。

第一类，训诂释义方面的著作。

这一类书，重点在于解释《楚辞》的文意。

首先要读的，是东汉王逸的《楚辞章句》，这是现存最古、最完整的《楚辞》注本。在王逸之前，也有一些人注释过《楚辞》，如刘安、司马迁、刘向、扬雄、班固、贾逵等，都是那时很有学问的，可惜他们的著作都亡佚了。所以王逸的这部《楚辞章句》，就显得格外珍贵了。

王逸在注释时，大量地吸收了前人的注解成果，如“女媭”，王逸注云：“屈原姊也。”据《说文》，训“姊”之说，乃采之贾逵，盖出自贾氏《章句》。同时，也指出了前人之不足。《楚辞章句》中常常引“或曰”“一曰”，这当然是前人的东西。即使没有提“或曰”的，也有大量承受于前人的，因无歧说，不必用“一曰”等。然而更多的是王逸自己的东西，而且纠正前人失误，使《楚辞章句》成为研究《楚辞》的一部有很高参考价值的书。举个例子：我们知道刘安作过《离骚传》，把《离骚》中“五子用失乎家巷”中的“五子”讲成了“伍子胥”。而王逸的《楚辞章句》则用了《尚书》中的太康昆弟五人的故事来进行注解，纠正了刘安的失误。虽然其“夏康”连读，仍有错误。

我们读《后汉书》知道，王逸是东汉南郡宜城人，宜城是故楚都之所在。王逸还晓得楚之方言，所以他的注释有很多地方明确地指出了楚语的特殊意义，这对我们读懂《楚辞》帮助极大。例如《离骚》中有一句“夕揽洲之宿莽”，王逸说：“草冬生不死者，楚人名曰宿莽。”这个解释，与《尔雅》中解释的不甚相同。但王逸注明他的注解是用的楚语，所以比《尔雅》更有助于我们理解屈赋。《楚辞》中还有一些很特殊的字、词，无论是依《尔雅》《方言》，还是《说文》，都不能明白它们的意思；而靠着王逸的注释，我们就可以明白一些。这方面的例子还多得很，同学们读《楚辞章句》时注意一下，与汉代的训诂书比较比较，肯定会大有收益。

还有，王逸所见过的《楚辞》是一个很古的本子，它的篇章次序与我们现在见到的本子不同。王逸注释《楚辞》，有一个通例，即详于前而略于后。例如他在《九章》注中说“已解于《九辩》”，这说明王逸所见到的本子，《九辩》是在《九章》之前的。而现在的本子《九辩》是在《九章》之后了，这肯定是经后人调整过的。而我们则可以根据王逸的注解去探索汉代《楚辞》成书的情况。还有，在王逸的注解中，有不少地方还可以看出汉代《楚辞》流传的本子不同。例如王逸指出，班固、贾逵在注解《离骚》时，把“壮”字作为“状”字，使得句子很不好讲。王逸纠正了这种错误。

而且王逸去古未远，书又读得不少，他注《楚辞》参考了不少书，虽然他注解时和汉代其他注家一样，一般不提所据何书，但他有时也提一下，如《离骚》“岂珵美之能当”句下，王逸的注解引用了《相玉书》①。这本书现在看不到了。王逸保存下来了这本书的一点材料②。

总之，王逸的《楚辞章句》，是保存下来的《楚辞》注本中最早的一个本子，很有价值，也有很多优点。但是，也有一些缺点。王逸在训诂上的问题不太大，但他在释义上的问题就多一些了。王逸在串讲释义时，往往增加一些原文所没有的东西，讲得很别扭。例如《天问》中有“昭后成游，南土爰底”这样两句，“昭后”本来指的是周昭王，王逸没有错，但王逸又讲：“言昭王背成王之制而出游，南至于楚，楚人沉之，而遂不还也。”王逸增加“背”（违背之意）、“制”（制度的意思），《天问》原句中是没有这一层意思的。我们从历史

① 王逸《章句》有云：“珵，美玉也。《相玉书》言：珵大六寸，其耀自照。”

② 汤炳正在《楚辞类稿》自存本第97页的结尾处补写了如下文字：“王逸《章句》之可贵，因其不仅为王逸一人之说，而是集结了两汉言《楚辞》之旧义，有代表性。如《天问》‘天何所沓’，王注云：‘沓，合也。言天与地合会何所？’此说盖取之扬雄。扬雄《校猎赋》有云：‘出入日月，天与地沓。’此即王逸‘天与地合’说所本。王逸《天问后序》云：‘刘向、扬雄援引传记以解说之，亦不能详悉。’是扬氏早有《天问》说，故王氏采用之。”

资料和出土文物来看，周代正是从成王起征伐楚国。昭王征楚，并没有违背成王的制度呀！所以王逸“增字解经”，问题是很大的。当然，对“昭后成游”一句，有人把“成”讲为“盛”，盛大的意思，这是有根据的。说昭王带着庞大的队伍去征伐楚国，这种解释既符合史实，又没有绕着圈圈讲《天问》。而且，在《楚辞》中“成”“盛”二字通用的例子也是很多的。还有王逸在探寻微言大义时，求之过深、过曲，如把《九歌》句句都说成是讽谏怀王，不为后人所能接受。

以上略说了《楚辞章句》这部书的优缺点。有些问题比较复杂，我就不多讲了。同学们研究《楚辞》，首先要好好钻研一下这部书。

第二部要读的书应该是宋代洪兴祖的《楚辞补注》。这部书补的是王逸的《楚辞章句》。在洪兴祖之前，王逸之后，注《楚辞》的大有人在，如晋代的郭璞就有《楚辞注》。洪兴祖的书是先列王逸的注，然后用“补曰”补出自己的注解。他补充或纠正了王逸的注解。洪兴祖是看到过郭璞的注的，他有个别地方引用了郭璞的注来补王逸的注。

洪兴祖的补注，对王逸讲得不详细，或者不清楚的地方，往往引了不少的古书来引申发挥，引用都一一注明了书名，这对我们有很大的参考作用。只是不注篇名，造成后人翻检之劳。洪兴祖还纠正了王逸的错误，很多地方洪氏“补”是很精审的。因为洪兴祖下了很大的功夫，参校了不少本子，引征了大量古书，所以《楚辞补注》的质量是相当高的。

当然，洪兴祖的补注也有一些问题。例如有些地方王逸并没有讲错，而洪兴祖反而给纠错了；有些地方引书也不够准确，所引材料并不能说明自己的观点，反而节外生枝。例如《天问》里有“鲮鱼何所”一句，问的鲮鱼究竟住在哪里？洪兴祖补注引了《山海经》云：“西海中近列姑射山，有鲮鱼，人面人手，鱼身，见则风涛起。”然而《山海经·南山经》中有“鯥鱼”，说这种鱼是居住在柢山，“陵居”，住在陆地上的。我们知道，古书中“陵”“陆”很多时候都是相通的。例如《吴越春秋》中伍子胥称“陵军”为“陆军”。所以“陆鱼”就是“陵鱼”，是住在陆地上的鱼。《天问》所问的是“陵鱼”究竟住在水里，还是陆地上。因为住在陆地上是奇怪的现象，所以《天问》才提出了疑问。如果本来就是住在水中，那屈原还问它干什么呢？这说明洪兴祖引错了材料。《天问》本来就是要问宇宙间的奇奇怪怪的事情，洪兴祖这样注解，与《天问》的原意不合[1]。

---

① 汤炳正曾说：“洪氏《补注》对《天问》所举，多引《山海经》为证，互相发明，极有见地。但有时亦往往张冠李戴，文不对题，造成错误。”此处所讲的“鲮鱼何所”，即其一例。

不过话说回来，《楚辞补注》的价值仍然是极高的。同学们应该好好读一读。

第三部书是南宋朱熹的《楚辞集注》。朱熹是一位著名的学者，他对《楚辞》很有研究。他编撰《楚辞集注》时，对《楚辞》原书的篇目做了改变增损。他对《楚辞》原书中的汉代文人的作品，只保留了《惜誓》、《哀时命》和《招隐士》，其余的他都去掉了。此外，他又增添了贾谊的《吊屈原赋》和《鵩鸟赋》。他为什么这样做呢？他认为汉代那些作品“辞气平缓，意不深切”，所以删掉了。这八个字基本上是符合事实的，我们读汉代那些作品，也有同感。但是我认为，对汉代流传下来的这部《楚辞》，你怎么评价都可以，但是最好不要删损，而应该保留这部古书、这些资料。因为从研究的角度来看，从考察楚辞学史的角度来看，没有必要删损它，恰恰是应该保留它。屈赋对汉代有些什么影响？汉代文人对屈原及其作品是什么态度，以及汉代流传的屈原事迹片段，都可以从汉人模拟作品中看出不少问题，所以不要随意删损①。

① 汤炳正在彼处曾说，《楚辞》里有汉人作品，“犹古代的六经，经之外又有《传》，它是先秦屈学的延续。它代表了汉人对屈赋的理解，对屈原的态度，对赋体的学习与继承。有了这部分作品，使我们不但加深了对屈赋的认识，并且对汉人的屈学观也有了研讨的依据”。确实，《楚辞》中“汉人作品的文献价值是不可忽视的”。“例如刘向是中国历史上的文献大家，他的《九叹》对我们研究屈赋，就有极大的帮助”。“《楚辞》中所收汉人作品，皆传习屈赋者所撰，其中大都反映汉人对屈赋之训释或理解，其价值甚或在王逸的《章句》之上”。

朱熹注《楚辞》的目的是这样的：他认为王逸和洪兴祖对《楚辞》的名物训诂讲得比较详细，但是对屈原作品的意图却发挥得不够，所以朱熹的重点是阐明屈原作品的意旨，阐发它的言外之意。他在名物训诂上，多继承王、洪二人的说法，而注重阐发言外之意。正因为这样，所以朱熹的集注有得亦有失。一方面有不少新的创见，另一方面也有不少牵强附会的地方。例如：学术界一般认为朱熹注《九歌》，认为《九歌》湘沅之间原有此祭歌，但其词不雅，故屈原改作之。此说颇为后人所接受。但问题比较大的是：朱熹认为是屈原借祭词的歌词来发挥自己的忠君思想，用求神不答来比喻事君不遇。这就难免牵强比附①。

第四部要读的书是清代戴震的《屈原赋注》。戴震是清代的朴学大师，他这部书精练简洁，言必有据，创见很多。我们从这部书也可以看出清代朴学的特点。但是作为朴学家，这部书不是戴震的主要著作，所以他下的功夫还不是特别的深。清代朴学家，主要精力是经史，对于经书下的功夫最大，史书、子书其次；而对于集部的书还没来得及下功夫去整理、研究。

① 太炎先生曾在《国学概论》中说："宋朱熹一生研究'五经''四子'诸书，连寝食都不离，可是纠缠一世，仍弄不明白。实在，他在小学没有工夫，所以如此。"

当然，我并不是说他们没有整理研究[①]。例如除了戴震的这部书外，王念孙的《读书杂志·余编》，有一些研究《楚辞》的条目，亦相当精采[②]。还有俞樾俞曲园先生《俞楼杂纂》中的《读楚辞》，同样下了不少功夫。但是，清代朴学家们主要是从训诂校勘方面搞《楚辞》的。当然，他们很有创见，但并不是说我们研究《楚辞》时就一字不差地全盘抄袭。举一个例子：《离骚》有一句是“五子用失乎家巷”，王念孙的校勘从训诂的角度指出“失”是“夫”字，又因王逸注解而衍，《离骚》原句是没有这个“夫（失）”字的；“巷”是“鬨”字，内讧的意思。这是很有创见的。后来闻一多先生等人搞《楚辞》，对王念孙的这一条很佩服。但是“文化大

① 我国传统学术是由经、史、子、集四部组成的。它们的关系是平行而不平等的，经部自然居首位，而集部则最低。因此，“五四”以前的学者对集部总是不屑一顾，或最多以“余力”为之。还有一个倾向是：崇尚学术研究，而歧视文学创作。他们认为只有治学才是人生的“正途”。

② 郭在贻有云：“虽然清人在训诂考据领域业已取得了不可企及的成就，但由于他们囿于尊经的偏见，对楚辞这块园地并没有认真地加以垦辟。第一流的训诂家都没有把他们主要的精力放在楚辞上。戴震的《屈原赋注》，尽管常常为人们所称道，但那多半是震慑于他的名气，说实在的，这部书是漫不经心之作，并无多少发明。王念孙《读书杂志·余编》中有十九条涉及楚辞的，类皆精核，但数量太少，显然他没有在这上面多下功夫。所以我认为仍然可用老方法把楚辞这块园地继续开垦一番。” 所谓老办法，即“乾嘉诸老的方法”。见《致萧兵（一）》，收《郭在贻文集》第4卷，北京：中华书局，2002年5月。

革命”前，也有人对这一条提出了异议。我举这个例子是想说明，对于清代学者的东西，也不要盲从，因为学术是不断向前发展的，清代学者也并没有把《楚辞》研究搞完，我们还要不断地发现问题，解决问题，得出新的结论，从而推动《楚辞》研究向前发展。

至于当代学者如姜亮夫先生的《屈原赋校注》，朱季海先生的《楚辞解故》都写得很扎实，也值得一读。姜说有不少创见。朱书主要是据楚方言、风土、习俗等资料而从声韵、训诂诸方面来进行解释的，“务使楚事、楚言，一归诸楚”。不过，有时弯弯转得太多。

以上是从训诂释义方面研究《楚辞》的几部书的大略情况。同学们应首先读一读这些书，然后逐步扩大，再读一些有关的专著。

第二类，是校勘方面的著作。

对于古书，校勘工作十分重要，《楚辞》流传两千多年，时代久远，流传过程中出现了这样那样的错误，所以《楚辞》研究者对校勘《楚辞》的工作，也是非常注意的。

校勘《楚辞》首先要读的是洪兴祖的《楚辞考异》。根据宋人的记载，洪兴祖除了写有《楚辞补注》这部书外，又写了《楚辞考异》。《楚辞考异》原来是单独成卷，附在《楚辞释文》的后面。后来被人分散，分别掺到《楚辞补注》中去了[①]。今本《楚辞补注》中，《楚辞考异》是分别记在王逸注之后，洪氏“补曰”之前，也有少数在“补曰”之后。多是“一本作某某”。所以有人有时粗心大意，认为这是王逸的《章句》。这是不对的。根据宋人的记载，洪兴祖校《楚辞》，除了六朝“古本”和唐本外，又收罗了宋代包括欧阳修、苏轼所用手校的本子近二十种，所以十分宝贵。洪兴祖的《考异》，虽然往往是只列异文，不下断语，但是这没有多少关系，今天我们正可以借助《考异》来考察屈赋的文句。例如《九章·思美人》中有这样二句：“因归鸟而致辞兮，羌宿高而难当。”意思是说我想托飞鸟传达几句话，但鸟儿飞得高，留不住它。然而这两句中的“宿高”的“宿”字却不好讲。《考异》记了异本，说是“迅高”，说又快又高。这样就好讲了。看来这句话本来是作“羌迅高而难当”，因为“迅”“宿”读音相近，所以误作“宿高”了。这只是举一个例子，也说明

① 汤炳正在《楚辞类稿》自存本第99页书眉写了如下文字：“北京图书馆藏宋刻大字本《楚辞集注》，《集注》八卷，《后语》六卷。至于《辩证》则散入《集注》各篇章之下。与《辩证》单行之本不同。据此可知，刻者拆散专著入各句下之习，宋时已盛行。无怪《补注》明翻宋本，已无《考异》单行本之踪影。”

了《楚辞考异》对我们校勘《楚辞》的帮助是很大的[①]。

第二部书是刘师培先生的《楚辞考异》。刘师培先生是清末民初的人，很有些名气，与太炎先生的关系也很好。刘师培先生的《考异》与洪兴祖的《考异》有些不同。其一，洪兴祖的《楚辞考异》主要是根据宋代和宋以前的《楚辞》的不同传本，列其异文；而刘师培先生的《楚辞考异》除了一些古代的传本外，还收了古书注及类书所引用的《楚辞》，收罗得比较广泛，范围扩大了。当然，这也有缺点，即古注与类书，往往有改动原文的情况，不慎，即会上当受骗[②]。其二，洪兴祖

① 汤炳正在《楚辞类稿·三一》说："洪兴祖《楚辞考异》，保存了宋以前有关《楚辞》的大量异文与异说，应该说，其价值是超过了洪氏《楚辞补注》的。从内容看：（1）多举名人校本，如东坡、林德祖等校本；（2）多举宋以前古本，如'古本''唐本'；（3）多举当代异本，如'一本''或作'；（4）采及类书，如引《艺文类聚》等；（5）援引王勉《楚辞释文》甚多，为屈赋研究提供了宝贵资料。"

② 汤炳正在1986年8月10日给稻畑耕一郎的信中说："敝意以为，唐宋类书虽有参考价值，然亦多以讹传讹之处。例如大作所引《宋玉集序》一段文字，即有问题。关于宋玉此事，最早系出西汉文帝时韩婴的《韩诗外传》卷七；次观于西汉元成之世刘向《新序》的《杂事》第五。其基本内容皆一致。即友人荐宋玉于楚王，未被楚王重用。宋玉责其友，友人以'姜桂因地而生……'二语答之。而《北堂书钞》所引《宋玉集序》，文字既多脱误（如王、玉二字互误），叙事又不清晰。尤其孔氏校注所引《汉魏七十二家宋玉报友人书》所附注文，竟把《韩诗外传》及《新序》所叙事迹，完全搞颠倒了。即把友人的话误为宋玉的话。因此，《北堂书钞》所引《宋玉集序》，亦当为后人所乱，决不能视为《汉书·艺文志》所载《宋玉赋十六篇》的原序，其中颇多错误，故采用时宜慎重。……清代学者，偏信唐宋类书，造成不少错误，大儒王氏父子，犹未能免，宜引以为戒！"

的《楚辞考异》不下断语，而刘师培先生往往下了断语，有些断语还是比较精到的，对我们读《楚辞》很有帮助。例子我就不举了。刘师培先生的这部书在《刘申叔先生遗书》中可以找到，同学们可以找来读一读。

第三部是闻一多先生的《楚辞校补》。这部书很精采，精辟的见解很多。我还记得，在闻一多先生之前，有位许维遹先生（我的小同乡，著名文献学家），读北京大学四年，写了一部《吕氏春秋集释》，很不错，新中国成立后文学古籍刊行社还翻印了。他一毕业，清华大学就聘请他去任教。后来许维遹先生有一次碰到我，说他正在搞《楚辞》，写了《楚辞考异补》，但收获不大，很不满意。他鼓励闻一多搞，把《楚辞》好好校一遍，闻一多先生认真下了功夫，搞出了高质量的这部《楚辞校补》。这事也启发我们，做学问要知难而进。许先生的《吕氏春秋集释》很成功，但是《楚辞考异补》却不很成功。而闻先生花了大气力，创见很多，解决了《楚辞》文句上很多问题。我们应该学习闻先生的治学精神，只要肯努力下功夫，总是可能突破前人的成说。当然，闻先生往往有求之过深（还带有极大的主观成分），时或有反失本意之处[①]。如把《九歌》的奇句皆以为乃偶句的脱文，就不对。《楚辞校补》收在《闻一多全集》中，大家可以读一读。

第四部是姜亮夫先生的《屈原赋校注》的校勘部分。姜亮

① 汤炳正在《屈学答问·一二》中又说："闻先生多精辟之论，令人服膺难忘，实屈学功臣。但有时因求之过深，又往往带有极大的主观成分。这是科学研究之大忌。而且闻先生有时为了证成己说，往往曲解古籍或羼改史料，尤其不足为训。如《楚辞校补》中对《怀沙》的'易初本迪'句，谓'本'当为'卞'之形伪：'卞'乃'变'同音借字。'变迪'即变道而行，与'易初'相对成立。这个假设，本可自备一说。但闻先生为了寻找证据，又写出下面一段话，'王注曰：迪，道也。（各本均脱此三字，《史记》迪作由，集解引王注：由，道也。今据补）言人遭世遇，变易初行，违（各本作远）离常道，贤人君子之所耻，不忍为也。正以"违离常道"释"变由"二字。其释"变"为"违离"者，上已释"易"为"变易"，此不得不变词以避复。'这段话，其主观羼改古籍者有如下几点：首先，今一般传世之王逸《楚辞章句》，'易初本迪'句下皆有注云：'本，常也。迪，道也。'而闻先生为了回避'本，常也'一注，却偏偏不用《章句》本，乃据《史记》补'迪，道也'一注，并云'各本均脱此三字'。这是违反历史事实的态度。闻先生此举，分明因为王逸'本，常也'一注，说明汉代古本原文作'本'不作'卞'，与己所假设的'本'当作'卞'之说相背。故有意抹杀事实真相，置《章句》王注于不顾，以掩饰己说之纰谬。其次，闻先生所引王注又云，'言人遭世遇，变易初行，远离常道'。此处，王注显然是上承'本，常也。迪，道也'而来，故释'本迪'为'常道'。至于'远离'，乃王氏承上文'易'字而来，言既变易其初行，自然远离常道，乃以'易'字下贯'初本迪'三字。当然，王氏此注，是否合乎屈赋原意，可别作论证。而闻先生为证成己说，竟避开'常道'乃释'本迪'这一事实，没有任何根据，擅改'远离'为'违离'。并注云'各本作远'。这显然是企图用'违离'以适应自己'本'当作'卞'（变）之说。这种擅改古书之举，亦非科学态度。凡校释古书，必有坚实的证据，证据不足，固不足以立说；而为了立说，反而羼改古籍制造假证，不能不引为大忌。"

夫先生的这部书分为校勘和注释两部分。校勘部分也下了很大的功夫。如果说闻一多先生的校勘非常精辟的话，姜亮夫先生的校勘则是材料比较丰富，资料很多。例如唐写本的残卷，姜先生也尽可能地收了。例如《楚辞音》的残卷，早已遗佚，藏在巴黎图书馆。姜先生到过巴黎，对《楚辞音》有专门的考证，并在校勘中尽量采用。又，《楚辞》各种注本流传至今，只有明翻宋本，解放初发现了南宋端平本《楚辞集注》。此书原藏在山东聊城海源阁藏书楼，后流佚在外，被刘兆山先生买到，解放初捐送给了国家。这是《楚辞》现存最早的刻本。闻一多先生以前的人是没有看到的，所以他校《楚辞》所用《楚辞集注》，是用的《古逸丛书》印的元刊本。姜先生的《校补》引用了这部书。此书已经影印、排印了。1972年日本田中首相来我国访问，毛主席还送了一部端平本《楚辞集注》影印本给他。

以上是第二类，校勘方面的著作。读《楚辞》，研究《楚辞》，首先要把文句弄对，所以校勘方面的书是非读不可的。

第三类，是音读方面的著作。

第一种，是隋代和尚道骞的《楚辞音》。关于《楚辞》的音读，是有来源的。因为楚辞产生于江汉之间，读音与北方不一致，所以在汉代就有音读的问题。如《汉书》就谈到九江的被公善读《楚辞》，汉宣帝很重视，专门召他到长安去诵读楚辞。后来，写《楚辞音》的有好几种，《隋志》有著录，但都佚亡了。而道骞的《楚辞音》残卷现在还是发现了一点，这是很珍贵的。《隋志》说道骞读《楚辞》，“音韵清切”。现在不少人在考证他，如王重民、闻一多、周祖谟、姜亮夫等先生。

第二种是五代南唐人王勉的《楚辞释文》。这部书宋人有著录，但已经没有留下完整的本子了。而洪兴祖《楚辞考异》引了一百余条，主要是列《楚辞》异文和音读。这对我们研究唐五代《楚辞》音读、传本都是很有帮助的。现在有的人把它一条条从洪氏《补注》中辑了出来，可以略见原书的模样。

第三种是清代学者江有诰的《楚辞韵读》。清代考证屈宋古音的，有好几种，江有诰的书稍晚一点，有点代表性。前面谈的两种音读方面的书，零零散散；而清代由于声韵学研究的成果，江氏的这本书对《楚辞》的用韵进行了排列考证，结论是：屈赋的韵分为二十一部。后来的学者有发展，下面再谈。江有诰的书还是有参考价值的。但他有时武断，同学们读的时候要注意。

第四种是当代学者王力先生的《楚辞韵读》。王先生与江氏的方法差不多，但分楚辞的韵为三十部，更加细致。王先生是当代语言学界的权威，对古音韵也下了很大的功夫。我对王先生的三十部的分法也基本同意。但是他作为语言学家，在《楚辞》的研究上不是那么深透的，所以出现了一些不应出现的错误。例如《九章·怀沙》有“曾伤爰哀，永叹喟兮，世溷浊莫吾知，人心不可谓兮”这样四句，在“乱曰”的后半部分。而《史记》中这四句则在“乱曰”的前半部分。王先生在归纳屈赋韵部时，仅仅因为这四句在《楚辞》与《史记》中个别字略有不同，就两次出现，并加注云：“据《史记》补。”其实前辈学者已经解决了《楚辞》和《史记》这四句的问题，认为是传本不同，他不应该重复抄录增补。这在《楚辞》研究中不是一个什么大问题，但这种错误是不应该出现的。又例如，前面我们已经说过，洪兴祖的《楚辞考异》，后人写在《补注》本“补曰”之前，但不是王逸的话。而王先生却数次引作王逸的话[①]。这也是不应该出现的错误。这件事情启发了我们，读书做学问既要注意深度，又要注意广度。同学们不论研究先秦文学，还是唐宋文学、明清文学，都要注意这一点。

① 当然，类似之失不少。如“云神丰隆也。一曰屏翳”乃洪兴祖《楚辞补注》语（见《九歌·云中君》题下），然误作王逸《楚辞章句》注者不知凡几（其中不乏《楚辞》名家）。今举二例，以见其概：两部权威的辞书——《辞源》与《辞海》之“屏翳”条，所举书证均有此失（《辞源》〔第三版〕上册，商务印书馆2015年版，第1225页；《辞海》〔缩印本〕，上海辞书出版社1989年版，第1211页）。问题是，此“细节”疏忽不得。

第四类，是传记考证、评价方面的著作。

第一种就是《史记》里的《屈原列传》。研究屈原的生平事迹，《屈原列传》是第一手的材料，非下点功夫认真读一读不可。还有《史记》里的《楚世家》，也要结合着读。刘向的《新序》中有一篇《节士》，也记载了屈原的事迹。以上都是汉代的东西，应该重视。后来唐代一个叫沈亚之的人写了一篇《屈原外传》，过去有的《楚辞》刻本附了这篇《外传》。但这篇《外传》是用传奇方法写的，不足为据。

我们说《屈原列传》是第一手材料，价值极高，因为司马迁作《列传》时，不但读了国家的大量藏书，又专门去江湘访问，收集材料。司马迁距屈原之死不过一百多年，其说相当可信。而关于《列传》的一些问题，我在后面还要专门讲，这儿就不重复了。

第二种是詹安泰先生的小册子《屈原》。这一类的小册子现在出得不少，偏重于介绍一些知识。詹先生是中山大学的教授，已经逝世了。他的这本小册子资料比较丰富，可以读一读。不少提法也比较正确，可以参考。例如书中认为屈原所任"三闾大夫"，管昭、屈、景三姓，有点像北方的"公族大夫"。这一观点比较公允。

关于考证类，过去的人写得不少，而且其中也有训诂、校勘等内容。我略举一二：例如南宋吴仁杰有《离骚草木疏》，专门谈《离骚》中的草木名物，比较好。这部书从《知不足斋丛书》中可以找到。另，香港中文大学的饶宗颐先生有一部《楚辞地理考》，考证《楚辞》中的地理，虽然有些条目还可商榷，但还是比较好的。有一次，我向他提出此书的意义，他说："少年之作，不好；当时，主要是为了反对钱穆说湘水洞庭古在江北之说。"

第三种是郭沫若同志的《屈原研究》，也可以读一读。郭老是《楚辞》研究的专家，零散文章很多，而《屈原研究》是他的代表作。郭老从社会历史、屈原身世、作品等各个方面研究屈原，很有特点。他往往能提出一些比较新颖独到的看法。特别值得提及的是，胡适曾以《屈原列传》在叙述方面有些矛盾，而否定了屈原其人的存在。郭沫若同志在《屈原研究》中对其观点进行了反驳，虽然证据还不够充分，但态度鲜明，很坚决，也有相当的说服力，这些都是不错的。

第四种是游国恩先生的《楚辞论文集》。这本书是新中国成立后出版的。游先生新中国成立前曾出版过《读骚论微》一书，新中国成立后出了这本《论文集》，收了新中国成立前后的论文，是游先生一生研究《楚辞》成果的总结。有考证，也有评论。和郭沫若先生比起来，游先生的文章更精确，考证、研究更扎实。郭老的论点以新鲜见长，而游先生的论点则以踏实见长。还有一点需要指出，新中国成立前有一个叫钱穆的人，他是现代学术界的一个权威（代表作有《先秦诸子系年》《刘向歆父子年谱》），尤其是研究先秦的东西，钱氏的影响很大。他有个观点，认为洞庭湖、湘江那时在长江的北面，不在南面。游先生有一篇文章反驳钱穆的说法，从多方面进行论证，很有特色。总之，游先生的东西是可以读一读的。最近，中华书局又出版了游先生主编的《离骚纂义》《天问纂义》，这两本书广泛收罗“五四”以前研究《楚辞》的旧说，很有参考价值。

第五种是《楚辞研究论文集》。1953年，世界和平理事会决定把屈原列为世界四大文化名人之一，开展了世界性的纪念活动。我国学术界、理论界发表了不少论文。作家出版社选了1953年前后的一些有代表性的文章，结成了这个集子。这些文章有考证的，也有评介性的。这些文章的论点多种多样，有些论点也并不成熟，但是有代表性，而且代表了50年代初我国学术界在《楚辞》研究上所达到的水平。然而也有一些文章的观点是很有问题的。例如这个集子里的第一篇就是《文艺报》的社论《屈原和我们》。《文艺报》当时是宣传党的文艺政策的权威性刊物，但是这篇文章的观点却是错误的。社论说：屈原的政治理想，在当时已经是过时了。又说：屈原的政治理想，是历史上从来没有实现过的一种空想，因此，我们纪念他，是肯定他的实际的斗争精神，斗争态度。我认为这些论点不是历史唯物主义的观点。首先，屈原处在从奴隶制向封建制过渡的历史时期，他的政治理想是完成楚国的这种过渡，这种转变。怎么能说屈原的政治理想在当时是已经过时了的呢？其次，屈原的政治理想是变法革新，否定奴隶制，建立封建制，而且在当时是新兴的，是进步的，怎么能说是历史上从来没有实现过的空想呢？最后，如果说屈原的政治理想在当时已经是过时了的，是历史上从来没有实现过的空想，那么，他就是一个落后势力的代表，是落后于时代的人，你称赞他的坚决的斗争精神，而这种斗争精神是向谁斗争表现出来的精神呢？他的这种斗争越坚决，越是拉着历史车轮倒退，他就是一个顽固的落后分子、反动分子，你还称赞他干什么呢？所以说《文艺报》的这些观点是错误的。

以上是第四类，简略地介绍了《楚辞》研究中的传记、评价、考据这方面的著作。这方面的著作很多，这儿只不过略说一二而已。

第五类，是选注和今译方面的著作。

一般说来，对研究生来讲，我是不主张大家读选注和今译的[1]。研究《楚辞》不能零敲碎打，大家应该读古代有代表性的注本。但是作为《楚辞》研究的一个方面，特别是为了普及，可以搞一点选本、今译本，这方面的本子很多，我略举一二：第一种是陆侃如、高亨、黄孝纾先生编的《楚辞选》。陆、高二人在学术界颇有点名气。陆氏在文学史方面的研究有很大的成绩，他早年也写过有关屈原的小册子；高氏则对先秦诸子用力甚勤。所以他们的选注本有代表性，可供我们参考。第二种是马茂元先生的《楚辞选》。马先生的祖父是清季学者马其昶，他曾写过一部《屈赋微》。马先生可能有点家学渊源。他的《楚辞选》也有些代表性。第三种是聂石樵的《楚辞新注》，可以读一读[2]。

① 20世纪80年代初，国内一家很有名的出版社，约请汤炳正翻译《楚辞》时，被他一口回绝了。但是，当学术界真有人做这项普及性的工作时，他还是尽量给予鼓励与赞许。如黄寿祺、梅桐生的《楚辞全译》出版后，译者曾邮寄一册请他指正。他读后即做了全面的评述，肯定有加，他说，“译文能扣紧作品的主题及作者的感情旋律，体现出通篇的义蕴与精神，这尤为难能可贵”，“此书，为世之读《楚辞》者，在古语与今语之间搭起了一座方便之桥”。

② 我这里还要向读者推荐汤炳正的《楚辞今注》。此书1996年由上海古籍出版社作为该社重点出版项目“中国古典文学丛书”之一种推出，2012年又出新版。此书被学术界推选为20世纪最有代表性的《楚辞》注本之一，评语是：“文字简省而释义明确，往往一语即中的。”见费振刚主编《先秦两汉文学研究》第147页，北京出版社2001年版。又有论者指出：“中华书局洪兴祖补注本，上海古籍朱熹集注本，北京古籍汪瑗集解本，上海古籍蒋骥山带阁注本，上海古籍汤炳正今注本，是今天首选的五个本子。”

今译方面，郭老有《屈原赋今译》，还有文怀沙先生的《屈原离骚今绎》《屈原九歌今绎》《屈原九章今绎》。但是“今译”是为了对社会普及一点这方面的知识，我们搞科研不能靠它。“今译”往往似是而非。因为屈赋流传中出现的文字上的错误，训诂上也遗留下很多困难，神话传说、历史事实等方面的疑难也很多。那么，怎么能够比较准确地翻译呢？这只能是沙滩上建筑起来的楼阁，只能是似而非的，是靠不住的。

而且，对于古人的诗歌，原作的艺术风格、艺术意境、炼字炼句的艺术技巧，也是翻译不出来的。那么，人们读“今译”，怎么能够对其进行艺术欣赏呢？郭老的《今译》是翻译得比较好的，但正如郭老自己所说的把屈原的作品“译为今语，实多勉强而难于讨好”。他只希望读者把他的《今译》看成“韵语注书”，即一个押韵的注本而已。但是我认为，即使是“韵语注书”，也是很难的。因为如上所述，屈赋的文字、训诂等等，还有那么多问题没有解决，“韵语注书”怎么能够注得准确呢？我在《屈赋修辞举隅》中举出了不少例子，其中有些例子就是“今译”时出现的错误。例如《天问》“昭后成游”这一句，郭老译为“（周）昭王很高兴巡游”，把“成”字讲成“高兴”，从古到今都没有这种讲法。郭老的今译是不准确的。

总之，“韵语注书”也是很难很难的。弄得不好，反而歪曲了人们对《楚辞》的认识。

这一讲，我分五类介绍了《楚辞》研究的一些书的情况。各类也还有一些书，大家可以自己去翻。我想概括地强调如下几点：

第一，往古来今，研究《楚辞》的人是很多的。从发展趋势来看，是后来居上。“五四”以来研究《楚辞》的大家，有闻一多、郭沫若、游国恩、姜亮夫。这四位先生是有代表性的。前三位先生已经相继去世；姜先生现在杭州大学执教，也该有八十岁了[①]。他们四位都比较出色，他们的书要好好读一读。

第二，我对《楚辞》研究中的评论家，没有举到明代中晚期的那些人。因为明代中晚期的学术风气不好。表现在《楚辞》研究上是用评点八股文的方法来评点屈赋。哪句精采呀，哪句有味道呀，哪句话要打上点点呀，哪句话要加上圈圈呀，就是这一套。这样的书不少，还有套色的，红点点，绿圈圈，非常花哨好看，但很浅陋。当然，汪瑗的书还好，尽管其求新，是从心出发。乾嘉学派也求新，却是从客观资料出发。同

① 姜老生于1902年，时八十有一；逝于1995年，享年九十有四。

是求创新，但结论就有真伪之别。如汪氏谓屈原并未投水，而是隐居去了，就是虽新而没有根据的乱说。直到清初顺治年间，林云铭的《楚辞灯》，在此种浅薄风气影响下，也不免此陋俗。加之当时书贾为了渔利，争着乱刻《楚辞》，如蒋之翘有《七十二家评楚辞》，东拼西凑，毫无创见。我手头还有一本《八十四家评楚辞》，大概是想压倒蒋氏。这一类书很多，但是因为浅陋，不足为据，这些书版本虽然比较古旧，但大都刻得很草率，错字很多。如果说明代评点派，也可作为文艺批评的派别之一，当然也可研究一下，做出如实的评价。

但是，清初蒋骥的《山带阁注楚辞》则有较高的学术价值。蒋骥的书完成于康熙时期，那时朴学风气还没有形成，但蒋氏的书征引的资料比较多，在注释考订方面也有一些创见。这本书是可以看的。但是与后来乾嘉时期学者那种严肃认真、一丝不苟的学风相比较，还是不足的，对此我们应该心中有数。

第三，我为了帮助大家初步了解古今《楚辞》研究的概况，重点提了以上几个方面的书。但这是不够的。同学们读了这些书之后，将会渐渐感到不够，要进一步看一些有关的书，可以翻一翻姜亮夫先生的《楚辞书目五种》①。这样可以扩大

① 崔富章先生在乃师此书的基础上，又著有《楚辞书目五种续编》，以及周建忠先生的《五百种楚辞著作提要》，可参。

我们的眼界。

第四，从我以上所举的各类各家著作来看，可以说这两千年来学术界为了研究《楚辞》，是花了很大的气力的，尽管不少著作还不是尽善尽美，但是对我们的启发是很大的。另一方面，我们更要注意到，学术是无止境的，无论自然科学还是社会科学，都是如此。由于《楚辞》研究千百年来有那么多人去研究，留下了十分丰富的著述，所以有的同志也十分担心，自己费了九牛二虎之力，可是拿出一个观点，往往与前人相同，写出一篇论文，往往与前人撞车。于是知难而退，不如去搞什么“冷门”。这样，拿出一个观点就成了自己的创新。当然，为了扩大古代文学研究的领域，对那些过去人们没有研究过的东西，是可以去研究的，而且也可能取得一些成绩。领域的扩大，不等于论点上的突破。但是，对于像《楚辞》这样的在中国文学史上影响深远的领域，还是应该深入研究的。学术无止境，《楚辞》研究也无止境。我前面说过，《楚辞》中还有许多字词没有弄清楚，其中的神话传说，还有许多没有弄清楚。又如屈原的思想，在战国那个百家争鸣的情况下，他的政治观点、思想倾向究竟怎样？他是各家都有一点，还是自成一家？又比如，对于屈赋的艺术性，研究得更少了。过去在“左”倾思想影响下，不敢谈优秀的古典作品的艺术性，而是侈谈什么思想性。因此，屈赋的艺术成就是那时的人们研究得比较少的。再比如，关于屈原的生平事迹，大家的意见很不一致。总之，许多问题还没有搞清楚。

以上是讲的古今《楚辞》研究的一些情况，也结合谈了我做学问的一些体会和态度，希望同学们体会。虽然大家可能研究的对象有所不同，但大的原则总是一致的。

附录：

1990年汤炳正先生为关门弟子何炜所开列的书单

（一）前两年必读语言文字书

（1）《说文》（清段玉裁注）

（2）《尔雅》（清郝懿行《义疏》）

（二）三年选读楚辞注本[①]

（1）王逸：《楚辞章句》（汉）

---

① 姜亮夫、郭在贻为原杭州大学研究生开列的楚辞学“十六家”（见“超星学术视频”：林家骊“楚辞研究”），名单与汤炳正的“十四家”之说略异。即除未举汪瑗、王闿运、郭沫若三家以外，增王夫之、胡文英、刘永济、于省吾、谭戒甫五家。合观这两份名单（共计“十六家”），其大体囊括了有汉至20世纪末的关于楚辞研究的代表性学者与重要著作。

（2）洪兴祖：《楚辞补注》（宋）

（3）朱熹：《楚辞集注》（宋）

（4）汪瑗：《楚辞集解》（明）

（5）蒋骥：《山带阁注楚辞》（清）

（6）戴震：《屈原赋注》（清）

（7）王闿运：《楚辞释》（清）

（8）马其昶：《屈赋微》（清）

（9）郭沫若：《屈原研究》（当代）

（10）闻一多：《楚辞校补》（及《神话与诗》等）（当代）

（11）游国恩：《楚辞论文集》（当代）

（12）姜亮夫：《屈原赋校注》及《楚辞学论文集》（当代）

（13）朱季海：《楚辞解故》（当代）

（14）汤炳正：《屈赋新探》

（三）三年选读先秦两汉要籍

（1）《四书章句集注》（宋朱熹撰）

（2）《诗经》（汉毛传、郑笺）

（3）《左传》（晋杜预注，参今人杨伯峻《左传注》）

（4）《战国策》（参今人缪文远《校注》）

（5）《山海经》（清郝懿行《笺疏》）

（6）《史记》（三家注）

（7）《荀子》（清王先谦《集解》）

（8）《管子》（清戴望《校正》）

（9）《韩非子》（参今人陈奇猷《集释》）

（10）《墨子》（清孙诒让《间诂》）

（11）《吕氏春秋》（参今人许维遹《集释》）

（12）《老子》（参今人马叙伦《校诂》）

（13）《庄子》（清郭庆藩《集释》）

（14）《淮南子》（参今人刘文典《集注》）

（15）《论衡》（上海人民出版社标注本）

（16）《汉魏六朝百三家集》（读汉魏部分）

（17）《文选》（李善注本）

第二讲　总论屈原

屈原是中国古代的伟大诗人。他生活所在的战国中后期，正是中国社会由奴隶制向封建制过渡的大变革时代。他站在大时代的最前列，跟黑暗的旧势力进行着顽强的斗争，并写下了不朽的诗篇。他不仅在中国文学史的发展上起了巨大深远的影响，而且他在政治上的坚贞情操和崇高理想，几千年来一直鼓舞和哺育着为社会进步而奋斗的人们。

屈原，名平，是战国时代的楚人。他的生年月日，在《离骚》中自谓："摄提贞于孟陬兮，惟庚寅吾以降。" 后人据此推算，结论略有不同。其中最有代表性的为清代的邹汉勋、陈玚、刘师培三家。邹据殷历推定为生于楚宣王二十七年戊寅，夏历正月二十一日（《屈子生卒年月日考》）；陈据周历推定为生于楚宣王二十七年戊寅，夏历正月二十二日（《屈子生卒年月考》）；刘据夏历推定，与邹说全同（《古历管窥》）。

三家虽或有一天之差，而年月则皆为公元前三百四十三年夏历正月。学术界多从其说。此外，当代学者还有不少考订，但大致不出公元前三百四十三年以后的几年之内。

屈原出身于楚国的贵族家庭，与楚同姓。故《离骚》自称为“帝高阳之苗裔”；而《史记·楚世家》亦谓“楚之先祖，出自帝颛顼高阳”。楚国本姓芈，迨春秋初期，楚武王熊通的儿子瑕，受封于屈地，其子孙即以屈为氏（见王逸《离骚》注及《元和姓纂》“屈”字下）。后来，屈氏跟昭、景二氏，同为楚国的三大强族。从春秋以来，如屈重、屈完、屈荡、屈到、屈建等，在楚皆任要职。《离骚》自谓“朕皇考曰伯庸”。“伯庸”之名不见于其他典籍，王逸根据“皇考”一词，谓伯庸为屈原之父；后人或据刘向《九叹·逢纷》，谓伯庸为屈原远祖。

屈原以贵族身份，楚怀王时，曾作“三闾大夫”。据王逸《离骚叙》云：“屈原与楚同姓，仕于怀王，为三闾大夫。三闾之职，掌王族三姓，曰昭、屈、景。屈原序其谱属，率其贤良，以厉国士。”这大概跟春秋以来其他各国的“公族大夫”有些相似。乃掌管和教育贵族子弟之职。《离骚》云：“余既滋兰之九畹兮，又树蕙之百亩；畦留夷与揭车兮，杂杜衡与芳芷。冀枝叶之峻茂兮，愿竢时乎吾将刈……”通过这段譬喻性的追述，不难看出，屈原为三闾大夫时，为了楚国的前途，确实曾经培育过不少的贵族子弟，储备了不少的政治人才。

接着，怀王又任屈原为左徒。“左徒”之职，在古籍只二见。除《史记·屈原列传》之外，又见于《史记·楚世家》。学术界多据《楚世家》春申君由“左徒”升任令尹的事实，推断“左徒”之职，在楚国乃仅次于令尹的要职，政治地位是很高的。《史记·屈原列传》曾谓：屈原“博闻强志，明于治乱，娴于辞令”；为左徒时，“入则与王图议国事，以出号令；出则接遇宾客，应对诸侯，王甚任之”。可见左徒之职在政治上的重要性。

战国时期，一方面是各国都不同程度地向着封建经济制过渡，一方面国际形势又向着封建大一统的局面发展。而屈原任楚国左徒时，对上述两个方面，都曾起过重大作用。

当时，在大一统的斗争中，秦楚两国，势均力敌，最有资格来完成这一历史使命。因而“横则秦帝，从则楚王”（刘向《战国策书录》）是国际上“合从”“连横”两大派的斗争焦点。而屈原在外交政策上，恰恰是坚决主张联齐抗秦的“合从”派的政治家。据《史记·楚世家》载：怀王十一年“苏秦约从山东六国共攻秦，楚怀王为从长”。善于“接遇宾客，应对诸侯”的屈原为怀王左徒，当即在此时。由于外交政策的胜利，楚国的国势这时正处于举足轻重的地位。在内政方面，“明于治乱”的屈原，是上承楚悼王时吴起变法的遗教，走富国强兵的道路。屈原的主张为楚怀王所接受，并委屈原“造为宪令”。所谓“宪令”，即有关法治的令典。春秋战国时期，各先进国家，为了变法图强，纷纷制定适合于新的经济基础的“宪令”。楚国在春秋时本来已有“宪令”，这从当时郑国子太叔对楚国说“此君之宪令而小国之望也”（《左传》襄公二十八年）一语中，已可看出。故屈原这次制造新的“宪令”，很可能是在吴起变法的基础上，对楚国的内政外交进一步做出了较大的改革。屈原的这段政治生活，后来曾在《惜往日》里这样写道：

惜往日之曾信兮，受命诏以昭时。
奉先功以照下兮，明法度之嫌疑。
国富强而法立兮，属贞臣而日娭。

这里所谓“先功”，当然是指楚先王的治国业绩，尤其是应当指的吴起辅悼王的变法成效而言。因为屈原在这里所说的“明法度”“国富强”正是走的吴起的政治路线。

但是，战国时期，作为代表封建经济的先进力量，在变法过程中，由于损及奴隶主贵族的利益，曾经遭受到奴隶主贵族的一系列打击。秦国的商鞅、楚国的吴起，正是在这场严峻的斗争中牺牲的。因而，屈原在草拟“宪令”时，竟发生上官大夫“夺稿”事件，绝不是偶然的。因为屈原在《惜往日》中又说：“心纯厖而不泄兮，遭谗人而嫉之。”则草宪工作，由于怕贵族破坏，当时是秘密进行的。屈原由于保密“不泄”，故夺稿“不与”，因而遭谗。这跟《史记·屈原列传》所载是一致的。由此可见，“夺稿”事件，并不是什么个人之间的所谓“争宠”“害能”的冲突，实质上是贵族们对草宪工作的对抗，是阶级斗争的一种表现形式。

在这场斗争中，屈原是以失败而告终的：

首先是怀王之世屈原的被疏。上官、靳尚之流，为了维护贵族利益，对屈原谗言中伤，屈原被疏。而秦国则抓紧时机，立即于怀王十六年派张仪至楚，进行阴谋活动。一面以“厚币”贿赂重臣及内宠，一面以商於之地为诱饵，欺骗怀王，使楚与齐绝交，以破坏“齐楚从亲”之势。这样，终于贵族得势，“合从”解体，屈原在内政、外交两方面所取得的成就，同归于失败。据《史记·屈原列传》，屈原这时，只是被“疏”，见“黜”，并未流放。故当怀王在丹淅大败之后，屈原仍受命使齐联好；在怀王被骗入秦问题上，也曾谏以“无行”。但在谗臣当道的楚国政局中，屈原的政治生命实质上已经结束。

其次是顷襄王之世屈原的被放。怀王客死于秦这件事，对楚国上下的震动很大。据《史记·楚世家》记载，怀王归葬于楚，“楚人皆怜之，如悲亲戚”。而屈原对劝怀王入秦的子兰，责怒之情，更不待言。《史记·屈原列传》谓：“楚人既咎子兰，以劝怀王入秦而不反也，屈平既嫉之……”即指此事而言。在这群情汹汹的政治压力之下，对新就任的当权派令尹子兰，是极不利的。因而“令尹子兰闻之大怒，卒使上官大夫短屈原于顷襄王，顷襄王怒而迁之”（同上）。屈原这次被放之后，楚国屡败于秦，在外交上完全处于媚秦求和的被动地位。而屈原目睹国事日非、民族衰败的景象，在矛盾痛苦中到处流浪。开始是由郢都沿江东下，直到陵阳；后又转向西南，溯沅而上，徘徊于辰阳、溆浦之间。迨顷襄王二十一年，秦将白起拔楚郢都；二十二年，秦又拔楚黔中郡。屈原当时流浪所在的辰阳、溆浦，即黔中郡的属地。因而，屈原此时又西北沿湘而下，并在故都沦丧、国势危急之际，自沉于汨罗。时公元前277年，屈原六十五岁（郭沫若《屈原研究》主张屈原死于顷襄王二十一年，即公元前278年；游国恩《屈原》主张屈原死于顷襄王二十二年，即公元前277年；浦江清《祖国十二诗人》主张屈原死于顷襄王十九年，即公元前280年；林庚《诗人屈原及其作品研究》主张屈原死于顷襄王三年，即公元前296年；陆侃如《屈原与宋玉》主张屈原死于顷襄王十年以前，即公元前290年左右；刘永济《屈赋通笺》主张屈原死于顷襄王十一年，即公元前288年）。

关于屈原的思想倾向和政治主张：

在思想倾向方面，学术界根据屈原的政治活动与诗歌创作，曾做过多方面的探索。有人认为他称尧舜，说仁义，近于儒家；也有人认为他强调“明法度”，图“富强”，近于法家。而郭沫若同志新中国成立前在《屈原研究》中认为，屈原“彻底地接受了儒家的思想”；新中国成立后在为纪念屈原而撰写的《伟大的爱国诗人——屈原》中又说，屈原“相当浓厚地表示着法家色彩”。当然，也有人认为屈原讲“虚静”“无为”，有道家思想。如游国恩的《楚辞论文集》，即其代表。其实，从战国中期至末期，在百家争鸣达到高潮以后，各家之间的互相影响、互相渗透的情况早已出现。荀子以儒家大师而有鲜明的法家倾向；楚国的法家吴起，早年又是儒家经典《左氏传》的传受者。尤其楚国乃道家发源地，老庄学说，广泛流传。故法家的集大成者韩非子，也曾采撷道家学说以为己用，《解老》《喻老》，是其明证。“博闻强志”的屈原，正处在如此急剧变化的伟大时代里，搏击在互相矛盾又互相融合的思想激流中，他在思想意识上所表现出的复杂性，是完全可以理解的。但在屈原思想领域中所特别应当强调的，是他在认识论方面的特征。例如屈原的《天问》，对于远古人类到奴隶时代，有关宇宙形成、自然现象、人类历史等传统观念，提出了一系列的疑问与质诘，诱导人们进行新的探索。这正是屈原思想领域中所闪耀着的朴素唯物论与朴素辩证法的思想火花。

在政治主张方面，屈原的《离骚》曾提到“美政”。这“美政”的具体内容，本应体现在他所草拟的“宪令”之中。但草宪工作既已流产，我们就不得不从他的光辉诗篇中寻找它的痕迹。

在屈原的诗篇中，首先使我们感受到的，是他的政治理想，跟当时一切先进的政治家是一致的。他所要走的，是变法革新、富国强兵的道路。《惜往日》里所说的“国富强而法立”，以及主张“法治”，反对“心治”，就是这一理想的鲜明体现。为了达到这个目的，他提出以“举贤能”取代奴隶主贵族的“世卿世禄”制。他在《离骚》里不仅明确主张“举贤而授能兮，循绳墨而不颇”，而且历举傅说、吕望、宁戚等由下层擢居显位的范例，即其用意所在。其次是“反壅蔽”，以巩固君臣关系，保证法令畅行。《惜往日》云：“独障壅而蔽隐兮，使贞臣为无由。”对楚王之被“壅塞”，时有所指责。实质上他所反对的，正是《管子·明法》所谓：法令“出而道留谓之拥（壅），下情求不上通谓之塞”。再其次是“禁朋党”。《离骚》云：“惟夫党人之偷乐兮，路幽昧以险隘。”对“党人”不止一次地揭露。这跟“吴起为楚悼王立法”，特别强调“禁朋党以厉百姓”的精神是一致的（《史记·范雎蔡泽列传》）。最后是“明赏罚”。在赏罚问题上，屈原主张“参验以考实”，赏罚必当，反对“或忠信而死节兮，或訑谩而不疑”的现象存在（皆见《惜往日》）。当然，屈赋究竟是抒情诗，而不是政论文，对上述的政治主张，不可能做理论上的阐述，他只能结合个人遭遇，在抒发愤懑之情时，略露其端倪。但借此探索屈原所草“宪令”的政治主张与精神实质，是不会相去太远的。

第三讲　屈原的作品

《汉书·艺文志·诗赋略》著录《屈原赋二十五篇》，这是中国文学史上的别集之祖。但其书不传，今本《楚辞章句》十七卷，其中王逸明确定为屈赋者恰为二十五篇。即《离骚》一篇，《九歌》十一篇，《天问》一篇，《九章》九篇，《远游》一篇，《卜居》一篇，《渔父》一篇。

屈赋的思想内容，广博、深邃，富有浓郁的时代色彩。但作为抒情诗来讲，丰富的思想内蕴，只有从抒情主人公的形象性格中，才能体现出来。概括言之：

在屈赋中首先感到的是屈原人格的崇高。但这崇高的人格，却是从孳孳不懈地自我修养而来。当然，诗人并没有否认什么天然的“内美”，而更重要的是他特别强调“纷吾既有此内美兮，又重之以修能”。“修”在屈赋里确实占着显要的地位。如“修能”“修姱”“修名”，等等。而所有这些“修”，都跟美德联系着，更跟诗人的自我整饬、着意磨炼是分不开的。《离骚》云：“民生各有所乐兮，余独好修以为常。”“好修”，正是诗人性格特征的自我表白，也是屈赋思想性的主要方面之一。在诗篇中，诗人根据自己对生活的审美体验，凡香花芳草，都成了人类崇高品格的象征。他“扈江离”“纫秋兰”“贯薜荔”“矫菌桂”“朝搴木兰”“夕揽宿莽”……王逸对此，曾说以“博采众善，以自约束”，这无疑是一言中的之谈。但是，“好修”，绝不意味着是诗人人格的自我完成，恰恰相反，它更多的是在崇高人格的对立面的压力之下进行的。从生活逻辑来讲，当然是“孰非义而可用兮，孰非善而可服”（《离骚》），然而诗人的遭遇，却坎坷崎岖，并非如此单纯。而种种苦难，也恰恰玉成了他的人格而使之更加崇高。在遭谗被疏之际，我们看到的却是：“制芰荷以为衣兮，集芙蓉以为裳；不吾知其亦已兮，苟余情其信芳。”（《离骚》）甚至在流放将行之时，我们看到的却是：“梼木兰以矫蕙兮，糳申椒以为粮；播江离与滋菊兮，愿春日以为糗芳。”（《惜诵》）尽管打击接踵而来，这对诗人来讲，与其说是折磨，毋宁说是砥砺。在《怀沙》里虽也曾为“怀瑾握瑜兮，穷不知所示”而痛苦，但这丝毫也没有动摇他“余幼好此奇服兮，年既老而不衰”（《涉江》）的终生信念。无怪乎诗人对那班“兰芷变而不芳兮，荃蕙化而为茅”的庸众们做了如下的结论：“岂其有他故兮，莫好修之害也。”（《离骚》）不难看出，“好修”在屈赋中的巨大意义。

鲜明的是非感，强烈的爱憎感跟时代责任感的高度统一，是屈赋思想的又一特征。诗人喜爱美好的事物，更憎恨丑恶的行径。对“党人之偷乐”，“时俗之工巧”，“驰骛追逐”之风，“贪婪求索”之辈，曾不断地予以辛辣的讽刺，嫉恶如仇。至于从丑恶的现实社会生活中发现美好事物，在诗人笔下则不多见，这也许是诗人最大的苦恼。但是，丑恶的现实之外，历史上的圣君贤臣，神话中的美人好事，自然界的善鸟香花，乃至自身的修洁的品质等等，则在诗篇中予以热情的歌颂与赞美。可是，所有这些，绝不是以诗人的个人好恶为出发点，而是跟国家前途、人民命运紧紧联系在一起的。“民好恶其不同兮，惟此党人其独异”（《离骚》），这不仅说明了好恶在不同的人身上所具有的本质特征，而且也展示了诗人在这个问题上的强烈的自觉性和时代责任感。诗人为了表现鲜明的爱憎，在诗篇中，总是美的形象跟丑的形象相对立而存在，相依赖而得到表现。如《涉江》中的“鸾鸟凤皇”与“燕雀乌鹊”，《惜往日》中的“嫫母”与“西施”，《怀沙》中的“白”与“黑”，“石”与“玉”等等。而且在诗人笔下，正面的东西又总是在失败中存活，而反面的东西则在胜利中欢笑。“凤皇在笯兮，鸡鹜翔舞”（《怀沙》），“黄钟毁弃，瓦釜雷鸣”（《卜居》），就是这黑暗现实的形象写照。这固然不能说是生活规律，但却是特殊条件下的历史事实。这样的矛盾，不仅深化了诗人的爱憎感，同时也激化了千古以来读者的义愤感。当然，诗人是不幸的。但这不仅是诗人的不幸，也是时代的不幸。因而，诗人的时代责任感，使他并没有陷入个人的悲哀而不能自拔。反之，他敢于正视现实：“鸷鸟之不群兮，自前世而固然；何方圜之能周兮，夫孰异道而相安。”（《离骚》）矛盾斗争的必然性，在鼓舞着诗人战斗、前进。

屈原的忠君思想，这是人们所熟知的。其实，屈原固然忠君，但尤其忠于自己的政治理想。他对自己的理想，坚贞不变，充分揭示了诗人为理想而献身的高尚情操。适应时代要求，进行政治改革，这是诗人最终目的。但当理想落空之后，他并没有随时从俗，跟着庸人们走人类历史的回头路。在诗人遭谗被黜的政治压力下，“众骇遽以离心”（《惜诵》），就连过去自己亲手培育的“兰蕙”，也难免改变了政治方向。但“虽萎绝其亦何伤兮，哀众芳之芜秽”（《离骚》），宁可在暴风雨中“萎绝”，也绝不能自我“芜秽”。这是对“兰蕙”的责难，也是诗人的自处之道。因而诗人曾不止一次地宣告：“广遂前画兮，未改此度也”（《思美人》），“章画志墨兮，前图未改”（《怀沙》）。虽然“九折臂而成医”，“惩于羹而吹齑”（《惜诵》）。这些人类遗留下来的生活格言，诗人比谁都熟悉。但一而再，再而三的打击，并未使诗人“惩前毖后”而在危险的边缘却步，在理想的面前后退。他明知等待着他的是“流亡”“危死”，甚至是商鞅式的“体解”，但诗人为了忠于自己的理想，愿意接受这严峻的考验：“虽体解吾犹未变兮，岂余心之可惩”（《离骚》）。尤其诗人在《思美人》中曾立下这样的誓言：“知前辙之不遂兮，未改此度；车既覆而马颠兮，蹇独怀此异路；勒骐骥而更驾兮，造父为我操之……”的确，“车覆马颠”，他并没有放弃自己所要走的前人所未走过的“异路”，如果时机到来，他仍将继续前进。这种坚贞不变的政治情操，贯穿着屈赋的全部。可见，他的自沉，自然是殉国，但同时也是殉道——为自己的政治理想的破灭而献身。

不过应当注意的是，从屈赋的思想性来讲，正如人们所经常强调的民本意识和爱国思想，应当是它的核心。战国时期，奴隶解放运动，如火如荼，只要是站在进步立场的思想家、政治家，绝不会忽视这一现实的存在。屈原的民本意识的产生，绝不是偶然的。他在诗篇里，经常提到："长太息以掩涕兮，哀民生之多艰"；"余虽好修姱以鞿羁兮，謇朝谇而夕替"；"怨灵修之浩荡兮，终不察乎民心"（《离骚》）；"民离散而相失兮，方仲春而东迁"（《哀郢》）；"愿摇起而横奔兮，览民尤以自镇"（《抽思》）。不难看出，屈原的民本意识是极其突出的。此外，屈原的爱国思想也是为人们一致肯定的。作为崛起于南方而又具有悠久历史文化的楚民族，屈原对它是有深厚感情的。"岂余身之惮殃兮，恐皇舆之败绩"（《离骚》），这正是他以身许国的精神。在国家民族的危急之际，他提出"曾不知夏之为丘兮，孰两东门之可芜"；在流放颠沛之中，他仍念念不忘"州土之平乐""江介之遗风"（《哀郢》）。其痛心国事日非、关怀民族安危之情，戚然溢于言表。当然，适应封建经济的发展而走在时代前列的诗人屈原，毕竟还是剥削阶级，因而在他的诗篇里，民本意识，爱国思想，始终跟他的忠君的"悃款"与个人的"郁邑"紧紧地纠缠在一起。这正是历史和阶级所烙给他的局限性。

总括起来，屈赋的思想内容，大体可分三类：第一，《离骚》《九章》《远游》等，以国家兴亡、身世感慨为主；第二，《九歌》以乐歌鼓舞、宣达民情为主；第三，《天问》以探索真理、挥发哲思为主。这是屈赋的三大主题。一个站在时代前列的文学家，他对自己的时代、自己的国家越是抱有高度庄严的责任感，他对提高人类精神文明的贡献就越大，因而他的作品也就越会受到后人的喜爱，并从中获得力量。屈赋正是如此。

屈赋的艺术特色，就其主要者言之：

首先，表现在语言的参差错落，舒卷自如，打破了《诗经》以四言为主的旧传统上；而且充分发挥了“兮”字在诗歌中的作用。如《离骚》《远游》等，基本上是以六言或七言为主，而“兮”字置于二句之间；《九歌》是以五言或四言为主，而“兮”字置于每句之中；《天问》《橘颂》等，基本上是四言句，但除《天问》外，句末皆用“兮”字以足成四言；而《卜居》《渔父》则又别具一格，句型长短，极变化之能事，且间以散文句法，并不用韵。所有上述这些不同的语言形式，又是互相掺糅，交相为用，因而形成了语言上的摇曳多姿，富有极大的表现力。处在社会大变革的战国时代，由于现实生活的复杂化，要求诗歌语言的大解放，这是当时文学创作的必然趋势；同时也显示了诗人屈原“娴于辞令”的创作才能。“兮”字的大量使用，同样是屈赋语言的一大特色。据清代孔广森《诗声类》的考证，先秦语音，“兮”字读如“阿”（即今“啊”）。近年马王堆出土汉初帛书《老子》，凡今本“兮”字，帛书皆作“呵”（即今“啊”）。可证孔氏的结论是科学的。因此，古代诗歌中的“兮”，实即今天歌诗或诵诗时的尾音泛声“啊”。本来《诗经》中也用“兮”字，但原系口头文学上的“兮”字，已在书面上被大量地清洗掉。而屈赋在这一点上，却大胆地、充分地吸取了民歌的优良传统，把“兮”字摆在诗歌语言的重要地位上，从而不仅增加了诗歌的音乐性，而且使诗歌的感情因素更加强烈而浓郁。

其次，神话传说在屈赋中的大量运用，为诗歌创造了瑰异的气氛，渲染出美妙的意境。但神话在屈赋里，并不是以一般“典故”的面貌出现，而是跟诗人真挚的爱国热情，崇高的政治理想，以及深邃的哲理思索，凝结成血肉相连的整体。在《离骚》里，诗人不仅使“飞廉”“雷师”“望舒”等神话人物，供其驱遣，在“县圃”“崦嵫”“扶桑”等神话世界里，任意翱翔，而且把“穷石宓妃”“有娀佚女”“有虞二姚”跟诗人自己的现实生活融为一体，思想感情互相感应，构成了一幅幅形象鲜明而又充满矛盾的生活画面，从而深刻地表现了诗人对理想世界的向往与理想幻灭的悲哀。《九歌》的主题本身就是神话的，但在诗人笔下，它既是神话，也是现实。它本是神话世界的幻象，却给人以现实生活的真实感受。“悲莫悲兮生别离，乐莫乐兮新相知”，这是在写神话中的悲欢离合，但也正是人世间悲欢离合的高度概括。在屈赋中所有一切的神话成分，无疑是楚文化的浪漫色彩在文学创作上的反映。对屈赋中的神话，班固曾讥以“非法度之政”（《离骚序》），刘勰也刺为“诡异之辞”（《文心雕龙·辨骚》）；这就不仅否定了神话在文学史上的意义，而且无异于抹煞了屈赋的艺术特色。如果将《诗经》与屈赋相比，屈赋正是在这个问题上显示其不朽的艺术魔力。

再其次，古人评屈赋，莫不着重提出其艺术手法上善用譬喻。如王逸《离骚叙》云：“依《诗》取兴，引类譬谕”；《文心雕龙·比兴》亦云：“依《诗》制《骚》，讽兼比兴”。这无疑都揭示了屈赋最显著的特征。当然，在《诗经》里，譬喻早已普遍运用，但屈赋譬喻之绚烂多彩，却向前跨了一大步。王逸《离骚叙》曾谓：“善鸟香草，以配忠贞；恶禽臭物，以比谗佞；灵修美人，以媲于君……”王氏之说，虽未必尽合屈赋本旨，但他强调屈赋多方发挥譬喻之妙用，这一点是正确的。尤其值得提出的是屈赋对譬喻手法的创造性。例如“隐喻”格，虽在“本体”与“喻体”之间并不使用“如”“若”等譬喻词，但屈赋却常常在“本体”中使用含有双重意义的语词以照应“喻体”，或在“喻体”中使用含有双重意义的语词以照应“本体”，使“本体”与“喻体”之间达到高度和谐的艺术效果。如《离骚》“本体”句中“非世俗之所服”的“服”字，义为“服行”，但又利用“服”有“服佩”之义，跟“喻体”中的“结茝”“纫蕙”相照应；再如“本体”句中“悔相道之不察”的“道”字，义为“道理”，但又利用“道”有“道路”之义，跟“喻体”中的“回车”“步马”相照应。这样的修辞艺术，在屈赋之前确实是罕见的。

屈赋的艺术特征，还表现在风格上的沉郁壮丽，如大海波涛，气象万千，形成了风格多样化的统一体。这一点，正如刘勰所说：“《骚经》《九章》，朗丽以哀志；《九歌》《九辩》，绮靡以伤情；《远游》《天问》，瑰诡而惠巧；《招魂》《大招》，耀艳而深华；《卜居》标放言之致；《渔父》寄独任之才。故能气往轹古，辞来切今，惊彩绝艳，难与并能矣。”（《文心雕龙·辨骚》）这无疑是对屈宋作品艺术风格的精辟概括。

屈原不仅是忠实于自己的祖国、自己的人民的政治家，同时也是一个忠实于文学艺术的杰出诗人。因而他才能在艺术实践中，调动各种艺术手段，为我们塑造了一个具有伟大人格而永垂不朽的诗人形象。

屈赋，既是楚文化的结晶，又是祖国文化的构成部分；既是楚国政治斗争的反映，又是屈原人格的形象体现。因此，屈赋的产生，不但具有深厚的历史根源，而且两千年来，一直对我国民族情操的培育和文学艺术的发展，起着深远的影响。王逸称其“名垂罔极，永不刊灭”（《离骚叙》），刘勰称其“衣被词人，非一代也”（《文心雕龙·辨骚》），皆非过誉之词。

两千年来，不同时代的文学家，几乎没有例外地从屈原的作品中吸取艺术营养，从屈原的人格中吸取精神力量。而且除辞赋外，对诗、词、曲、剧，乃至绘画、雕塑等各个不同的领域，除艺术方法外，在题材、主题、风格，乃至意境、情调等各个不同的方面，其影响之广泛，也是历史上所罕见的。李白《江上吟》云“屈平辞赋悬日月”，杜甫《戏为六绝句》云“窃攀屈宋宜方驾”，都有力地说明了这个问题。以戏剧为例，从元代睢景臣的《屈原投江》到现代郭沫若的《屈原》，历代作者辈出；以绘画为例，从宋代李公麟的《九歌图》到现代郑振铎所辑《楚辞图》，更为丰富多彩。所有这些，都跟屈原的崇高人格与屈赋的艺术力量是分不开的。

特别是，在中国历史上，每当民族灾难深重、黑暗统治极端残酷之际，不少的志士仁人，跟屈原爱国爱民、向往光明的精神往往息息相通，从而在屈原精神的激励下，为反抗黑暗、探索真理而进行不懈的斗争。千百年来，屈原沉江的五月五日，不仅成为人民纪念屈原的节日；而且抗战时期，中国文艺界曾定五月五日为“诗人节”，用以砥砺人们的民族气节。而鲁迅在跟黑暗势力做艰苦斗争的年代里，也曾以《离骚》“路漫漫其修远兮，吾将上下而求索”作为《彷徨》的题词，继承屈原探索真理的精神，不断地追求光明。

《楚辞》

《楚辞》是中国文学史上继《诗经》之后的又一部文学总集。内收屈原、宋玉下至汉代王逸诸家辞赋，共十七卷。

在屈原的作品里曾提到“诗”“歌”“颂”“赋”，而没有提到“辞”。如“展诗兮会舞”（《东君》），“造新歌些”（《招魂》），“道思作颂”（《抽思》），“窃赋诗之所明”（《悲回风》），“同心赋些”（《招魂》）。其中“赋”的名称，则《周礼·大师》已列为“六诗”之一；《国语·周语》也有“瞍赋蒙诵”之语。战国时，除屈原言“赋”而外，稍后的荀子书，已以“赋”名篇。至于《离骚》的“就重华而陈辞”，《思美人》的“因归鸟而致辞”，《惜往日》的“听谗人之虚辞”等“辞”字，寻其含义，皆当指“辞令”“言辞”，而跟诗歌这一文体无关。

把屈原的“赋”跟“辞”联系起来，起于西汉前期。司马迁《史记·太史公自序》云：“作辞以讽谏，连类以争义，《离骚》有之”；而《史记·屈原列传》则云 “乃作《怀沙》之赋”。是对屈原的作品，既称“赋”，又称“辞”。而且《史记·屈原列传》最后又说：“屈原既死之后，楚有宋玉、唐勒、景差之徒者，皆好辞而以赋见称；然皆祖屈原之从容辞令，终莫敢直谏。”可见，史迁把屈原的“娴于辞令”跟擅于作“赋”，是结合起来加以论述的。因而“辞赋”连称，当时也已出现。如《史记·司马相如列传》即有“景帝不好辞赋”之语。《汉书·王褒传》也说：“辞赋大者与古诗同义，小者辩丽可喜。”而“辞赋”之名，此后渐盛。

至于“楚辞”之称，亦起于西汉前期；而包括屈宋作品在内的《楚辞》一书之纂辑，这时当亦开始。

据《汉书·朱买臣传》云：武帝召见朱买臣，“说《春秋》，言《楚词》，帝甚说（悦）之”。这里以《春秋》与《楚辞》对举，则《楚辞》当指专书而言。又《汉书·王褒传》云："宣帝时修武帝故事，讲论六艺群书，博尽奇异之好，征能为《楚辞》九江被公，召见诵读。"这里，既以《楚辞》属于"群书"，又以"讲论"与"诵读"连文，则《楚辞》当时已有专书益明。《文心雕龙·辨骚》云"汉宣嗟叹，以为皆合经术"，殆即指此事而言。在西汉前期，楚文化颇为盛行。以音乐言，有所谓"楚声"（《汉书·礼乐志》），以舞蹈言，有所谓"楚舞"（《史记·留侯世家》），以曲调而言，有所谓"楚歌"（《汉书·韩延寿传》）。因而，在文学方面不仅出现了"楚辞"之名称，而且开始辑有《楚辞》专书，这正是当时的风尚。

但上述所谓《楚辞》，只是专书的雏形，并非即今本《楚辞》。今本《楚辞》十七卷，其中十六卷，传为西汉晚期刘向所结集；东汉末，王逸又加进自己所写的《九思》，才成为十七卷。如王逸《楚辞章句叙》云："逮至刘向，典校经书，分为十六卷"，"今臣复以所识所知，稽之旧章，合之经传，作十六卷章句"。是王逸所注者，当时只为十六卷本，并没有《九思》。但《隋书·经籍志》云："王逸集屈原已下，迄于刘向。逸又自为一篇，并叙而注之，今行于世。"则包括《九思》在内，即十七卷本。故有人认为十六卷，无《九思》，为逸进献本；十七卷，附《九思》，为逸私家别行本（姚振宗《隋书经籍志考证》）。唐宋著录，有的称为十六卷，有的称为十七卷，殆即由此而来。因此，今通行本的《楚辞章句》十七卷，共结集了屈原、宋玉、贾谊、淮南小山、东方朔、严忌、王褒、刘向、王逸九家的辞赋。不过南唐王勉《楚辞释文》所载古本《楚辞章句》的目次，并非以时代为顺序，可见《楚辞》之结集，或非出于一人之手。据朱熹《楚辞辩证》谓依时代为序之今本，乃经过宋陈说之所调整更定。

这里应当着重谈到的是《楚辞》中所收入的屈原赋二十五篇问题：

考《汉书·艺文志·诗赋略》首列《屈原赋二十五篇》。《艺文志》本之刘向父子的《七略》。它是以校理百家、甄别流派为主，故不采取《楚辞》的总集形式。屈赋以外的宋玉诸家辞赋，亦皆列有专集。故《艺文志》所著录的《屈原赋二十五篇》，乃中国文学史上个人别集之始祖。

《艺文志》所著录的《屈原赋二十五篇》，后世无传本。因此，它究竟是哪二十五篇？古今说者并不一致。如果以王逸《楚辞章句》考之，则其中王氏确定为屈赋者有《离骚》一篇，《九歌》十一篇，《天问》一篇，《九章》九篇，《远游》一篇，《卜居》一篇，《渔父》一篇，恰合《艺文志》二十五篇之数。《艺文志》本于刘向，《楚辞》亦经刘向纂辑，则王说当有所本。但是，两汉时期说者并不一致。司马迁《屈原列传》以《招魂》为屈原作品，跟《离骚》《天问》《哀郢》并举，而王逸则认为是宋玉作品。

关于屈赋二十五篇当中的某些篇章，近代以来，学术界多有真伪之争，至今还没有得到统一的看法：

其中最突出的是《远游》。自廖平、胡适提出怀疑后①，陆侃如在《屈原》里进一步认为屈原思想是“入世”的，而《远游》思想是“出世”的，故非屈作，乃后人抄袭司马相如《大人赋》而成。而郭沫若的《屈原研究》，则直谓《远游》实即《大人赋》的初稿。

关于《九章》后四篇的《思美人》《惜往日》《橘颂》《悲回风》，清吴汝纶的《古文辞类纂点勘记》认为非屈作。因为据《汉书·扬雄传》所载：雄作《畔牢愁》所仿，至《怀沙》而止，其时犹无后四篇。后来刘永济的《屈赋通笺》，也同意吴说。

《卜居》《渔父》，也有人怀疑过②。如清崔述的《考古

① 承蒙力之先生相告：清中叶的胡浚源在《楚辞新注求确·凡例》中已说《远游》“明系汉人所作”，然其说影响未广。

② 力之先生曾说：“据汤炳正先生考证，《渔父》‘存在于荀卿之前，为荀卿所引用’，‘它应当就是荀卿的前辈屈原的作品’。其说甚是。这又从史料学的角度，有力地佐证了《渔父》为屈原所作。”

续说》，胡适的《读楚辞》，皆有此说。而陆侃如的《屈原》亦以“屈原既放”之语，“显然是旁人的记载”为理由，否定它们是屈作。郭沫若的《屈原赋今译》，则认为文字不是屈作，但以古韵考之，应是先秦古籍。

《九歌》的作者，王逸认为是屈原，宋朱熹的《楚辞集注》则认为《九歌》是南楚的民间祭歌，而屈原“颇为更定其词”。逮至胡适的《读楚辞》则认为《九歌》乃古代“湘江民族的宗教歌舞”，“与屈原传说绝无关系”。陆侃如的《屈原》亦同意胡适此说。

《招魂》的作者，在汉代即有不同的意见。司马迁的《史记·屈原列传》曾以《招魂》为屈原的作品而与《离骚》《天问》《哀郢》诸篇并列；而王逸的《楚辞章句》则认为“《招魂》者，宋玉之所作也”。近代以来，学术界对此，意见亦不一致①。

① 汤炳正在1996年12月19日给力之先生的信中说：“主屈说的原始证据，只是《史记·屈传》；主宋说的原始证据，也只是王逸《章句》。此外双方皆无更多的东西。当然，平心而论，《史记》未明言《招魂》为屈作，而《章句》却确指《招魂》为宋作。在这一点上，宋作之说，确实占了上风。”

总之，对屈赋辨明真伪的工作，是重要的[①]。只有在确定真伪的基础上，才能对屈赋做出确实可靠的历史评价；故屈赋某些篇章的真伪之辩，学术界正在讨论中，尚无统一意见。例如对上述论点提出不同看法者，有姜昆武等的《〈远游〉真伪辩》（《文学遗产》1981年第三期），汤炳正的《关于〈九章〉后四篇真伪的几个问题》（《四川师院学报》1977年第四期），陈子展的《论〈卜居〉〈渔父〉为屈原所作》（《中华文史论丛》1978年复刊号），又陈子展的《〈楚辞·九歌〉之全面观察及其篇义分析》（《中华文史论丛》1979年第四期）。至于《招魂》一篇，学术界从司马迁意见者较多，从王逸意见者较少。

汉人结集上自屈原下至王逸的作品而以《楚辞》名书，殆如《诗经》以国别名《风》之义。因为《楚辞》作为一种文体来讲，起于楚，盛于楚，具有鲜明的楚文化特色。故《汉

① 关于辨伪工作，汤炳正曾在给赵逵夫先生的信中说："我的态度，是在双方证据都不充足的情况下，与其过而弃之，不如过而存之。但是，对双方所持的论据，无论否定或肯定，只要有新的看法，都应提出来；哪怕是一点或两点，也会对问题的最后解决，做出贡献。"又说他的《关于〈九章〉后四篇真伪的几个问题》，"也是本着上述的态度，仅仅谈了两个问题，即不同意坚持'四篇'为伪作的两条所谓得力的证据：一、扬雄所见《九章》仅是从《惜诵》以下至《怀沙》五篇。二、刘向《九叹》认为《九章》是'未殚'之作"。

书·地理志》曾以地域观点上溯战国的屈宋，下叙汉兴之枚乘、严助与淮南宾客等，谓其“文辞并发，故世传楚辞”。如果从屈宋作品的内容特征来讲，则正如宋黄伯思所说：“盖屈宋诸骚，皆书楚语，作楚声，纪楚地，名楚物，故可谓之《楚辞》。若些、只、羌、谇、蹇、纷、侘傺者，楚语也。顿挫悲壮，或韵或否者，楚声也。湘、沅、江、澧、修门、夏首者，楚地也。兰茝、荃、药、蕙、若、苹、蘅者，楚物也。”（《校定楚辞序》，见《宋文鉴》卷九十二）其实，不仅如此，举凡屈宋作品所涉及的历史传说、神话故事、政治斗争、风俗习尚，以及表现在创作上的丰富的想象力等，无不带有极其浓郁的楚国的民族风貌。它是楚民族的物质生活和精神生活最集中的体现；是跟中原文化交相辉映的楚文化的重要构成部分。

《楚辞》乃崛起于祖国南方的诗歌艺术。《楚辞》的代表作是《离骚》。因此，古人不仅常以《离骚》为全部屈赋之代称，甚至《楚辞》中的汉人作品，亦被以《离骚》之名。如西汉刘向《列女传·江妃二女传》称《九歌》为《离骚》；东汉郑玄《礼记·檀弓》注，亦称《九歌》为《离骚》；晋郭璞《山海经·中山经》注，则称《天问》为《离骚》；又郭璞《山海经·海内经》注，且称刘向的《九叹》为《离骚》。

后人多称以《楚辞》为代表的诗歌形式为“骚体”，殆即由此而来。

在中国古代文学史上，出现了以“楚辞”而著名的文学流派，如果从民族传统的角度看，这绝不是偶然的。它是祖国长江流域楚文化高度发展的结果；当然，中原文化对它的影响，尤其是民间口头文学对它的哺育，也是不容忽视的。

据考古学界对长江流域史前文化遗址的考察报告，说明了六七千年前，我国湖北、湖南、江西等地，已诞生了自成体系的古老文化。下至春秋战国时期，楚文化的特殊风貌，在这一带仍是极其鲜明的。据典籍所载与屈宋所述，亦莫不具有楚民族特色。屈宋辞赋，乃“楚辞”的菁英，是祖国乃至世界文学宝库中的珍品。因为，任何文学上的创新，都是在既定的、民族传统的基础上发展起来的；离开本民族的传统特色，也就不可能为世界文学宝库增加新的财富。

《楚辞》的产生，不仅有深厚悠久的历史根源，而且两千多年来，对祖国文学的发展，起着极其深远的影响。

从王逸的《楚辞章句》看，上自宋玉的《九辩》，下至王逸的《九思》，已可略见战国、两汉之间，以屈赋为代表的“楚辞”在文学史上的影响。宋玉的《九辩》，虽缺乏屈赋忧国忧民的激昂气概，而其基调仍是揭露世事不平、抒写怀才不遇的悲怨之情。王逸认为是“闵师”之作，未必可信。但它在辞赋艺术上，不仅继承了屈赋的传统，而且有所发展。它的第一章把“秋气”的特征写得“萧瑟”感人，“憭栗”伤怀；且即以秋为背景跟人生失意的气氛融为一体。这无疑是受屈赋《悲回风》《抽思》的启示。尤其是全篇开始部分，在“骚体”的基础上，散文化的倾向，极其显著。这应当说是个新的发展。当然较之屈赋，其婉丽清新则有余，而沉雄博大不足。《大招》，从它的内容与形式看，作者既非屈原，也非景差，学术界或疑为汉人拟《招魂》之作。故先秦继屈而起者，应以宋玉的《九辩》为代表。

王逸《楚辞章句》中的两汉之作，也都是在屈宋的影响之下产生的。首先应当谈到的是贾谊的《惜誓》。贾以命世之才而遭疏弃，与屈原相似，故曾写有《吊屈原赋》《鵩鸟赋》等。它们都跟《惜誓》一样，气概轩举，风格矫健，不愧为拟骚之力作。淮南小山的《招隐士》，据《文选》题为刘安所撰。淮南王刘安博雅好士，招致天下隐逸俊杰，士多归之。《招隐士》的内容，正其好士情怀之抒发，而似非如王逸所谓“闵屈”之作。它虽来源于《招魂》，而风力遒古，意境奇瑰，也不愧为汉代辞赋之英杰。清刘熙载《艺概》曾谓：“屈子以后之作，志之清峻，莫如贾生《惜誓》；情之绵邈，莫如宋玉‘悲秋’；骨之奇劲，莫如淮南《招隐士》。”所见极是。

《楚辞章句》中所收录之《七谏》以下汉人作品，朱熹在《楚辞辩证》中曾讥其“虽为骚体，然其词气平缓，意不深切，如无所病痛而强为呻吟者”。因而，除屈宋辞赋外，历代订正增删、别纂新编者辈出。其中，如宋晁补之有《续楚辞》二十卷，《变离骚》二十卷；朱熹有《楚辞后语》六卷；明蒋之翘又有《续楚辞后语》之作。上自楚之宋玉，下至明之刘基，所选不下数百篇。虽瑕瑜互见，较之《楚辞章句》更为驳杂，但亦可借以窥见两千年来“楚辞”流衍之梗概与屈赋影响之深远。至于《两都》《上林》等汉大赋，虽铺陈有似于《招魂》，设问略近于《卜居》《渔父》，而“喻过其体，词没其义，繁华而失实，流宕而忘返”（刘知幾《史通·载文》）。盖已演为屈宋之别支，故《楚辞》选家皆略而不录，是有根据的。

《离骚》

《离骚》是《楚辞》的首篇，是屈原的代表作。它集中地反映了屈原的政治理想与道德情操以及独创的艺术风格。它在中国文学史上具有崇高的地位。

《离骚》篇名的含义，古今说者不一。其最早的解释是：司马迁《史记·屈原列传》云："离骚者，犹离忧也。"班固《离骚赞叙》云："离，犹遭也。骚，忧也。明己遭忧作辞也。"两家皆释"骚"为"忧"。而《史记》古本"骚"犹作"慅"（见清张文虎《校刊史记集解索隐正义札记》），则两家释"忧"，当有所据。司马迁未释"离"，班固释"离"为"遭"，亦合屈赋语言习惯。如《九歌·山鬼》"思公子兮徒离忧"，《天问》"卒然离蠥"，《九章·惜诵》"恐重患而离尤"，这些"离"皆训"遭"。故"遭忧作辞"之说，乃传世最早而且较为切合事实的解释。

《史记·屈原列传》谓：屈原为楚怀王草"宪令"，上官大夫夺稿未逞，谗之怀王，"王怒而疏屈平。屈平疾王听之不聪也，谗谄之蔽明也，邪曲之害公也，方正之不容也，故忧愁幽思而作《离骚》"。可见《离骚》乃作于怀王之世，这时屈原当三十多岁。故《离骚》不止一次地说："及荣华之未落兮，相下女之可诒"，"及年岁之未晏兮，时亦犹其未央"，"及余饰之方壮兮，周流观乎上下"。古称"三十曰壮"，诗篇显示了屈原欲乘"方壮"之年振兴楚国的汲汲之情。当然，诗篇中也提到"老"，但仅谓"老冉冉其将至兮，恐修名之不立"，"恐"老之"将至"，也正说明老之未至。

这跟《九章·涉江》谓“年既老而不衰”的晚年作品，语气显然不同。

《离骚》内容丰富，思想深刻，体现了诗人高度的时代责任感。当然，《离骚》是抒情诗，而不是政论文，它不可能勾画出诗人所谓“美政”的蓝图。但它除了发泄愤懑而外，诗人的政治理想与政治抱负，仍跃然可见。他首先反对奴隶主贵族的“贪婪”“不厌”，而标立“信姱”“练要”的政治情操；其次，反对世卿擅权下的“嫉贤”“蔽美”，而提出“举贤而授能兮，循绳墨而不颇”的政治路线；并进而以伊挚、咎繇、傅说、吕望、宁戚等对社会有过重大贡献的历史人物自喻，显示了诗人远大的政治抱负。而这一切，都是从君国前途与人民命运出发的。“恐皇舆之败绩”“哀民生之多艰”，这正是诗人的自我表白。处在中国社会大变革的战国时代，上述的政治见解，无疑是代表着社会的进步力量的。“乘骐骥以驰骋兮，来吾道夫先路”，诗人就是以这样的政治姿态，走在大时代的前列。

《离骚》除篇首的自述身世、抱负与遭遇（至“伤灵修之数化”），篇末的“乱曰”以外（点出政治理想的幻灭），全篇约分三大段：

第一大段（从“余既滋兰之九畹兮”到“岂余心之可

惩”），是围绕着进、退问题而展开的。屈原修洁而被谗，忠贞而见疏，因此，在这一段里，诗人的感情，起伏变化，愤激之气与自慰之情是交织在一起的。他时而“长太息以掩涕兮，哀民生之多艰”，为了实现自己的理想，而誓以“亦余心之所善兮，虽九死其犹未悔”；他时而“进不入以离尤兮，退将复修吾初服”，为了独善其身，而提出“不吾知其亦已兮，苟余情其信芳”。是积极奋进，还是消极引退？这一点，的确揭示了诗人当时内心深处的矛盾。

第二大段（从“女媭之婵媛兮”到“沾余襟之浪浪”），是围绕着降志、守志问题而展开的。这段一开始就以女媭“詈余”的形式尖锐地提出了降志从俗则存，守志不渝则危的问题。而诗人则就古今兴亡之迹，得出了“夫孰非义而可用兮，孰非善而可服”的结论。因此，他虽清楚地认识到“不量凿而正枘兮，固前修以菹醢”，而诗人所以自处之道，则是“阽余身而危死兮，览余初其犹未悔”。他宁守志不渝以危身，绝不降志从俗以求存。

第三大段（从“跪敷衽以陈辞兮”到“蜷局顾而不行”）是围绕着去、留问题而展开的。从战国时期的惯例与屈原的处境来看，确实存在着远逝他国的问题。因此，这一大段，托言得“中正”于重华，占藑茅于灵氛，断狐疑于巫咸，结论无非是“何所独无芳草兮，尔何怀乎故宇”。但是，在坚定执着的爱国主义诗人看来，这是不可想象的。帝阍的“望余”，宓妃的“骄傲”，“见有娀之佚女”而“自适不可”，留二姚而“导言不固”，结果，不仅“哀高丘之无女”，而且深慨于“世溷浊而不分兮”。这都无在而不反衬出诗人深厚的忠君爱国之忧。因此，在去留问题上，诗人终于以“忽临睨夫旧乡”结束了这一幕幕上天下地神游八极的幻象。

《离骚》里这三大段的主要内容，诗人也曾在《惜诵》里集中地提示了出来。即：

> 欲儃佪以干傺兮，恐重患而离尤；
> 欲高飞而远集兮，君罔谓汝何之；
> 欲横奔而失路兮，坚志而不忍；
> 背膺牉以交痛兮，心郁结而纡轸。

这里所谓“儃佪以干傺”，即进退问题；“高飞而远集”，即去留问题；“横奔而失路”，即降志从俗与守志不渝的问题。看来，这三点无异于诗人对《离骚》的高度概括。它深刻地反映了屈原被黜后内心的矛盾与痛苦，及其热爱祖国、关心人民的高尚政治情操。

从《离骚》来看，屈原对当时人民的苦难艰辛，是觉察到了；但对人民群众的巨大力量却不可能有所发现。因而当他的社会改革理想遭到挫折之际，诗篇中就不免流露出悲愤、悒郁、彷徨、矛盾的心情，但这正是时代局限、阶级局限给他带来的烙印，是历史的必然，毫不影响《离骚》作为祖国文学宝库中的光辉诗篇而永垂不朽！

《九歌》

《九歌》的作者问题，近世异说纷起。而朱熹之说，仍为学术界大多数人所采用。朱熹云：“昔楚南郢之邑，沅湘之间，其俗信鬼而好祀。其祀必使巫觋作乐，歌舞以娱神。蛮荆陋俗，词既鄙俚，而其阴阳人鬼之间，又或不能无亵慢淫荒之杂。原既放逐，见而感之，故颇为更定其词，去其泰甚。”（《楚辞集注·九歌叙》）这就是说，《九歌》是屈原在民间祭歌的基础上进行提炼、润色和再创造之后才完成的。

《九歌》正由于是以民间祭歌为基础，所以它具有楚国民间祭神巫歌的许多特色，跟屈原的其他诗篇，有所不同；也正由于它经过了屈原的加工与提高，所以它在语言艺术上又跟屈原的其他诗篇，有共同之处。《汉书·地理志》云：楚地“信巫鬼，重淫祠”。又《吕氏春秋·侈乐》云：“楚之衰也，作为巫音。”所谓“巫音”，即巫觋祭神之乐歌；因内容多杂男女之情，故或以“淫祠”目之。但《九歌》是由屈原“更定”的，故又与屈赋一脉相通。如《九歌》有“载云旗兮委蛇”“九嶷缤兮并迎”“邅吾道兮洞庭”，其内容及语言结构，无不与《离骚》相同；其他如“老冉冉”“纷总总”等习用语与屈赋它篇相同者，尤不可胜数。因此，它应当是屈赋艺术整体中有机的构成部分。

《九歌》之名，来源甚古。除《尚书》《左传》《山海经》外，屈赋《离骚》有“启《九辩》与《九歌》兮，夏康娱以自纵”“奏《九歌》而舞《韶》兮，聊假日以媮乐”，《天问》又有“启棘宾商，《九辩》《九歌》”之语。各书所涉《九歌》内容虽有演化，但可证《九歌》乃传说中很古的乐章。至于屈赋之以《九歌》命篇，则既不会跟古代《九歌》的章数有关，也不会跟古代《九歌》的曲调相同。或者只以其“娱神”这一点，结合《离骚》所谓“康娱”“偷乐”之意而以《九歌》名之。而且新歌袭旧名者，古多有之。如《吕氏春秋·音初》所载，虞夏旧曲有《破斧》《候人》《燕燕于飞》，而周诗亦袭其名。屈赋《招魂》曾传《涉江》之曲，而《九章》之一，亦袭《涉江》之名。这都说明了《九歌》之名既有其历史渊源，也有其不同民族与不同时代的新含义。

屈赋《九歌》共十一章，为了符合“九”数，前人如蒋骥《山带阁注楚辞》主张合《湘君》《湘夫人》为一章，合《大司命》《少司命》为一章。也有以《东皇太一》为迎神曲，《礼魂》为送神曲者（闻一多《什么是九歌》）。但多数人的意见，则同意汪瑗《楚辞集解》、王夫之《楚辞通释》之说，以“九”为虚数，从具体内容出发，以《礼魂》为送神曲，其余十章祭十神。这十种神，从古代人类宗教思想的渊源来看，都跟生产斗争与生存竞争有密切关系，并可分为三个类型：

（1）天神——东皇太一（天神之贵者）、云中君（云神）、大司命（主寿命的神）、少司命（主子嗣的神）、东君（太阳神）；

（2）地祇——湘君、湘夫人（湘水之神）、河伯（河神）、山鬼（山神）；

（3）人鬼——国殇（战亡将士之魂）。

学术界一般意见，多认为上述十神，篇首之“东皇太一”为至尊，篇末之“国殇”为烈士，皆男姓，余皆阴阳二性相偶。即东君（男）、云中君（女）；大司命（男）、少司命（女）；湘君（男）、湘夫人（女）；河伯（男）、山鬼（女）。不难看出，《九歌》原来的篇次，基本上是按照上述关系排列的。其中《东君》误倒，闻一多《楚辞校补》有考证。

因此，《九歌》实为已具雏形的赛神歌舞剧。《九歌》中的宾主称谓，如余、吾、君、女（汝）、佳人、公子等，最易陷读者于迷惘，造成解说的纷歧。故朱熹《楚辞辩证》曾谓："《九歌》诸篇，宾主彼我之辞，最为难辨。"但如果作为歌舞剧的唱词来看，则主唱者身份不外三种：（1）扮神的巫觋，男巫扮阳神，女巫扮阴神；（2）接神的巫觋，男巫迎阴神，女巫迎阳神；（3）助祭的巫觋。故《九歌》的结构多以男巫女巫互相唱和的形式出现的。亦即清陈本礼《楚辞精义》五卷所谓："《九歌》之乐，有男巫歌者，有女巫歌者；有巫觋并舞而歌者；有一巫倡而众巫和者。"正由于上述种种原因，在《九歌》中就呈现出大量的男女相悦之词。即在宗教仪式、人神关系的幕纱下，表演着人类社会男女关系的活剧。朱熹在《楚辞辩证》中曾说："楚俗祠祭之歌，今不可得闻矣。然计其间，或以阴巫下阳神，或以阳主接阴鬼，则其辞之亵慢淫荒，当有不可道者，故屈原因而文之。"如果证以《国语·楚语》所谓"民神杂糅，不可方物"，"民神同位""神狎民则"之言，则朱氏之说，不为无见。但是，或因此而指《九歌》为“人神恋爱”，这不过是现象，而借此抒发人世间男女交感之情，才是问题的实质。

故在《九歌》中所抒写的男女感情，是极其复杂曲折的：有时表现为求神不至的思慕之情，有时表现为待神不来的猜疑之情，有时表现为与神相会的欢快之情，有时表现为与神相别的悲痛跟别后的哀思。从诗歌的意境上看，《九歌》达到了古代言情之作的艺术高峰。

朱熹《楚辞辩证》评《九歌》云：“比其类，则宜为三《颂》之属，而论其辞，则反为《国风》再变之《郑》《卫》矣。”当然，同是言情之作，而《九歌》较之《诗经》的《郑》《卫》之风，确实不同。但这与其理解为“世风日下”的结果，不如看成是春秋战国时期南北民族文化不同特征的表现。郑卫之诗，表现了北方民歌所特有的质直与纯朴；而《九歌》则不仅披上了一层神秘的宗教外衣，而且呈现出极其深邃、幽隐、曲折、婉丽的情调，它给我们带来一种耐人探索的艺术魔力。

当然，不能以男女之情概括《九歌》的全部。由于所祭的对象不同，内容也就有所不同。《东皇太一》的肃穆，《国殇》的壮烈，就是例证。《国殇》是一首悼念阵亡将士的祭歌，也是一支发扬蹈厉、鼓舞士气的战歌。这固然反映了“楚虽三户，亡秦必楚”的民族性格的一个侧面；然而跟吴起以来楚国的“励战”政策，也有着密切的联系。《国殇》所描写的战斗场面，大有《管子》所谓“蹈白刃、受矢石”（《管子·法法》）、“舆死扶伤，争进而无止”（《管子·轻重甲》）的英雄气概。它并没有回避战争的残酷性，但却没有悲惨伤感的消极情绪。“身既死兮神以灵，魂魄毅兮为鬼雄”，这正是对死难英雄的热烈赞颂。

古代的宗教祭祀，其原始目的，是功利主义的，即不外“报德”与“祈福”二者。因此，从广义来讲，全部《九歌》的“娱神”，都具有民富国强的祝愿在内的，不仅《国殇》一篇而已。

第四讲　从屈赋看古代神话演化的语言因素①

在讲此专题以前，我要谈一个问题，是我们怎样对待学术批评的问题。新中国成立后，我的第一篇研究《楚辞》的文章《〈屈原列传〉新探》发表以后，曾接到许多信函，大多数人是表示赞同的。如北京大学的两位教师在信中也说，“犹拨云雾而见青天”； 杭州大学的姜亮夫先生也到处打听我的通信地址，对此文做了较高的评价；有的人则大部分同意我的论点，只是有小部分不同意；有的人则根本不同意，认为我这是对史迁的诬蔑，话说得很重，甚至还上纲上线。我认为，如果你的文章是持之有故，言之成理的话，则应该坚持自己的结论，同时也应该认真检查自己的东西到底是否能站得住脚。因

① 这篇讲稿系从四川大学罗国威教授提供的“课堂笔记”中选录的，讲授时间为1981年上半年。因是课堂实录，故文本较为简略，我们采入时，据教者的相关论述做了补充，又呈力之先生损益成此定本。

为在科研上提出一个新的论点来，往往要遭到许多人的攻击。古往今来概莫能外。

今天，为什么我要讲“从屈赋看古代神话演化的语言因素”这一问题呢？因为《〈楚辞〉成书之探索》一文[①]，我是用演绎法来解决的（从问题的提出到得出新的结论，其方法是演绎）。我的体会是，用归纳法比较可靠些，演绎法不好运用，弄不好的话会出问题的。在用演绎法的过程中，也得用归纳法来解决其中的问题。现在我要讲的这篇文章《从屈赋看古代神话的演化》，用的则是归纳法。当然其中有些小问题，用的还是演绎法。

第一，在屈原作品中，有的神话有不同的讲法，前人议论纷纷，却一直未解决。闻一多先生下了很多功夫，然仍未得其解。第二，我总结出了古代神话演变的规律之一，即往往由语言演变而来的[②]。这里，我就用几个具体的例子来讲讲解决这方面问题的方法。

① 可参看“《楚辞》成书的过程与版本概况”一讲。

② 赵逵夫在《突破、开拓、治学方法：读汤炳正先生的〈屈赋新探〉》中称此说“对于整个古代神话研究来说，也是有相当大的意义的，可以说这是神话研究方面的一个重要发现”。

一、“赤蝗若象，玄蜂若壶些”

《山海经·海内北经》说：“大蠭，其状如螽；朱蛾，其状如蛾。”王念孙、郝懿行说“螽”为“蠭”之形近而讹，极是。蠭今作蜂；“蛾”即“蚁”之本字，亦与“蝗”字声近义通。寻《山海经》原意，“大蜂”只是就其体积之大言；“朱蚁”亦仅就其颜色之特殊言。故说：“大蜂，其状如蜂；朱蚁，其状如蚁。”郭璞注云：“蛾，蚍蜉也。《楚词》曰‘玄蜂如壶，赤蛾如象’谓此也。”按“《楚词》曰”，即今《招魂》“赤蝗若象，玄蜂若壶些”句。只是郭系以意援引，故文字略有不同耳。当然，亦有可能是注者因原文的先“蜂”后“蛾”，故倒之[①]。

不过，要注意的是：《招魂》对“蚁”“蜂”状态的描写，跟《山海经》相比，却有极大的差别。即这个神话传说，《招魂》在《山海经》的基础上，已向着更为奇异可惊的方面演化。如《山海经》只说蜂之“大”，然究竟是多大，却没有说；但《招魂》则不仅说其大，而且说其腹大如“壶”，做了形象化的夸张。不过，这绝非屈原毫无根据的主观想象，

① 古人注书而类此者，时而有之。

而是说明了这是神话不断演化的结果。并且，这个神话的演化过程，从语言因素来讲，是有规律可循的。下面，我们就以“玄蜂若壶”为例，说说其是如何有规律可循。

我们知道，古人对某一物中的品种之大者，往往加“马”“牛”“王”“胡”等于名称之前以示区别。如《尔雅·释虫》：“蝒，马蜩。”郭注：“蜩中最大者为马蝉。”又《尔雅·释草》：“莙，牛薻。”郭注：“似薻，叶大。江东呼为马薻。”又《尔雅·释虫》：“蟒，王蛇。”郭注：“蟒，蛇最大者，故曰王蛇。”又《广雅·释诂》：“胡，大也。”故《释名·释饮食》：“胡饼，作之大漫冱也。”古人用以表大义的“胡”字，当为“嘏”的同音借字。所以《尔雅·释诂》就说：“嘏，大也。”《方言》也说：“嘏，大也。”因此，古籍中凡物之大者多冠以“胡”，应是来自“嘏”的借音，不必皆因来自胡狄之地的缘故。有时，人们或将“胡”字转写为“壶”，这也只是借音字，不必皆与壶的形状有关。但古代的注家们，对此多强调“壶”状，反失“大”义；或游移于“大”义与“壶”状之间，未得命名之原。例如《尔雅·释木》“壶枣”，郭注：“今江东呼枣大而锐上者为壶。壶，犹瓠也。”而郝懿行《义疏》则说：“今枣形长有似瓠者，俗呼为马枣。”可证，“壶”之不表壶形，就如“马”之不表马形一样；皆只表大，不表状。但郭、郝二氏却皆在“大”义与“壶”状之间游移其词，这绝不是偶然的。因为语言因素的相似或相同，既会影响古今字形的变化，也会引起人们意识上的联想。而郭、郝二氏的游移其词，则正是处于这联想的过渡状态之中。

而从社会心理来讲，凡神话中的丑恶事物，愈演变其凶狠的特征就愈突出；反之，同样如此。而屈赋《招魂》正是为了突出四方上下的险恶、强调楚国生活之美好，而采用了这一被夸张了的神话传说。

这说明神话中有夸张，但这种夸张往往是以语言因素为媒介的，绝对不是乱夸张的。

讲了这一段，我的感受是，资料的积累要有个中心。当然，中心有大范围，也有小范围，视具体情况而定。而围绕这个中心去积累，到了一定时候就会得出结论，甚至是崭新的结论。所谓中心，按我的体会就是关键问题。我们读书治学，一定要有问题意识，要着力弄清楚影响“这一”研究的因素有哪些。我的这篇文章是前两年写好的，而提出问题则是在十多年前。起先我还以为这是个修辞手法方面的问题，而等手上的材料积累多了，就才得出了现在这个结论。总的来讲，从提出问题到解决问题，所用的方法都是归纳法。同学们要注意，归纳的过程中不要与演绎相矛盾，有时还要交叉使用。如前面在讲《方言》和《广雅》中已得出了结论，因此在这个问题上的小规律，我于是用以演绎法。由小蚂蚁变成了大象（正由于某些方言中“蚁”有“蟓”名，因此对古老神话中的“赤螘”“朱蚁”，人们即以语言因素为媒介，由“蚁”到“蟓”，又由“蟓”到“象”，最后把细小的虫儿，想象为其大如象的庞然大物）。又如大的东西叫“马”“牛”“胡”等，大家都公认这是古代人命名的称谓，郭璞也并没有说屈赋中“壶”应作“大”，而是我据此演绎出来的。

二、“凤皇”“玄鸟”的故事与“封狐”“封豨”的传说

从神话故事来讲，《离骚》说简狄是吞凤皇卵而生契，《天问》则说简狄是吞玄鸟（燕）卵而生契。这两个说法是不同的。其次，《离骚》认为后羿所射的是“封狐”，《天问》则认为后羿所射的是“封豨”。二者之间也有歧异。前人对此曾做过不少的考证，也发生了不少的误会。我认为，这都是神话在长期流传中不断演化所致。屈原不过根据不同的传说，取以为抒情写意（发问）的资料而已。当然，这种演

化的原因也许是多方面的，但语言因素所起的媒介作用，是很显然的。

先说“凤皇”与“玄鸟”问题。闻一多先生据《尔雅·释鸟》“鶠，凤，其雌皇”说，认为经传“宴”“燕”同声通用，金文“匽”“燕”同声借用，故“凤皇即玄鸟”“玄鸟即凤皇”，“非屈子之误，亦非传说有异”。（详《古典新义·离骚解诂》）此谓“非屈子之误”，是对的；但从神话演化的角度看，谓“非传说有异”，则值得商榷。因为从闻先生所引的《尔雅》《说文》《禽经》来考查，凤皇的特征是其色“黄”，而燕既称为“玄鸟”，则其特征是色“黑”。二者不能混而为一。因此，其“非传说有异”说，是不容易说得通的。

其实，这一神话是有个演化过程的：简狄吞燕卵而生契，可能是比较原始的传说。屈赋谓“玄鸟致贻”，见《天问》，也见《思美人》。此前《商颂·玄鸟》的所谓“天命玄鸟，降而生商”，即指此而言。这个神话在流传的过程中，人们为了把圣人之“生”神圣化，故由平凡的燕卵，一变而为灵异的凤卵。因此《离骚》有所谓“凤皇受诒”，《郑志》亦谓“娀简狄吞凤子（卵）”（《礼记·月令·疏》引），这绝不是偶然的。概而言之，这一变化过程，语言因素是绝不能忽视的。那就是由于“燕”（玄鸟）“鷃”（凤皇）同音的关系，才由玄鸟演化为凤皇；而形成了不同的传说。屈赋既言“玄鸟致贻”，又言“凤皇受诒”，就是这样来的。

从上述的分析中同样不难看出，有的屈赋研究者为了调和“玄鸟”与“凤皇”的矛盾，谓“玄鸟致贻”是玄鸟向简狄送卵，而“凤皇受诒”则是简狄派凤皇去接受燕卵，实未达一间。因为“受”“授”古人通用无别，“授诒”即“致贻”；况《郑志》明明是说“简狄吞凤子（卵）”，而非派凤皇去接受燕卵。

其次，谈谈“封狐”与“封豨”。关于这一问题，我同样认为从古代神话的演化规律来考察，最有可能得其真相。而从这一角度看，则其应跟上文所举“赤螘”演化为“如象”的性质是相近的。因为这个神话在原始阶段，可能是后羿射“封豕”或“封豨”或“封豬”，总之，都是一物之异名。而“射封狐”的“狐”，则显系另一种动物，不容混淆。但后羿作为古代神话人物来看，情况相当复杂。其中既有神话历史化的成分，也有历史神话化的痕迹。因此，后羿所射的，有的传说为“封豨”，有的传说为“封狐”。换一句话说，这应该是神话演化的现象，而绝非屈赋在流传中由于缣帛抄录、版本刊刻所造成的错误。

由“豨”“豕”“豬”演化而为“狐”，如果从古代神话演化惯例来看，则语言因素所起的媒介作用，还是有痕迹可寻的。例如《方言》卷八云：“豬，北燕朝鲜之间谓之豭；关东西或谓之彘，或谓之豕；南楚谓之豨。”而据《左传》昭公四年的“深目而豭喙”、哀公十五年的“舆豭从之”之语，可知齐鲁之间春秋时亦称豬为“豭”。因此，很可能后羿射“封豨”的神话流传于该地，或据《方言》称“封豨”为“封豭”。而“豭”与“狐”古系同音字，皆属喉纽鱼部。由于“豭”“狐”同音无别，故后羿射“封豨”的神话，以语言为媒介，从“封豨”转为“封豭”，又由“封豭”演化而为“封狐”。屈原在《天问》里称“封豨”，可能是用南楚传说；而在《离骚》里又称“封狐”，或齐鲁间传说之流入楚地者。当然，楚人接受这个传说，也有现实的传统根据。如《招魂》所述，南方即有“封狐千里”的神话。因而，《离骚》出现了“又好射夫封狐”，这是很自然的。

在这个问题上，我感到学和思都很重要。“学而不思则罔，思而不学则殆”（《论语·为政》）。蚂蚁变大象，封豨变封狐，我们光用思考是不行的。闻一多先生就是只用了思考得出的结论。在此情况下，多从思考着手而不是从学习着手，往往是要出差错的。蚂蚁和大象的问题，我是在学习了扬雄《方言》的基础上，再进行思考的。而这样的再思考，就容易找到“方向感”而达到“水到渠成”之效。猳与狐的问题，同样是在学习了《方言》以后才得以解决的。学习与思考两样都是不可偏废。要在学习的基础上进行思考，才能得出正确的结论。第二个体会，基础与专业的关系问题。我们要全力以赴来进行攻关（主攻方向），另一方面，主力军应有两翼的配合，军事家总是忌讳孤军深入的，我们搞科研亦如此。各种不同的与专业有关的知识就是“两翼”。如果不懂得声韵学的话，猳与狐同声的情况你就不懂，现在就是把东西摆在你面前，也是孤掌难鸣，也是考虑不到把它们联系在一起的。当然，力量不能平均地用，专业毕竟是专业，基础毕竟是基础。

三、“蓱号起雨，何以兴之”

《天问》“蓱号起雨，何以兴之”的“蓱”字，古本异文很多。而“蓱”“苹”“萍”“蛢”，古字是通用的。但是如果把“蓱号”联系起来看，则作植物，文义难通，作“蛢”当为更原始一些。据《说文》虫部的“蛢，蟠蟥，以翼鸣者。从虫，并声”等说，是“蛢”乃虫名；“以翼鸣”，乃其特征。《天问》所谓“蓱号”，原作“蛢号”，即指蛢虫之鸣叫而言。至于所谓“蛢号起雨”，殆如《博物志》的“蚁知将雨”（《艺文类聚》卷九十七引）、《说苑·辨物》的“天将大雨，商羊起舞”之类。又，《说文》鸟部云：“鷸，知天将雨鸟也。从鸟，矞声。”而“蛢”又名“蟜”，亦从“矞”得声。此皆因知雨而袭用同名。这也是古人命名的通例之一（《尔雅·释草》有“果臝”，而《释虫》亦有“果臝”；《释草》有“蒺藜”，而《释虫》亦有“蒺藜”。此皆以有共同特征而同名）。因此，《天问》“蛢号起雨，何以兴之”者，即谓：蛢鸣则雨起，它是怎样把雨引起来的呢？本来是先有气候的变化，虫鸟感之而鸣。但在古人对自然规律尚未掌握以前，却倒果为因，把这类自然现象神秘化了。故屈原在这里对此传统观念提出诘问。《天问》此句上文有“大鸟何鸣”之问，下文又有“鹿何膺之”与“鼇戴山抃”之问，则“蛢号”也应跟“鸟鸣”“鹿膺”“鼇抃”一样，是指的动物“蛢”，而不是指的植物“荓”“萍”“苹”。

从上述情况看，“蛢”或名“蟜蟥”，或名“蛂蟥”，或名“发皇”（即“蛂蟥”之异文）。而郭璞《尔雅》注则云“今江东呼黄蛢”，《一切经音义》卷十五又作“江南呼为黄瓦蛂”。是“蛢”“蟜”“蟥”“蛂”等名在互相组合上是比较多样的。盖古人亦或以“蛢蟜”联称，故雨神之名为“屏翳”，殆即由知雨的“蛢蟜”一名因声音相近演化而来。故古人曾因鹏飞则风生，故风从鹏得名，而风神“飞廉”，即由“风”字的复辅音演化而来。这跟雨神“屏翳”由虫儿“蛢蟜”演化而来，是同样的演化规律。可见，由自然界的小虫，演化为人们心目中的大神，这中间虽然也有某种社会心理上的联想，但语言因素却起着很大的作用。

我们从字形来讲，“蛢蟜”之转为“屏翳”，殆因“蛢蟜”起雨被人们神话化以后，而云气掩翳乃雨师所带来的自然特征，故即以“屏翳”为名。但再演化下去，古人又谓水神为“冯夷”（冰夷、无夷）。实则“冯夷”即“屏翳”之异文，水神即雨神之伸延。《远游》云“令海若舞冯夷”，王逸注云“冯夷，水仙人”，即由此而来。再演化下去，水神冯夷的神话，古人又常与河伯神话融合而为一。如《水经注·洛水》引《竹书纪年》的“洛伯用与河伯冯夷斗”，等等。

我们搞科学研究的人，要有一种打破砂锅问到底的精神。换句话说，就是要跟踪追击，步步深入。不仅要知其然，更要知其所以然。如“蓱号起雨，何以兴之”。王逸注：“蓱翳，雨师名也。”王注并没有错，“蓱”表示“雨师”是当然。因为屈原所问的明明是原始性的鸣则有雨的“蛢”虫，而不是雨师“蓱翳”。至于《初学记·天部》引《纂要》“雨师曰蓱翳”下的“亦曰屏号”，《搜神记》卷四以雨师之名为“号屏”，则皆误读《天问》所致。但它为什么作“雨师”呢？这就要问其所以然了。

其次，我们钻研问题要抓住关键。不是关键问题要少讲或者不讲，关键问题要紧紧抓住不放。如前几个（蓱等）字的声转关系，并不是关键的问题。关键是作为一个“虫”，为什么变成了“神”。在此问题上，我是下了不少功夫的。关键问题往往是不好解决的难点。

对《天问》第一段中这样几句话，我还要再谈谈：前人对此，虽然有时也接触到了神话中的声韵通转问题，但目的是要勘正所谓文字上的讹误，以还原所谓屈赋的本来面貌。如《天问》中有这样几句：“夜光何德，死则又育？厥利维何，而顾菟在腹？”在这里，闻一多先生在《天问释天》中讲得很好①。他认为，这个“顾菟”就是“居蠩”。这从语言因素上来讲，是完全讲得通的。“居”字可读“古”，“蠩”字是可读“屠”的；前者从“古”字得声，后者从“者”字得

① 郭在贻在1979年2月14日对萧兵说：“近人的楚辞研究，我最佩服的是闻一多先生，他目光敏锐，卓具识断。姜亮夫师，刘永济教授等，是正统考据派，他们读书比闻氏多，也比闻氏扎实，但缺乏闻氏那种科学素养和横溢的才华。”见《致萧兵（一）》，收《郭在贻文集》第4卷。

声（“居蠩”即“蟾蜍”）。然而他的结论就不正确了。他认为《天问》中的“顾菟”就是“蟾蜍”。在古代，传说月中有蟾蜍，（从西汉）到东汉时期就演化为兔了。在屈赋里正是反映了这种演化的过程，因而《天问》中的“顾菟”就是兔子。作为科研来讲，要有历史主义的观点，都要用发展的观点来看待问题，不能用复古的观点来看问题（闻先生在此就犯了这种错误）。顾炎武在清代的朴学研究上，可以说起了不小的推动作用。顾氏研究声韵学时，认为当前读的音都是错的，要恢复到古代的读法，然而行不通，他自己都不懂。

在科学上的探索，往往是几代人几十代人，有些甚至要探索到人类的始终。千万不要把自己的结论，当成是天经地义的终结。我们就以《天问》研究中这几句话为例，可以说是几千年来在看法上是不断地发展的。东汉王逸认为是“兔子在月亮腹中顾看”（“居月之腹，而顾望乎”）。清代毛奇龄在《天问补注》中认为“顾菟乃月中兔名”。这又在王说的基础上前进了一步。到了近人刘盼遂先生认为“顾菟”为联绵字，不可分开来讲。他这自然又向前推进了一步（如“蟾蜍”）。但可惜的是他未能与蟾蜍联系起来考虑。闻一多先生又在刘先生的基础上有所发展，举了十多条证据，认为“顾菟”就是“居蠩”。我则在此问题上，认为闻先生的方法是对的，而结论却是不对的。我感到对闻先生的错误应该给予纠正[①]。我根据《左传·宣公四年》说："楚人……谓虎於菟。"又按《方言》郭璞注云，"江南山夷呼虎为䖘，音狗窦"，推断出"於菟""狗窦""顾菟"，乃是一音相转的异文，原意是指虎而言。科学研究总是要一段一段地往前突破，没有前人打下的基础，后人是不能往前突破的。即使我们在某一问题上得出的结论比较正确，也不能说就到了终结了，后人还是要突破的。

① 李振球在《兔神的由来》中说："'虎说'道出了月影想象在楚地的特殊情况，解'顾菟'为虎可能更接近屈原在《天问》中的实际情况；'蟾蜍说'和'兔说'则道出了汉以后的现实情况。从中原地区长沙马王堆西汉帛画上月亮中的蟾蜍与兔、南阳蒲山阮堂汉画像月亮中的兔与蟾蜍、山东曲阜县汉画像兔捣药等考古发现来看，众多形象都证实了在汉代蟾蜍与兔组合与分离的情况。再者'三说'都没有否定至少在东汉之后已出现月兔神话的事实。"刘艳红在《"顾菟"为"於菟"说新证》中称，"综上，……从而验证了汤炳正先生的观点：《天问》中的'顾菟'就是楚方言中的'於䖘'。"

第五讲　《史记·屈原列传》的问题[①]

以下几讲，讲授屈原生平事迹的几个问题，包括关于《史记·屈原列传》的问题，关于屈原生年月日的问题，关于屈原的才能和学识的问题，关于屈原任“左徒”的问题，关于屈原被流放所走路线以及沉江年代的问题。这些问题都是屈原生平事迹中的一些大问题，下面分别讲授。

关于屈原的生平事迹，汉人传留下来的先秦典籍中零零星星的资料还是有一点的，可以作为参考。但是主要的根据、主要的材料，还是司马迁的《史记·屈原列传》。可以说，《屈原列传》是我们研究屈原生平事迹的比较可靠的第一手资料。

但是，我们今天读到的《史记·屈原列传》里，却存在种

① 我这里存有两篇汤炳正关于《史记·屈原列传》的讲稿（一篇五千四百字，一篇九千七百字），它们既自成体系又精彩纷呈。我勉为其难地糅合成现在这个样子，如果有文理扞格之处，责任当然尽在浅学。

种矛盾现象，还有一些问题。对于这些问题，学术界也曾一条二款地列举了一些，但是都没有很好地解决。

对于这些矛盾，我们应该持什么态度呢？我们应该如何去解决呢？

今天主要想给同学们谈一谈我是怎样处理《屈原列传》中的问题。做学问首先要提出问题。提出问题有两种情况，一种情况是千百年来对某一个问题没有人提出质问，现在你把它提出来，并加以解决；第二种情况是千百年来大家都认为是个问题，但没有得到解决，或解决得不好，现在你提出新的解决的办法。这两种情况都很好。

关于提出问题，从某种意义上来说就是揭示矛盾。我感觉到，矛盾揭示得越充分，问题才可能解决得越彻底。这是做学问的原则。如果不能揭示矛盾，或揭示得不充分，那么结果如何呢？小者会使你的论文留下缺口，大者会使你的论文的论点不能成立。因此，我在研究《屈原列传》时就尽可能地将它存在的问题全部揭示出来。在揭示矛盾后，一定要抓住要害问题，这是矛盾的主要方面。我们要求充分地揭示矛盾，但不要把零零散散的问题都抓住不放，而要抓住要害问题。因为如果要害问题解决了，其他的矛盾也就可以迎刃而解。

提出前人的结论，可以客观介绍，也可以边介绍边分析，介绍完他的结论也暴露完他的弱点。我是用的后一种方法。

总之，做论文一定要勇于提出问题，善于抓住矛盾，这是一篇论文是否成功的前提。

概括起来，对于《屈原列传》所存在的种种矛盾，学术界有两种态度。第一种态度是正视这些矛盾现象，和探索解决这些矛盾的途径，使《屈原列传》恢复其本来面貌，为我们进一步研究屈原打下基础。例如姜亮夫同志的《屈原赋校注》，就力图解决这些矛盾。他的基本观点是：《屈原列传》写得很好，是“倜傥自恣之文，不能悉以文章规矩相绳”，但又说，“此盖古人文法未甚缜密之处”，“此固不容阿讳”。又如刘永济同志的《屈赋通笺·笺屈余义》中讲到，《屈原列传》中有些问题确实不好解释，但可以看出一个问题，即屈原写《离骚》，开始于楚怀王时期，而完成于顷襄王时期，写了几十年。因为《屈原列传》开始说楚怀王“怒而疏”屈原，于是屈原“忧愁幽思而作《离骚》”；但又在顷襄王时说屈原“系心怀王”，“一篇之中，三致志焉”，因此，刘永济同志说《离骚》从怀王时一直写到顷襄王时，写了几十年。两位同志都看出了《屈原列传》叙述上的矛盾，所以提出了他们的意见，力图解决这些矛盾。他们的出发点是承认《屈原列传》存在的问题，想通过分析、探索，把问题搞清楚。他们的结论是否正确，是可以讨论的；但他们的态度是正确的，是想分析探索，解决矛盾。这算是一派吧。

另外一派，对《屈原列传》中存在的矛盾，不是去探索解决问题的办法，而是以此为根据，来否定屈原这一历史人物的存在。他们认为中国历史上本无屈原这样一个人，是后人拼凑了《屈原列传》这样一篇东西，所以才矛盾百出，谁也讲不清楚。如我们四川的廖季平，他是很有名的今文学者，就是持这样的观点。他在《楚辞新解》中认为：《屈原列传》"全篇文义都不连属"，矛盾百出，世上根本没有屈原这样一个人；《离骚》《九歌》均是秦始皇时候那些博士官所写的《仙真人诗》，"后人恶秦，因托之屈子"。后来胡适有《读楚辞》一篇文章，收在《胡适文存》里，我们学校图书馆里有，同学们不妨读一读。胡适把《屈原列传》中的这样矛盾，那样矛盾讲了一大堆，结论是：古代并没有屈原这样一个人，屈原是个"箭垛式"的人物，是后人塑造出来的靶子，任何事情都附会在他的身上，像个箭靶一样。后来有位叫何天行的人，还专门写了一部《楚辞作于汉代考》的书，认为现在传世的屈赋都是汉人的作品，《离骚》是汉代的淮南王刘安作的。这些说法，可以说是形成了屈原研究中的一股逆流。新中国成立前胡适的名声很大，不少学者受他的影响，同意他的观点。新中国成立初也还有人否定屈原的存在[①]，60年代以来外国也有一些人重复胡适、何天行的论调。

在上述两派中，我个人是属于第一派的，既要具体分析《屈原列传》中存在的矛盾，并解决这些矛盾，又努力地把屈原的生平事迹搞得比较清楚。

当然还有的同志“护短”，不正视《屈原列传》所存在的矛盾，好像指出了这些矛盾就是贬低了司马迁。这同样不是科学的态度。

前面说了，《史记·屈原列传》确实存在着不少的矛盾，那么，搞清楚这些矛盾，对弄清屈原的生平事迹，关系就是很大的了，因为这关系到我们祖国古代有没有屈原这样一个人，有没有这样一位伟大的诗人，有没有《离骚》等伟大诗篇[②]，也关系到我们对祖国灿烂的文化传统继承和发扬的问题。这绝不是一桩小事。

关于《屈原列传》中存在的问题，我总的看法是：现在的《史记·屈原列传》中有一段话是“《国风》好色而不

---

① 朱东润在1951年就连续在《光明日报·学术》上发表了以《楚辞探故》为总题的四篇文章，其说多与何氏相同。郭沫若甚至怀疑“朱与何不知是否一人”。

② 据力之先生说：屈原的作品，称赋可；称诗亦可。前者，以古还古——着眼于“体”；后者，站在后世的角度看——以精神实质为依归。

淫，《小雅》怨诽而不乱”到“虽与日月争光可也”，这一大段，汉代班固就说过，这是淮南王刘安《离骚传》里的话。梁代的刘勰在《文心雕龙·辨骚》中也说这段话是刘安《离骚传》里的话。他们两人都没有说这段话是司马迁《屈原列传》里的。换一句话说，汉代、六朝的人，都公认这一段话是刘安的话。他们可能都看到了刘安的这个《离骚传》，所以直接引用刘安的《离骚传》，而不是引用《史记》。

过去学术界也承认《屈原列传》中的这段话是刘安的话。但是他们一直没有提出：第一，《屈原列传》中除了这一段话是刘安的话，还有没有刘安的话呢？这一段话从哪儿开始？到哪里结束？第二，刘安的话，是司马迁自己采入《屈原列传》里去的呢①？还是后人将刘安的《离骚传》一刀两断，窜进《屈原列传》里去的呢？这两个问题从来没有人提出，更没有解决。

我通过研究，用大量材料得出了这样的结论：在《史记·屈原列传》里，不仅仅“《国风》好色而不淫”到“虽与

① 章太炎先生《訄书·征七略第五十七》有云：“盖淮南王安为《离骚传》，大史公尝直举其文以传屈原，在古有征（班孟坚《离骚序》引淮南《离骚传》文，与《屈原列传》正同，知斯传非大史自撰也）。”（《章太炎全集》第三册，上海人民出版社1984年版，第321页。）我们理解太炎先生这段话有两层意思：一是《屈原列传》全篇都是刘安的《离骚传》的内容；二是司马迁自己将《离骚传》采入《史记》的。

日月争光可也”这一大段话是刘安《离骚传》里的，而且这之前从“离骚者犹离忧也”以下一直到“虽与日月争光可也”一大段，也是刘安《离骚传》里的话。这一大段话，后人引用都是从“《国风》好色而不淫”引起，其实刘安的《离骚传》，不但对《离骚》有总的评论，也做了一些字句上的诠释工作。这儿的“离骚者犹离忧也”，就是解《离骚》之题。下面就开始对屈原作《离骚》的用意，《离骚》的价值等等进行了详细的评论。其文意是极为通畅的。

而且，除了这一大段话外，《屈原列传》后面的“虽放流，睠顾楚国，系心怀王”到“王之不明，岂足福哉”一大段话，也是刘安《离骚传》中的话。但前人对这一段话没有能明确提出这是刘安的，而我通过多方考察，证明了这一段话也是刘安的。这是第一个问题。

第二个问题，我证明了《屈原列传》中上述的这两段刘安《离骚传》里的话，不是司马迁本人采入《史记》的，而是后人窜入的。

我们读《史记》《汉书》就晓得，尽管司马迁比刘安晚三十余年，但是，司马迁却没有看到刘安的《离骚传》。当时，汉武帝叫刘安写《离骚传》，刘安完成后呈给汉武帝看，武帝一读，非常高兴，“爱而秘之”，就是说非常喜爱这个《离骚传》，并把它藏在自己身边欣赏，没有公开。因此，司马迁没有机会读到这个东西，也就无从采入《史记》之中。我通过很多的材料证明了这一论点[①]。那么，《屈原列传》中的刘安的《离骚传》中的话，就不是司马迁自己所引用的，而是后人窜进去的了。《史记》中后人窜入的东西还很多，同学们今后读《史记》就会晓得这回事情[②]。

本来，司马迁写《屈原列传》，把屈原的生平事迹顺顺当当地写得非常清楚。但是后人读《史记》时，为了说明《离骚》的意义，就把刘安的《离骚传》窜进去了。但是窜得很不高明。第一段窜在司马迁《屈原列传》“屈平疾王听之不聪也，谗谄之蔽明也，邪曲之害公也，方正之不容也，故忧愁幽思而作《离骚》”之后，进一步解释《离骚》的意义，问题还不算很大。但是第二段窜在顷襄王立之后，问题就严重了。一篇《屈原列传》，本来叙述得清清楚楚，但第二段窜入之后，把一篇《屈传》搞得矛盾百出，造成了千古疑案。甚者像胡适等人，竟借此以否定屈原其人的存在。

① 敏泽在其代表作《中国美学思想史》（湖南教育出版社2004年版）中说：“汤氏的论据坚实有力，是完全可信的。所以历来把今本《屈原列传》中窜入《离骚传》的话，作为司马迁赞同地征引刘安的评价的依据，是不能成立的。”

② 譬如今本《史记》中的《屈原贾生列传》与《司马相如列传》竟分别言及“孝昭时”与扬雄，这显然也是后人窜入的。

更重要的是，我们现在如果把刘安《离骚传》中的这两段话从《史记·屈原列传》中剔除出去，则原本《屈原列传》的本来面目就清楚了。第一，《屈原列传》在叙述屈原“忧愁幽思而作《离骚》”之后，紧接着就叙述秦国派张仪到楚国去离间齐楚关系的事，这在叙事上是相连贯的，因为屈原是力主联齐抗秦的，现在屈原被怀王疏远，张仪的离间计可以施行了。第二，把“虽放流”到“岂足福哉”一段剔除之后，《屈原列传》在叙述怀王客死于秦，长子顷襄王立，“屈平既嫉之”之后，紧接着就是叙述顷襄王听信谗言，放逐屈原的事情。这在叙事上也是很连贯的。刘向《新序·节士》里叙述屈原的事迹，与还原后的《屈原列传》相吻合，也说明了原本《屈原列传》在叙述上本来是很连贯的，很紧密的。由于两段议论文字插入才把《屈原列传》弄得首尾失据，叙述矛盾。而我们现在把窜入的这两段，特别是第二段抽出来以后，就解决了五个方面的问题，这基本上就是胡适等人提出的那些问题。这五个问题是：

第一，关于屈原写《离骚》的年代问题。由于后人将刘安《离骚传》的第二段窜到顷襄王立之后，所以人们议论纷纷，对《离骚》是怀王时写的，还是顷襄王时写的，聚讼纷纭；有的同志进而调和其说，认为《离骚》是从怀王时动的笔，到顷襄王时才写完。现在，我们将窜入的两段话抽出来之后，就可以看到，汉代司马迁所记，《离骚》是屈原在楚怀王时写的。同时，我们拿《离骚》本身来作证，也可以证明《离骚》是屈原在壮年时写的。而游国恩同志引《离骚》“汩余若将不及兮，恐年岁之不吾与”，“惟草木之零落兮，恐美人之迟暮”，“老冉冉其将至兮，恐修名之不立”，来证明《离骚》是屈原晚年写的。但是，这三处恰恰强调了“将”，则“零落”“迟暮”“老”，显然指的是将来，而不是说的现在；又强调了“恐”，也是说害怕老之将至，而不是说老之已至。岳飞《满江红》说“莫等闲，白了少年头，空悲切”，也是这个意思。一个想要在事业上有所作为的人，在青壮年时就常常告诫自己，这种心情是一致的。另一方面，游国恩同志没有提出《离骚》中这样的句子“及荣华之未落兮，相下女之可诒”，“及年岁之未晏兮，时亦犹其未央”，“及余饰之方壮兮，周流观乎上下”，因为这些句子恰恰可以证明，《离骚》是壮年之作。谈到“未落”，谈到“未晏”，谈到“方壮”，都说“及”，“及”就是“趁着”的意思。讲“老”就说“将”，讲“壮”就说“及”。这再清楚不过地说明了《离骚》是屈原壮年时写的。而《九章·涉江》说：“余幼好此奇服兮，年既老而不衰。”这才是屈原晚年的作品，口气与《离骚》是完全不同的。

综合以上两个方面的论述，《离骚》是屈原壮年时所作的结论，是可以成立的了。

从论证方法上看，我们写论文时，要注意既要有旁证，更要注意内证。在屈原写《离骚》年代这个问题上，刘安、司马迁、刘向、王逸等人的说法，是很重要的旁证。因为汉代人的记载，是我们今天所能看到的最早的文字资料。而《离骚》本身又提供了最有力的内证。内证与旁证结合起来，《离骚》的写作年代就可以定下来了。其次要注意的是：我们在研究问题时，对于关键性的资料一定要咬文嚼字，不要浮光掠影。只有这样才能深入下去，发现问题，并解决问题。

第二，关于屈原在怀王时是被疏还是被放的问题。在汉代就有两种说法，司马迁、班固认为在怀王时屈原只是被疏远；而刘安、刘向则认为在怀王时屈原已被放逐。这两种说法显然是由于两种不同的传说。司马迁的原文是先叙“王怒而疏屈平”，接着就说屈原作《离骚》的事；而后人窜入《屈原列传》里的刘安的《离骚传》则说屈原被“放流”。因此，我们现在读到的《屈原列传》，既说屈原在怀王时被“疏”，又说屈原在怀王时被“放流”，形成了矛盾。而我们现在把窜入《屈原列传》中的刘安的话抽出来之后，这个矛盾就不存在了。

这一个问题，启发了我们做科研时应注意这么两点：其一，我们写论文解决矛盾时，要从实质上去解决，不要只从形式上去解决。我为什么这样说呢？因为在今本《屈原列传》中，屈原在怀王时是被“疏”还是被“放流”的问题，已经被搞乱了。后人也看到了这一矛盾现象，所以也提出了一些解决的办法。如顾炎武在《日知录》中认为这是司马迁“信笔书之，失其次序”，主张把“虽放流”一段移到“顷襄王怒而迁之”之下。清代另一位有名的学者梁玉绳在《史记志疑》中也同意顾氏的说法。我认为，顾、梁二位的解决办法只是从形式上解决，而不是从实质上解决。因为他们这一调整，只不过是从字面上统一起来了，而不知“虽放流”，“睠顾楚国，系心怀王”等等话是说的楚怀王，而“怒而迁之”是说的顷襄王。顾氏和梁氏的调整，仍然没有解决其矛盾现象。其二，我们写论文时，对于同一个人的不同的说法也应该抓住不放，认真辨析，不能回避矛盾，而应该解决这些矛盾。比如司马迁既说屈原在怀王时被疏而赋《离骚》，又说他被放逐乃赋《离骚》，这就是矛盾。我们对此应抓住不放，知难而进。这才是科学的态度。

第三，关于令尹子兰所怒为何事的问题。“令尹子兰闻之大怒”，这儿所说的“之”是指代什么呢？子兰究竟生的啥子气呢？这也是后代说不清楚的问题。因为在这句话之前，今本《屈原列传》中既说到屈原“一篇之中三致志焉”；又说到“楚人既咎子兰以劝怀王入秦而不反也”，“屈平既嫉之”，所以子兰为啥子而生气，就扯不清楚了。现在我们将窜入《屈原列传》里的刘安《离骚传》的第二段，即“虽放流”到“王之不明，岂足福哉”一段抽出来，再看司马迁原本《屈原列传》，问题就豁然明朗了。原来，子兰曾竭力劝怀王入秦，而屈原则坚决反对怀王入秦。后来怀王听信子兰的话，到秦国去了，结果是被秦国扣留，后来客死于秦。到怀王长子顷襄王立之后，子兰又当上了令尹，而楚国上上下下都极其痛恨子兰，史称“楚人既咎子兰以劝怀王入秦而不反也”。屈原本人对子兰也非常厌恶，所以史称“屈平既嫉之”。那么，所谓“令尹子兰闻之大怒”，就是怒的屈原对他的指责，怒的楚国上下对他的责难。所以他纠集曾经在怀王面前谗毁过屈原的上官大夫，又在顷襄王面前去讲屈原的坏话，结果“顷襄王怒而迁之”，即把屈原流放了。这样，那段事实就没有什么矛盾了。

通过这一个问题的讨论，我有这样一点体会，对于问题的解决，既要符合事物发展的规律，又要考虑事物发展的因果关系。比如后人窜入的这一段，不外乎讲了两个问题，一是说屈原不忘存君兴国之志，所以一篇《离骚》再三表白自己的这一番苦心孤志。二是说楚怀王不听屈原的话，最后身败名裂，客死于秦。那么，依今本《屈传》，这一番评论性的文字就是令尹子兰之所闻吗？这是讲不通的，因为这之间没有什么必然的逻辑联系。按照今本《屈传》，无法解释子兰之所闻是什么，子兰为什么发怒。而我们如果把这一段后人窜入今本《屈传》的话剔除，司马迁的叙事就是很清楚的，逻辑性也是很强的。

第四，今本《屈原列传》一会儿称“屈平”，一会儿称“屈原”，称谓混乱，这也是后人疑惑不解的一个问题。胡适就把这一点作为一个理由，来否定屈原其人的存在。我认为今本《屈原列传》在称谓上有这样四种情况：一是被后人窜入的两大段，都是称“屈平”；二是夹在这两大段之间的本传原文，也都是称“屈平”；三是被窜入的前一大段之前的本传原文，即“忧愁幽思而作《离骚》”之前，或者称“屈平”，或者称“屈原”；四是被窜入的后一段之后的本传原文，即“令尹子兰闻之大怒”以后，则全称“屈原”。综合分析这些情况，可以看出，刘安《离骚传》是通称“屈平”的，而司马迁《屈原列传》原本则是通称“屈原”的。后人把刘安的《离骚传》窜入《屈传》，才出现了同一列传中称谓矛盾的现象。

而后之读者，为了统一这个矛盾，就有人把夹在《离骚传》的两大段之间的本传原文，一律改成“屈平”；但在前一大段之前的本传原文，则只改了比较接近窜文的一部分；而在后一大段之后的本传原文，则又完全没有改写。这种改写，盖非出于一时一人之手，故古本《屈原列传》改动者较少，而今本《屈原列传》改动者较多。讲义中有一番分析，同学们可以读一读。

关于这一部分的论证，我有一个体会，即我们分析研究问题时不要简单化，而是要充分考虑到问题的复杂性。《屈原列传》在称谓上的混乱，我们还可以从后人对《屈原列传》的引用来找到旁证。唐人李善注《文选·报任少卿书》引用了《屈原列传》的“屈原者名平”到“而作《离骚》”这一大段，与今本《屈原列传》比较一下，我们可以看到，李善所注，只有在接近窜入部分的“平伐其功”“平病王听之不聪也”两句中的“原”改为“平”，其余皆仍称“原”。而今本《屈传》，唐本尚未改的句子也统统改为“屈平”。这说明当后人将刘安《离骚传》窜入《史记》之后，又有人为了统一其称谓，是在逐步改动的。这也可以证明原本《屈传》一定是只称“屈原”。只是后人窜入《离骚传》之后，才出现称谓混乱的现象。

第五，关于今本《屈原列传》存在着论点上的矛盾问题。依今本《屈原列传》看，称道屈原“死而不容自疏”，就是说，肯定了屈原宁死也不肯跑到别的国家去。这种深厚的爱国主义思想感情被称赞为“虽与日月争光可也”。这种评价是很高的。但是司马迁在《屈原列传》的赞语中，却“又怪屈原以彼其材，游诸侯，何国不容，而自令若是”，认为像屈原这样的才能，如果到别的国家去，哪个国家不任用他呢？为什么非要自寻死路呢？可以看出，后一种论点与前一种论点是针锋相对的。这就是今本《屈原列传》在论点上存在的矛盾。这两种观点如果同时都是司马迁的，那是不可思议的。然而我在前面讲了，“死而不容自疏”“虽与日月争光可也”这一段话是刘安《离骚传》里的话，并不是司马迁《史记·屈原列传》里的话，也不是司马迁作为自己的观点采入《屈原列传》里去的。这个问题我把它明确地提出来了。过去的人讲不通，就千方百计地迂曲解释。而我把这两段话抽出来后，这些矛盾就解决了。

我们揭示了司马迁和刘安在评价屈原问题上两人论点不同这一现象，更充分地证明了今本《屈原列传》中那两段文字是后人所窜入的。因为如果是司马迁自己所采入，为什么同一个人的论点前后不一致呢？浅人但求窜入《离骚传》，而不顾二人在论点上的矛盾。这也是汉代文学批评史上的一件不可小视的事情。

以上这一问题的揭示，使我想到，我们做学问，应注意这样两个问题：一是我们立论要言必有据，切忌孤证。比如《屈原列传》的赞语，前人也提出了自己的一些看法，如清代的何焯、现代的刘永济，都认为“赞语”或者是客观叙述贾生的论点，或者是故为跌宕之词，也不代表司马迁自己的论点。我用了一系列材料证明了这恰恰就是司马迁的观点。他们二人也许发觉了“赞语”与本传论点上有矛盾，但是他们没有深入研究为什么有这种矛盾，所以用想象推测之辞，说“赞语”不代表司马迁的论点。我抓住这个矛盾现象，顺藤摸瓜，不但论证了司马迁评价屈原的论点，也为我所提出的后人把刘安《离骚传》窜入《屈原列传》的观点提供了更为坚实的可靠证据。二是我们搞科研时应注意从小处着手，大处着眼。我过去提出过我搞科研用的是蠢办法，下功夫去解决一个一个的具体问题。既不搞总论，也不搞概论。但是我从小处着手，是并没有忘记解决大问题的。比如我研究《屈原列传》，一共只不过是证明后人窜入了两段文字，这在屈原研究中并不是个大问题嘛。然而千百年来，人们没有注意这个问题。而我解决了这两段文字的问题之后，也就连带着解决了屈原研究中的几个大问题。即关于屈原生平事迹及其创作，屈原的创作道路及其艺术风格的形成，汉代文学批评史上评价屈原的不同派别，等等。

总之，我们研究学问，一方面既要抓住一个又一个具体的问题，又要站高一点，力求新的突破。

综上所述，我们做科研论文时应注意两点：一是论据与推理应该相结合。我认为无论你搞自然科学研究，还是搞社会科学研究，都要注意这两者的结合。论据是客观的，而推理是主观的，这个主客观应该相结合，才可能得出科学的结论。比如我前面讲了，“《国风》好色而不淫”那一段话，班固讲了是刘安《离骚传》里的话，刘勰在《文心雕龙·辨骚》里也讲了是刘安《离骚传》里的话。但是“虽放流”到“岂足福哉”这一段，从来没有人说这也是刘安的话。只有我讲这是刘安的话。我的这个说法对不对呢？我的这个观点成不成立呢？我认为是成立的。因为一方面，我找论据，另一方面我推理。又比如，我从班固所讲的刘安《离骚传》有“五子”是伍子胥这一注释性的话，又从班固讲到有“《国风》好色而不淫”等评价性的话，推论出刘安《离骚传》有总序，也有注释。这一推理是与客观的论据相结合的。我考察了班固、王逸二人《离骚序》的体例，既讲了《离骚》的命名，又讲了《离骚》的内容，也讲了屈原为什么写《离骚》以及怀王不听屈原忠谏终于身败名裂客死于秦，从而推论出刘安的《离骚传》也是有这三个方面的内容，他们三人的总序在体例上是一脉相承。这也是将客观论据与主观推理相结合的。这一结合，基本上还原了刘安《离骚传》的原貌，即“离骚者犹离忧也”一段是刘安《离骚传》的前半部分；“其存君兴国”等是《离骚传》的后半部分。这不仅还原了《离骚传》，更还原了《屈原列传》，从而使屈原的生平事迹清楚明白了。

在论据与推理的关系上，应该以客观论据为主，以主观推理为次。客观论据至少占百分之八十，甚至百分之八十以上；而主观推理只占百分之二十，甚至更少一点。

应该注意的第二点是：我们做科研一定要尊重前人的结论，但又不能重复前人的结论。这一点要再次强调一下。我们如果只是简单地重复别人的结论，这在科研上是走了不该走的弯路；你如果是没有看到别人的文章而重复了人家的观点，这说明你见识不广；如果是明明知道别人的观点，还是写了文章，这就叫抄袭，这是科研的道德问题。

我的以上结论，在学术界引起了各种不同的反映，大致说来有这样四种：第一种反映是完全赞同我的结论。1962年我的论文在中华书局《文史》创刊号上发表之后，北京的高等院校，如北京大学的几位教师来信，完全赞同我的观点。信中有这样几句话："对《屈原列传》的问题，你的文章如同'拨云雾而见青天'。"北师大有的老师写的屈原专著，将我的结论采入，并写成专节[①]。武汉大学有的老师讲文学史，把我的论文印成资料，发给同学。有的同志来信支持，使我们遂成朋友。第二种反映是完全反对。东北有一所大学印的一册书中有一篇文章，指责我"唐突古人"，说我对司马迁不恭敬。这篇文章中有些话是讲得很凶的[②]。其实一部《史记》自问世以来，续补或窜乱者甚多，不独《屈原列传》一篇，还原《史记》的本来面貌，又何损于司马迁之伟大？第三种反映是，从根本上同意我的结论，但也有一些小的不同意见。如兰州高校一位老师同意我的观点，但又提出：屈原写《离骚》不一定是在刚刚被楚怀王疏远之时，因为《屈原列传》对这个问题讲得也并不具体。这对我的意见是有所修正的[③]。第四种反映是我所没有料到的，就是歪曲我的论点。日本学术界最近一两年来

① 聂石樵先生的《屈原论稿》有"《屈原列传》辨析"一节，即是袭用汤炳正的这个观点而写成的。

② 见宋荫谷的《评〈屈原列传〉新探》，载吉林大学《社会科学论丛》1979年第1辑。

③ 郑文《读〈屈原列传新探〉兼论〈离骚〉的创作时间》，载《甘肃师大学报》1962年第4期。他认为汤炳正此文"见解卓越，抑且论证充实"。二十多年后，其在《屈原不是〈楚辞〉的伟大作家吗？》一文中，又称此文是"发千古之秘，理千载之惑"（《楚辞研究与争鸣》，团结出版社1989年版，第91页）。

发表了几篇研究屈原与楚辞的文章，重复廖季平、胡适的观点，否定屈原的存在。他们利用《屈原列传》存在的矛盾，来否定屈原。其中有一篇文章提到了我的论点，说："1962年，最近的学者汤炳正比较了《屈原列传》的正文和有关汉代的各种文献，指出《屈原列传》的大部分内容是后人增改的。"并以此作为否定屈原的证据[①]。我真不明白，我的文章是力图搞清楚《屈原列传》存在的问题，而日本学术界却有人歪曲我的论点。我想，他们是没有读懂我的文章呢，还是各取所需？外国有的学者，他们治学的风气，我不是看不起，而是看不惯。他们研究中国文化，讲来讲去，中间总是隔着一层纸一样，甚至是隔着一层山。日本国收藏着中国唐宋不少宝贵的资料，对我们整理古籍是很有帮助的。《楚辞》研究的成果，也是突出的。但是日本有的学者做学问的方法，我却不敢领教。至于歪曲我的结论来壮大自己的声势，更是不可取的。

以上我简单地介绍了我的论点所引起的各种反映。这说明一个问题：我们研究任何一门学问，都应该晓得学术界的动态。这个动态，不仅是从古到今的动态，有时也涉及国际上的动态。

---

① 见三泽玲尔的《屈原问题考辨》，载《重庆师院学报》1983年第4期。

以上讲的是屈原生平事迹系列的第一个问题，即需要把《屈原列传》存在的问题搞清楚。只有弄清楚了这些问题，屈原生平事迹的一些大事才可能大白于天下，为我们进一步研究屈原打下基础。

第六讲　屈原的生年月日

关于屈原的生年月日，《离骚》里有两句诗说：“摄提贞于孟陬兮，惟庚寅吾以降。”在先秦文献里，在自己的作品中讲出自己的生年月日，这种现象是不多见的。

因此，这两句诗就成了人们探讨屈原生年月日最有力的根据和最可靠的第一手资料。不过，由于其含义涉及古代天文学、历法学上极为复杂的问题，所以从东汉直到现在将近两千年的学术界，意见极其纷歧，解释则莫衷一是。一般地说，作家的生年月日，早几年迟几年，不是一个太大的问题。但是作为文学史来说，应该把作家的生平及其创作放在尽可能恰当、尽可能准确的历史时代来考察。如果时代搞错了，怎么能够准确地评价其生平、思想和作品呢？所以，我们研究屈原的生年月日，就是很有必要的了。

刚才讲，历代《楚辞》研究者对于屈原生年月日的推算，是不尽相同的，是有分歧的。据我粗略统计，有十多种说法，这儿就不一一介绍了。其中有三个说法比较重要：一是清代的刘梦鹏，写了一本《屈子章句》，说屈原生在公元前366年。这个说法提得相当早。而北京大学的林庚同志在《屈原生卒年考》一文中则定屈原生于公元前335年。两种说法相差三十几年。另外，清末的刘师培在《古历管窥》中提出屈原生于公元前343年。这个提法比较适中，而且清代还有两个人，即邹汉勋和陈玚也提出屈原生在公元前343年。这个提法后人多采纳（如钱穆、游国恩、张汝舟等），因为它与楚史比较吻合。

但是，在近些年新出土的文物资料的启发下，我对屈原生年月日，有了新的推算结果，跟上述诸家都不相同。

我的结论是：屈原生于公元前342年夏历正月二十六日。

我的根据简略地说来是这样的：

前几年，陕西省临潼县新出土了一件周初的文物“利簋”。器腹内底铸铭文四行，三十二个字，述及周武王征伐商纣的经过。这是周初金文中在武王伐纣的当时直接叙述这一事件的唯一珍贵的原始资料，跟先秦其他文献根据传闻进行追叙者不同。其中有一句话是“岁贞克”，当代许多古文字学家和考古学家都觉得这句话不好讲。我的讲法是：“岁”是指的是岁星，古人或称摄提，就是现在所说的木星；“贞”，作“当”字讲；“克”是“辜”字的假借字，夏历十一月称为“辜”。全句铭文的意思是说：岁星正当夏历十一月份在东方出现。这是古人纪年的惯例。我认为这句铭文，与《离骚》所谓“摄提贞于孟陬”，在句法上和计岁上是一样的。《离骚》所说的“摄提”，就是指的木星；“贞”就是“当”的意思；“孟陬”就是夏历正月。“摄提贞于孟陬”，全句就是说：岁星正当孟春正月早晨出现在东方。

根据上述的情况，我们可以得出这样的看法：利簋的“岁贞克”这句话，跟屈赋的“摄提贞于孟陬”，说的是同一范畴的问题，都是以岁星的运行标记年月的。以屈赋例之，铭文可以引申为“摄提贞于仲辜”；以铭文例之，屈赋也可以简化为“岁贞陬”。而在纪日方面，利簋的“唯甲子”在纪年纪月之前；而《离骚》的“惟庚寅”则在纪年纪月之后。但是，虽然它们所标记的具体年月不同，而且由于习惯不同，文体各异，序有先后，句有繁简，而从句子的结构上看，是没有什么区别的。

我的这种说法，与古人不相同。例如朱熹，他在《楚辞集注》中就认为，“摄提”指的是北斗星前面那六颗星根据北斗星柄（称“斗柄”）的不同方位来指示十二个月份。后人引用朱熹此说，多认为这是朱熹的新见解。实际上，朱熹的意见是依据司马贞的《史记索隐》。在《史记·历书》的《索隐》里，司马贞就是用的这个定义来解释《离骚》“摄提贞于孟陬”的。我们再进一步往上推，发现这种说法也不是始于司马贞。东汉王逸在《九思·怨上》中利用“摄提”一词，也跟其注《离骚》说的不同，而跟后来的司马贞、朱熹一致。总之，朱熹的话并不是朱熹自己的独创[①]。

如果按照朱熹的说法，我们就只能推算出屈原的出生月日。但是，我们用出土文物“利簋”与《离骚》的句子对照，可以肯定“摄提”就是岁星，而根据岁星的“会合周期”如果在夏历正月，那么这一个月就一定是建寅之月了，我们根据这几点就能准确地算出屈原的生年月日。

根据我的理解，《离骚》里“摄提贞于孟陬兮，惟庚寅吾以降”这句话意思就是说：岁星恰恰出现于孟春正月的那个月、庚寅的这一天我降生了。这里虽然没有正面提出诞生之年，但从上面的论证中我们知道：凡夏历正月岁星晨出东方，正标志着这一年必然是后世所谓“太岁在寅”之年。因此，古

---

① 请参阅汤炳正的《楚辞类稿·三六》。在自存本此条的结尾他又补写了如下这句话：“又扬雄《反离骚》云：‘汉十世之阳朔兮，招摇纪于周正。’应劭曰：‘招摇，斗杓星也，主无时。周正，十一月也。’是扬雄对《离骚》‘摄提’之理解，亦早已指其为斗杓欤？”

人亦即以此纪年。

第二个问题，我根据马王堆出土的《五星占》来推算屈原的生年[①]。

天文学史专家根据《五星占》的推算，得出：公元前366年（周显王三年）是颛顼历的历元，那么，我们由此向下推两个周期（木星经过两个“恒星周期”，即二十四年），恰恰又是历元，即公元前342年，这一年正月恰恰岁星早晨出现在东方，这一年就是屈原的生年。再据日本学者新城新藏的“战国长历”这年正月朔乙丑进行推算，这一年的正月二十六日，又恰恰是“庚寅”日。因此，我们的结论是：屈原应当是生于公元前342年夏历正月二十六日。即楚宣王二十八年乙卯，夏历

① 毛庆在《略述楚辞研究中出土文物的功用与地位》一文中说：“能够找到的推算方法前人几乎都找了，能够依据的资料前人几乎都依据了，要想开辟新的思路，则必须寻求新的资料。这个新的资料汤炳正先生寻求到了，那就是出土文物。”陈桐生在《二十世纪考古文献与楚辞研究》一文中说：“（汤先生）这一推算的证据比较充分，论证科学严密。”李炳海在《屈原生辰的推断及其吉祥之说的成因》一文中说：“汤炳正先生利用出土文献所作的考证颇有说服力”，“汤炳正先生写道：‘所谓的屈原生于寅年寅月寅日的“三寅说”，只是后人的误解。……’汤先生的论述是有道理的，屈原确实不是从三寅相重的角度看待自己生辰的吉祥。‘三寅说’把屈原生辰所包含的文化内涵抽象化、片面化，遮蔽了它的丰富意蕴，需要加以拨正，予以重新审视”。

正月二十六日庚寅[①]。

我这个结论有一个旁证。屈原的父亲名屈原曰“正则”，为什么要说“正”呢？而秦始皇“名为政”，为什么名“正”呢？古籍里“正”“政”通用。《史记》里讲了，秦始皇是正月出生的。但是我们知道，不是所有出生在正月的人都可以名“正”；但是十二年一次的岁星恰恰在正月出现在东方，这一年却相当难得，碰上这一奇异之年是值得纪念的。我根据《史记》的记载，又用岁星纪年来推算，秦始皇出生的那一年，即公元前259年，恰恰也是夏历正月岁星晨出东方。所以秦始皇也命名曰“正”。屈原所谓“名余曰正则”的“正”，显然跟他出生的年月有关。

我们从秦始皇的出生年月及命名的情况来看，不仅证明了屈原生于公元前342年，正是周显王三年之后岁星运行的第二个“恒星周期”；而秦始皇出生于公元前259年，则正是周显王三年之后岁星运行的第九个“恒星周期”，年代完全相合。而且也证明了屈原自称“正则”，而始皇则命名为“正”，都是从岁星于正月晨出东方这一有意义的天文现象而来的。这样来理解《离骚》首段的诗句，则会感到更为朗澈而亲切！

① 毛庆在前揭文中又说，汤炳正“推算的结论与前人的均不相同，更重要的是开拓了一条以出土文献为基础材料推求屈原生年的新思路”。

从学术动态来看，我的文章发表之后，中国科学院自然科学史研究所的陈久金同志，读了我的文章，写了一篇文章《屈原生年考》，投到吉林省的《社会科学战线》杂志。该杂志又将他的文章寄给我审稿。这篇文章提到了我的论文，认为我推翻了朱熹的结论，建立了新的说法。讲法是正确的。陈久金同志还写信给我说：他过去写科技史，对《离骚》“摄提贞于孟陬兮，惟庚寅吾以降”这两句诗，不敢用。其实这两句诗在我国古代天文史上很有用。他看了我的文章后，说他这下敢用这段材料了。但是对于屈原的生年月日，我认为用的是夏历，他认为用的是周历。关于屈原是用夏历还是用周历，我不同意他的意见。在屈赋中处处可见其用夏历的论据。例如《九章·怀沙》说“滔滔孟夏兮，草木莽莽”，孟夏，是夏历四月，才可能说“草木莽莽”；如果用周历，则是夏历二月，草木是不可能茂盛的。由此可见屈原是用的夏历。又如《九章·抽思》中说“望孟夏之短夜”，意思是说夏历四月夜晚渐渐地变短了；但是如果是用周历，则是夏历二月，这时还不会感觉到夜晚变短、白昼变长的。还有《招魂》里说道：“献岁发春兮，汩吾南征，菉苹齐叶兮，白芷生。”这几句诗是说：开春正月我向南走，看见草木发芽了。如果是用周历，则是夏历十一月份，这时草木无论如何是还没有发芽的。总之，从屈赋来看，屈原是用的夏历，而不是用的周历。陈久金同志的文章说屈原用周历，是没有根据的。而且，依他所用周历所定的屈原生年月，但周正十一月那一天不是庚寅日。他的论文回避了这一点。但是总的来说，陈久金同志的论文还是勇于创新的。所以我的审读意见还是比较肯定的。因为我认为，在探索屈原生年问题上的任何创新都是可贵的，建议《社会科学战线》杂志发表这篇文章，并很委婉地提出了我的意见，指出了他文章的不足之处。我的审读意见，《社会科学战线》编辑部决定与陈久金的文章同时发表①。发表后，又有了不同的反映。有的青年同志来信说，我扶持新生力量，很受感动。有的同志则说：既然陈久金的文章问题还多，就不应该支持，说我是抱着学者兼长者的态度，迁就了陈久金。而广东省社科院一位同志反驳陈久金的文章，认为屈原生年是公元前339年夏历正月十四日。这实质就是浦江清同志在《屈原生年月日的推算问题》一文中的推算结果。但是，包括浦江清同志在内的各家对屈原生年的推算，都是过分地相信了后世的“历史年表”，这种年表是用干支纪年的，是汉代人废除了岁星纪年之后才应用的。由于这种干支纪年是逆推上去的，只是用六十年一个轮回的干支逐年推

① 此信发表在《社会科学战线》1980年第2期上。汤炳正指出，陈“在推算依据和推算方法上突破了三个传统观念的束缚”。

排，而并没有考虑岁星超辰等问题，所以与岁星实际运行的情况就脱节了。屈原在《离骚》中所说的“摄提贞于孟陬”，只是根据当时岁星实际运行的情况，用朴素的岁星纪年法来叙述的。如果用“干支纪年法”去推算，与实际情况当然就不符合了。另一方面，说屈原生在公元前339年，与楚史比较，也有不甚吻合的地方。据史载，公元前318年，楚怀王任六国纵长，屈原为左徒，管理国内外大事。这时屈原才二十多一点，任“左徒”这样高的职务，不太合情合理。又，后来在怀王十三年，即公元前316年，屈原被楚怀王疏远，这时屈原也才二十二三岁。但是《离骚》称自己年岁“方壮”。古人岁二十始弱冠，三十岁称“壮”。不管是“正当壮年”，还是“即将壮年”，二十二三岁的人是不会这样说的。我们说《离骚》是在被怀王疏远后写的，最迟也不会推得太晚，按我的推算，屈原生在公元前342年，那么楚怀王十三年疏远他时，屈原二十六岁，在这之后写《离骚》，是可以称“方壮”的了。总之，广东那位同志的文章，问题仍然是很大的。

对于这件事，我主要的考虑是：屈原的生年月日问题，是屈原研究的一个老问题、难问题，也是一个大问题。在中国古代文学史上也是很引人注意的大问题，甚而至于对中国古代天文历法等学科的研究也有很大的联系，所以关心的人很多，各个方面的人，搞文学史的、搞历史的、搞天文历法的，都纷纷参加讨论和探索。那么，在这个问题的讨论过程中，任何一个新的论点，只要是比较的持之有故、言之成理，都应该让它提出来，不能压制，不能独断专横，这才有利于学术的发展。同志们夸奖我也罢，指责我也罢，我的看法就是这样[①]。今年（1983），淮阴师专办的《活页文史丛刊》第八辑又发表了郭元兴的一篇文章，叫作《屈原生年新考》，认为屈原的生年是公元前342年，这与我的结论是一致的 。但是作者认为楚国当时用的是秦历，屈原是生在这一年秦历的十月初一。这篇文章后半部分有这样一段话："我对屈原生年的看法大致上接近于汤炳正先生的说法，但我在推算之时并未看到汤先生的论文。"作者的这个声明是必要的。因为根据不同的资料、不同的推算，却得出了大致相同的结论，这本身就说明事情绝不是偶然的，是有原因的。不过，《屈原生年新考》用秦历作为楚国的历法，我是不同意的。我在前面讲过，用周历就已经不符合屈赋的实际了，而秦历与夏历差了三个月，差一个季度，比周历与屈赋的实际情况差得更远了，与屈赋中的自然风物差这

① 汤炳正曾在一封给我的信中说："屈原的生年月日，是学术上的老大难问题，多有些人参加讨论是有益的。"又说："学术的发展是无止境的，它要靠一代一代地向前推进，一个人的力量永远不可能穷极真理。所以要尊重别人的不同意见，欢迎大家共同探索，以推动学术的发展。"

么远，完全不合。

关于楚国用夏历，这一点还可以补充几句。屈赋中的自然风物是与夏历相吻合的，这一点前面已经有了说明，而出土文物也可以证明这一点。新中国成立前在长沙就出土了战国时期楚国的一件帛书。帛书有四方，分配了四时，又分配了十二个月，而这十二个月的名称与《尔雅》中所说的夏历十二个月的名称完全一致，也与王逸注《离骚》所说的“正月为陬”相合。由此看来，楚国用夏历这一事实是推不翻的①。

我由关于屈原生年月日问题的讨论进而想到学术研究。我认为任何合乎科学结论的，将来必然会流传下去；而任何不合

① 汤炳正在《屈学答问·五九》中云：“凡符合历史事实的结论的提出，往往是旁证愈来愈多；凡不符合历史事实的结论的提出，反证也会愈来愈多。这就是历史的考验。长沙子弹库出土的楚帛书，经过近年的科学处理，字迹已很清晰。其中十二月名与《尔雅》夏历十二月名全同，只是偶用同音借字。如十一月‘姑’，‘姑’即《尔雅》‘辜’之同音借字。亦犹利簋铭文之借‘克’为‘辜’。其音符皆从‘古’。帛书‘姑’月之辞曰‘利侵伐，可以攻城，可以聚众，会者（诸）侯，刑百事，殍（戮）不义’。这与利簋铭文所载，武王于十一月伐纣之事，不谋而合。帛书这条占候之辞，或为古卜书之遗文，故武王用之。亦或为武王伐纣胜利之后，古占候家始据史事造此附会之辞。帛书十二月，只有十一月有此‘利侵伐’‘会诸侯’‘戮不义’之语，盖非偶然。例如纬书《春秋潜潭巴》（《太平御览》卷九引）有云：‘疾风折木，谗臣恣，忠臣辱。’这分明是谶纬作者为了宣扬天人感应之说，故据《尚书·金縢》所述，周公遭谗事而制造出的谶纬之言。这跟楚帛书所谓十一月‘利侵伐’‘会诸侯’‘戮不义’之言，其来源是相似的。可见武王辜（姑）月伐纣之事，当是古史遗说。文物与典籍，可以互证。”

乎科学结论的，将来必然会受到历史的淘汰。这是学术发展的客观而又严峻的事实。屈原生年月日问题的讨论，也许将来还要进行下去，而我们不但期待着新的更有说服力的新论点，也期待着新的文物的不断发现，进而较好地解决这一问题。

第七讲　屈原的才能和学识

这本来是不成问题的问题。因为《史记·屈原列传》说得清清楚楚："屈原者，名平，楚之同姓也。为楚怀王左徒。博闻强志，明于治乱，娴于辞令。入则与王图议国事，以出号令；出则接遇宾客，应对诸侯。王甚任之。"可见屈原学问非常广博，懂得治理国家之道，又非常地会说话，所以居"左徒"的高官，是楚国当时内政外交的主要参与者，深受楚怀王信任。《屈原列传》还详细地记载了屈原参与内政外交的大事，大家可以读一读。这也说明司马迁对屈原的才能和学识的那段叙述是有事实根据的。

但是我最近将平时读书时所写的眉批进行整理，发现在东方朔的《七谏》中对有关屈原才能和学识的说法，与司马迁大不一样。这当然引起了我的深思。

王逸《楚辞章句》说《七谏》是为追悯屈原而作的。我们看《七谏》的内容，提到了屈原的名字，提到了屈原的事迹，确实是指名道姓地追悼悯伤屈原的。这跟庄忌的《哀时命》那样的发牢骚是有所不同的。

《七谏》开始有一段话介绍屈原的生平事迹，与司马迁的《屈传》完全不同。这几句话是这样说的：

平生于国兮，长于原野。
言语讷譅兮，又无强辅。
浅智褊能兮，闻见又寡。
数言便事兮，见怨门下。

这段话的大意是说：屈原虽然出生在楚国的国都，但却是在山野中长大的。他说话结结巴巴，又没有得力的人帮助他。他知识浅陋，才能狭小，所见所闻又很少。他经常与怀王谈论于国家有利的事情，所以被下面的人怨恨。

可以看出，东方朔的叙述与司马迁的叙述是完全矛盾的。同学们可以将这段话与前面引用过的《屈原列传》的那段话对照着读一读。

问题在于，东方朔与司马迁同时，两人对屈原的才能学识的叙述为什么会这样不同呢？这儿我想起了前些年的一件事情，插进来说几句：著名的实验物理学家丁肇中在实验时发现了粒子运动的反常现象，他没有满足于过去那些权威们的结论，而是穷追不舍，终于发现了一种新的（第四种）基本粒子，并命名为“J粒子”。我们搞社会科学研究的人，也应该有丁先生这种钻研精神。即使二十种“文学史”说法相同，我们也不可盲从。因为当我们读古人的集子时，也可能时常发现一些反常的现象。我们也应该紧紧抓住这些反常的矛盾的现象，穷追不舍①。在东方朔和司马迁同时叙述屈原才能和学识这个问题上，就出现了矛盾。我们不应该回避这些矛盾，或者调和这些矛盾，而应该紧抓不放，深入探讨。

王逸在《楚辞章句》中，在“闻见又寡”句下注云：“屈原多才有智，博闻远见，而言浅狭者，是其谦也。”看来，王逸是发现了《七谏》与《史记》有矛盾，所以才这样调和其说。但是我对王逸的解释是不满意的。

首先我想不通的是，《七谏》是东方朔追悯屈原而写的作品，不是屈原自己写的作品，为啥说是“自谦”呢？你东方朔没有代屈原“自谦”的必要。其次，是不是东方朔借屈原以自喻自况呢？是不是东方朔在“自谦”呢？但是，从褚少孙所

① 汤炳正治学的一大特点，就是特别善于“从现象中求规律”。如他的“古代神话的演变往往以语言因素为媒介”说，就是在现象中得出的。

补的《史记·滑稽列传》中的记载，以及从《汉书·东方朔传》来看，东方朔可不是一个谦虚的人，而是一个自高自大的人。当时汉武帝征贤才，很多人都上书自荐，“自炫鬻者以千数”。这时东方朔也上书，自吹什么书都读过。所以《汉书》中这样评价他：“朔文辞不逊，高自称誉。”真是一点儿也不谦逊，自我吹嘘，怎么怎么不得了。而且，东方朔在《答客难》中也自吹“智能海内无双”“博闻辨智”。那么，这样一个性格的人，怎么能够“自谦”呢？怎么能够借贬屈原来自贬自谦呢？所以“自谦说”是不能令人满意的。

那么，我们应该怎样看待这个问题呢？

首先我们要看到，司马迁是世代良史家庭出来的，他是一个了不起的史学家。而东方朔则只是一个“滑稽之雄”（《汉书·东方朔传·赞》），他爱讲笑话，没有多大学问，是一个辩者。又，司马迁的《史记》是在实地调查的基础上，又核实了大量的典籍，对史实进行了深入的剖析之后才写出来的。如《屈原列传》中，司马迁就明确地说他读了屈原的作品，而且到长沙去观看了屈原自沉的地方。而作为太史公，他遍翻了国家藏书。总之，他的史料是很丰富的，也是认真核实了的。他写的《屈原列传》，是有极高史学价值的。而东方朔呢？他的《七谏》则是抒写感慨的辞赋，是文学作品。他所根据的，看来最多不过是屈原、宋玉的作品而已。他是没有像司马迁那样扎扎实实地占有材料的。他很喜欢辞赋，读了屈宋的作品，就学着写。他的材料的来源不过如此而已。我们不是说东方朔的东西没有一点儿根据，而是应该具体分析他所依据的材料是不是可靠的，具体分析他对屈宋辞赋的理解是不是正确，是不是准确。

下面我大致分析一下东方朔《七谏·初放》中的那几句话。

东方朔说屈原“生于国兮，长于原野”。我们知道，屈原是楚之同姓，为什么会在偏僻的乡下长大呢？对此，太炎先生有一段话可以用来作为参考。先生在《菿汉昌言》里讲：屈原虽然是楚国的贵族，但是根据《春秋左传》桓公十一年，屈瑕作楚国的莫敖（屈瑕是楚武王的儿子，受屈为卿，因以为氏。所以屈瑕是楚国屈姓的始祖），到周赧王十六年楚怀王入秦，相距四百余年，“原之于楚公室，亦甚疏矣”。根据太炎先生的论点，屈原的家道，虽然仍是贵族，但很可能已经中落。他是很可能生长在偏僻的地方的。后来他因为德才兼备，名望特别高，楚怀王才提拔他，开始当三闾大夫，管贵族子弟的教育工作；后来升为左徒，管理国内外大事。

其实，屈原自己也讲过自己出身贫贱。《九章·惜诵》说：“思君其莫我忠兮，忽忘身之贱贫。”他说：我思念君王，没有人比我更忠于君王了，以致把我自己本是贫贱出生的身份都给忘掉了。

因此，如果笼统地说屈原是贵族，是楚之同姓，就不容易理解东方朔为什么说屈原“长于原野”，更不容易理解屈原自己为什么说“身之贱贫”。去年（1982）我到湖北省秭归去开会，那儿对屈原小时候在哪个山洞洞里头读书、又在哪里洗脸、在哪里梳妆等等，都有传说。那儿很偏僻，大山中一个小坪坝，是屈原故里。当地的老百姓对这些口耳相传，虽然不见得句句都是真实的，但是里边则是有历史的影子的。

从地理上看，从秭归起沿长江一直到武昌，都是当时楚国公族的住地。从秭归东下几百里路，是夷陵，即在今天宜昌东边不远，当时有不少的楚先王的陵墓。秦将白起在怀王二十一年拔郢都之后，就在这个地方烧了楚先王的陵墓。再顺江而下，就是楚国的都城郢。再顺江而下就是鄂都，即在今天的武昌，当时有贵族鄂君封在这里。可以看出，当时楚国的贵族分住在沿长江几百里的区域内，而屈原所在的秭归在西边，比较远一点，偏僻一点。我原来还有点怀疑，想不通屈原为什么跑到这样边远一些的地方去呢？现在考虑到，他本来已经是比较疏远的公族了，他的父辈已经比较疏远了。

所以，我们综合起来看，东方朔所说的“平生于国兮，长于原野”，很可能是有根据的。大概屈原的父亲曾在郢都做事，但家是住在秭归的。屈原虽然出身在郢都，但是却在秭归长大的。屈原自己说过出身贫贱，他父亲一定没有干过较大的事情，不是朝廷之中的大臣。总之，说“长于原野”也罢，说“身之贱贫”也罢，是事实，而不会是什么谦虚的话。很可能东方朔当时读到了《九章·惜诵》中“忽忘身之贱贫”这样的话，也体会到这一点了，而且体会得很对。这甚至于还可能补充《史记·屈原列传》对屈原生平事迹的记载呢。

但是，东方朔读屈赋，也有很多地方是体会错了。

《史记》说屈原“娴于辞令”，但是东方朔却说屈原“言语讷譅”，这两种说法恰恰相反；下一句，东方朔讲屈原“又无强辅”，这是符合事实的。因为屈原自己在《九章·惜诵》里说过：“昔余梦登天兮，魂中道而无杭。吾使厉神占之兮，曰有志极而无旁。”王逸注：“旁，辅也。”“无旁”就是在政治上“无强辅”的意思。从《史记·屈原列传》里也可以看出，屈原在政治上确实没有强有力的人支持他。由此看来，东方朔说屈原“又无强辅”，是符合事实的，他读了《九章·惜诵》，对这几句诗的理解也是正确的。但是，“言语讷譅”的说法却是错误地理解了屈赋。当时司马迁的《史记》还没有写完，东方朔并没有读到《史记》，那么，东方朔的说法，只可能来自屈赋。例如《九章·怀沙》中有这样几句话：“文质疏内兮，众不知余之异采。”这两句诗中的“文质”一词是比较容易理解的。“文质”是指人既文雅又朴实。古人“文”“质”对举，来衡量一个人的品行。《论语》就说过“文质彬彬，然后君子”的话。《九章·怀沙》中的“文质”也应该这样理解。那么“疏内”又怎样理解呢？王逸解释为“内以疏达”。而洪兴祖《楚辞补注》则列了两种不同的解释。一种解释是：“疏，疏通也”；“《释文》‘内’如字”。即是说“疏”是疏通、通达的意思，“内”是内外的内。说“文质”不仅见之外表，更通达于内心，是内美与外美的统一。这和《九章·怀沙》前面说的“内厚质正兮，大人所盛”，《九章·思美人》所说的“满内而外扬”，是同一个意思。洪兴祖所列的第二个意思是：“内，旧音讷”，“讷，木讷也”。也就是说人呆板、木傻，讲话很不行。那么“文质疏内”就是外表不行，言谈也不行。这就跟东方朔所说的“言语讷譅”是同一个意思了。但是我们比较这两种意思，第一种讲法才合乎屈原的生平事迹和屈赋的实际情况。屈原应该是很善于言谈的，不然他不会应接宾客诸侯，不会被怀王两次派去出使齐国，完成十分重要的外交任务。战国时各国来往非常频繁，作为大国的楚国，怎么能让一个语言结结巴巴的人来当左徒，参与内政外交，特别是外交呢？

总之，东方朔读是读了屈赋的，但有好些地方，他理解错了。当然，对《九章·怀沙》这几句的错误的理解，还不只是东方朔一个人，洪兴祖《楚辞补注》所列的第二种解释也理解错了。东方朔错误地把“疏内”理解为“疏讷”，加之他既没有调查研究屈原的行状，也没有读过《史记》，所以才错误地写出了“言语讷譅”的话，这就与《史记》所说的“娴于辞令”互相矛盾了。

东方朔又说屈原“浅智褊能兮，闻见又寡”，这句话也是有问题的，与《史记·屈原列传》说屈原“博闻强志”是相矛盾的。我的看法是，从屈赋来看，屈原是纯正高洁的，但同时也是以自己的才德自负的，而没有以褊浅寡智来说自己的。

但是我在读屈赋时注意到这样一个问题，即屈原在政治活动中似乎曾犯过错误。《九章·怀沙》里有这样两句诗：“任重载盛兮，陷滞而不济。”意思是说：我承受的担子很重，车子装载得很多，所以陷在泥巴里走不动了。这是用的比喻，言外之意是说自己在政治活动中陷入了不利的境地。《九章·惜往日》也说道：“秘密事之载心兮，虽过失犹弗治。”这是他追述楚怀王很信任他，他了解了许多重大的秘密的事情，担负着重大的责任，虽然犯了错误，但怀王并不治罪。这两句话与《九章·怀沙》可以互相发明参证。大概当时屈原内政外交集于一身，事情很多，日理万机，有的事情也许处理得不妥当，甚至还犯了一些小的错误，这都是很可能的。当时那些谗人肯定也抓住了一些小的把柄，不完全是无中生有。所以《九章·惜往日》接着说："心纯庬而不泄兮，遭谗人而嫉之。"正揭示了这一历史事实。东方朔可能也读到了《怀沙》《惜往日》等篇章，对这件事可能也有所察觉。但是这绝不应该引申出这样的结论：有才能的人就不会犯错误，犯错误的人就是才智不高。这是两码子事情。

我们如果进一步考察，东方朔说屈原"浅智褊能兮，闻见又寡"，可能还是有他的根据的。同学们读过宋玉的《九辩》，汉代的人对宋玉为什么写《九辩》就有不同的看法。一种意见认为这是宋玉"悯师"之作，是追悯屈原。另一种意见说《九辩》是宋玉自伤之辞。我是同意后一种意见的，因为《九辩》中处处可见自伤的话，不是追悯屈原。因此，《九辩》中虽然有"性愚陋以褊浅兮，信未达乎从容"的话，但这实际上是宋玉"自谦"的话，这跟屈原的事迹是不相合的，也与一个学生追悯老师的意思不相合。所以我说《九辩》是宋玉自伤。宋玉这个人坎坷得很，大家读宋玉的作品就会体会到这一点的。但是，汉代认为《九辩》是悯悼屈原，东方朔也可能认为是悯悼屈原，所以他把《九辩》的“性愚陋以褊浅”拿过来，引申敷衍一下，就安在屈原的身上了。但这可以说是历史的误会，是东方朔搞错了。

以上所提出的问题，不是一个老问题，但是一个难问题。我们不能回避这个问题，而应该设法去解决。总的说来，司马迁是个史学家，读了很多的书，调查了史实，钻研了史料，所以他的记载是可信的。而东方朔则是一个滑稽式的人物，爱在汉武帝面前讲笑话，胡扯，有些笑话讲得也并不是那么高级的。辞赋还是可以写一点的，作为文学作品来读，可以，但作为史实，就靠不住了。

我前面说过，在我们研究古代典籍的过程中，有几种情况：一种情况是发现了反常的现象，我们应该抓住不放，一追到底，其结果是可能得出一个全新的结论的，一个符合历史事实的全新结论。或者是使原来的结论更能站住脚，而别的结论则被否定了。东方朔和司马迁在叙述屈原才能、学识这个问题上，这是两种针锋相对的观点，是反常现象。但是，我们不能只是简单地断言，东方朔其说与《史记》不合，就应该否定。东方朔与屈原又没有什么利害矛盾，他为什么那样讲呢？总是有原因的嘛，我们就是应该探索这个原因，这才是老老实实做学问的态度。另外，我们在考察古籍中的反常现象时还可能出现这样的情况：面对两个互相矛盾的结论，我通过钻研，各取所长，从而得到第三个结论。这一点同学们将来书读多了，在深入思考、钻研典籍材料中是可以体会到的。

补充说一下，东方朔对屈赋是很熟悉的，在运用上也还算得心应手。我粗略地统计了一下，《七谏》中用屈赋的成句就有十二处。还有他理解的词意，用得就更多了。所以他的《七谏》，多数地方对屈赋的理解还是对的，或者说基本上是对的，但上面我们分析的那些句子，则确实是他理解错了。

以上所讲的，是屈原生平事迹中的第三个问题，即关于屈原的才能与学识的问题。我因为身体不好，对这个问题原本打算再多说几句，现在只得不说了。同学们可以看看讲义。

第八讲　屈原的官职问题

我们知道，从现存的春秋战国的史料来看，楚国的官职与北方国家是有些不相同的。后代有许多人专门研究楚国的官职，也解决了一些问题。

屈原做过“三闾大夫”，也做过“左徒”，这两个官职也是楚国的特殊官名，中原各国是没有这样的官名的。“三闾大夫”这个官职比较好理解，大家的分歧也不太大。因为在春秋战国时，好多国家都有“公族大夫”这样一个官，管教贵族子弟。楚国的“三闾大夫”跟“公族大夫”一样，也是管教楚国贵族的。根据王逸的《楚辞章句》，那时楚国贵族三姓，昭、屈、景，屈原就是管教这三姓子弟的。这个问题学术界的争论不大。

但是关于屈原曾任的“左徒”一职，学术界的解释就不那么一致了。不少结论也不是那么稳妥的。例如唐代张守节的《史记正义》认为，“左徒盖今左右拾遗之类”。但是我们知道，唐代左右拾遗是一个闲官，不管具体的事务。而“左徒”却是管了国家的内外大事的要职，绝不是闲官。就楚国而言，顷襄王时代的春申君原来就是“左徒”，后来由“左徒”升为“令尹”，当了楚国的宰相。一人之下，万人之上。从这样的情况来看，“左徒”也绝不可能是一个闲职①。当今学术界有人提出：“左徒”就是春秋时楚国的“莫敖”。“莫敖”这个官职权柄很大，在楚国差不多都是由屈姓来做，而后来“莫敖”变成了“左徒”。但是这种说法也靠不住。因为史籍并没有“莫敖”在后来变而为“左徒”的记载，而且《战国策》里也记有楚国的“莫敖子华”，这就说明战国时楚国仍有“莫敖”一职。“莫敖”是“莫敖”，“左徒”是“左徒”，两者并没有混在一起。况且从很多史料来看，“莫敖”是掌管兵权的武官，不是文职，这与屈原办内政外交的职事不合。也有人认为：楚国的“司马”这个官下面有“左司马”“右司马”，那么楚国的“司徒”这个官下面是不是又分“左司徒”“右司徒”，而“左司徒”又简称“左徒”

---

① 据力之先生论之，本来，春申君与顷襄王关系特殊，不当以“一般”概之，但是司马迁说屈原为左徒，“入则与王图议国事，以出号令；出则接遇宾客，应对诸侯”。以此观彼，则春申君之由“左徒”升为“令尹”，正好说明前者地位之近后者。

呢？但是我认为这个推测，在古籍里找不出证据；而更重要的是，“司徒”是管建筑、兵役、防务工事的官员，这与屈原的生平事迹也不相符合。还有人讲，《孟子·离娄下》中有“楚之《梼杌》，鲁之《春秋》，一也”，“左徒”就是“梼杌”，“徒”是“梼杌”之合言，因此“左徒”是楚国的史官。这个说法新则新矣，但没有证据，而且，也与屈原办内政外交的事情不相合，与春申君黄歇所干的事情也不相合。

此外，可能还有一些说法，我没有看到。主要是上述那几种说法吧。

而我是根据新出土的文物来重新考察“左徒”这个官职的。

1978年6月，湖北省随县发掘战国时的曾侯乙墓，出土了大量战国早期的历史文物。其中有竹简二百枚，总计约六千六百字。这些简文，记载了在曾侯葬礼中赠送礼物的人的官名。这些官名，有很多与楚国的官名一致。关于这个问题，从历史学的角度来看，当时曾国是楚国的附庸，它的官名与楚国的官名，当然有很多相同。另一点也要估计到，这些送葬礼的官员中，是可能有楚国的官员的。总之，曾侯乙墓出土的这些竹简上所记的官职官名，为我们研究楚国的官职提供了实物证据，其价值是很高的（这方面的研究，可能因此会出现一个跃进式的发现与突破）。

重要的是，在这些竹册上所记的官名中有“左升徒”“右升（徒）”，这为我们弄清楚国“左徒”一职提供了极其有价值的材料依据。

关于“左升徒”“右升（徒）”的“升”字，古文字学家裘锡圭先生在《谈谈随县曾侯乙墓的文字资料》（《文物》1979年第七期）中对这个字，没有做考释，认为它是一个怪字，在它后面打了一个“？”。这就使我们不得不对“升”字做进一步的探索。因为要证明我们所提出的“左徒”即“登徒”这一新的论点，首先必须解决“升”字的问题。

根据我的一些考察，这个“升”字，实际上就是“登”字。古人的“止”字，就是脚趾，所以有行动、动作的字，往往加上个“止”字以会其意。例如前些年中山王墓出土的鼎铭，“使”字加上“止”写成了“使”字，“降”字加上“止”写成了“降”字。所以这个“升”字下面可以加上“止”字写成“升”字。这方面的证据还有很多，我这里就不多谈了。我们又知道，“登”字今是舌头音，“升”字今是舌上音，但是上古没有舌上音，只有舌头音，“升”字古音就读作“登”，故得互相通假。至于从“登”字的形义来讲，《说文》云："登，上车也。从癶豆，象登车形。"可见"登"字跟昪、陞、抍、跰、尡等字同义，不过由于登车跟登山等，略有区别，故又别造"登"字耳。如果说，"登"字跟"升"字是本字与借字的关系，那么，"登"字跟昪、陞、抍、跰、尡，则是同义异形的关系。正是由于这个原因，古人"升""尡"同用，"升""登"无别，所以"左尡徒""右尡（徒）"就是"左登徒""右登徒"①。

我们又更进一步考察，认为"左徒"就是"左登徒"的省称。"左登徒"省掉一个"左"字，就是"登徒"；省掉中间的"登"字，就是"左徒"了。古代官名省称的例子是很多的。关于省前面"左"字的例子，如"左拾遗""右拾遗"，可以省称为"拾遗"；省后面的字的例子，例如近年临潼秦始皇墓出土的陶瓦，把"左司空"一名省成了"左司"；省中间字的例子如汉瓦当把"右司空"省成了"右空"②。这些例子都说明古人多省称官名，而省称的花样也是很多的。

---

① 裘锡圭先生在《曾侯乙墓竹简释文与考释》一文中，采纳了汤炳正的"登徒"之释。见湖北省博物馆编《曾侯乙墓》（上册），文物出版社1989年版。

② 汤炳正在《屈赋新探》自存本第52页补写了如下这段文字：后世官名，世亦多简称，如《宋书》刘穆之为"前将军"，而《文选》傅季友《为宋公求加赠刘前军表》，则"前将军"简称为"前军"；亦犹王羲之为"右军将军"，而世简称为"右军"。"左登徒"简称"左徒"，亦同此例。

那么，屈原所任的“左徒”，就是“左登徒”的省称了。“左登徒”可以省称为“左徒”，当然也可以省称为“登徒”。但是楚国既有“左登徒”，又有“右登徒”，所以省称为“登徒”就不知是左是右了。还是省称为“左徒”比较明确一些。

那么，“左登徒”（“左徒”“登徒”）究竟是什么样的官职呢？

《文选》有一篇《登徒子好色赋》。李善注释说：“登徒，姓也。子者，男子之通称。”我们知道，李善注《文选》，号称渊博典实，在典籍上的价值很高。但是因为“登徒”后面加了个“子”字，李善也误释了，把“登徒”说成了人的姓名。

其实，在宋玉的这篇赋里，“登徒”就是指的某某官职。“登徒”在《战国策》里也出现了一次。《齐策》里讲了这样一个故事：齐国的孟尝君到楚国去了，楚国想敷衍一下与齐国的关系，但又害怕秦国见怪。楚国原来是送给孟尝君很贵重的礼品象牙床，这个去送象牙床的使者就是楚国的“登徒”。他一去见到孟尝君手下的人就说：“我是楚国的登徒。”就是说的自己是怎样一个官职的人。有人说这是使者通报其姓。但是在外交场合，怎么可以一见面不先介绍自己的官职与政治身份，反而自称姓什名谁呢？外交场合当不会有这样不懂礼节的人①。《齐策》只称“登徒”，而《文选》则称“登徒子”，这个“子”或系后人不理解“登徒”的本义者所增加。

这里，我还要附带谈谈：宋玉也是仕于楚顷襄王之世，据古籍资料看，他虽曾居大夫之职，但很不得志，而且经常受人毁谤；因而他的作品，往往是牢骚满腹，“口多微言”。他在《登徒子好色赋》中所说“大夫登徒子侍于楚王，短宋玉曰：……”颇有同列相嫉之意。但这个“登徒”，究竟是指的谁，不得而知。因为这时黄歇虽任“左徒”，即“登徒”，但出现于宋玉笔下的形象性格，尽管有些片面夸张，总觉得跟《春申君列传》所述黄歇的行径，不大相似。对此，只有两个解释：首先，可能宋玉笔下的“登徒”，是别有其人的“右登徒”，并不是“左登徒”黄歇；其次，更大的可能性是：宋玉是在托言讽谕，如子虚、乌有之流，并非实有其人，只不过是借用这个空头官衔以鸣不平，并不是在指名道姓地谩

---

① 在《屈赋新探》自存本第55页书眉，汤炳正补了如下这句话：“《战国策·齐策》此段，鲍彪注：‘登徒，楚官也。’吴师道注：‘屈平为左徒，鲍见此，故以登徒为官名。’——我当时手上只有高诱注《国策》，故未察此鲍、吴二注。可见古人读书之精，李善以登徒为人名之非，前人已有所见。”

骂对方。

再者，我们从《屈原列传》来看，屈原是管内政外交的。他“出则接遇宾客，应对诸侯”，这是属于外交事务。《齐策》里的那个“登徒”不也是在干外交的事情吗？给曾侯送葬礼的人里也有“左征徒”和“右征（徒）”。

而内政方面的事，《屈原列传》也有不少记载。《登徒子好色赋》里的那位“登徒”，也参与了内政大事。《登徒子好色赋》说“大夫登徒子”“短宋玉”于楚王，即在楚王面前说宋玉的坏话。但是由于宋玉善于为自己申辩，所以“楚王称善，宋玉遂不退”。就是说楚王听了宋玉的解释，才没有撤宋玉的职。看来这位“登徒”是有权在楚王面前参与官员任免的，这是属于内政方面的大事。这与《屈原列传》所说的作为“左徒”的屈原“入则与王图议国事”，是很相似的。

我们这样一比较可以看出，“左徒”也好，“登徒”也好，就是“左征（登）徒”，参与国家的内政外交的大事。

那么，“左徒”属于什么级别呢？有很多人推测，但是没有结论。而《登徒子好色赋》一开头就说“大夫登徒”，说明“登徒”是“大夫”一级的。“大夫”是官级的通称，“登徒”是职守的别称，古人这种形式连称，例子也是很多的。《史记·屈原列传》也说：“上官大夫与之同列”，那么，屈原所任的“左徒”，当然也是大夫级别了。这一点汉代的司马迁还是比较清楚的。

古之“大夫”有“上大夫”“中大夫”，还有“下大夫”。那么，“左徒”又属于哪一级呢？我们看春申君由“左徒”升为“令尹”，又封为春申君，可以推测，“左徒”大概是“上大夫”，政治地位是相当高的。上一级就是“令尹”了。而担任“左徒”的人，首先，必须如屈原“博闻强志”“娴于辞令”；又必须如黄歇“游学博闻”“王以为辩”。其次，“左徒”虽兼管内政、外交，但从《屈原列传》，尤其《春申君列传》来看，他们的主要活动多在外交方面。如屈原的几次使齐及与张仪斗争，黄歇的几次使秦及其侍太子为质，都可以看出这一倾向。而且，从这次出土的曾侯乙墓简文中还可以看出，作为“左徒”，不仅要参加国与国之间的重要政治斗争，也要参加诸侯的葬礼并赙赠车马等应酬性的活动。

从上述的结论来看，曾侯乙墓出土简文中的“左峷徒”“右峷（徒）”，无论他是曾国的官员，还是楚国的官员，对解决屈原任“左徒”这一历史事实，都是极其珍贵的新资料。因为它跟现存的有关楚国这一时期的文献互相印证，一方面丰富了历史内容，另一方面也使我们弄清了过去悬而未解的许多问题，因而对我们应当怎样理解屈原的政治生活与评价屈赋的民族风格，是有很大帮助的。

我的具体的考证，材料是比较多的，这里就不多谈了，大家可以看一看我发表在1981年上海《中华文史论丛》第三辑上的《“左徒”与“登徒”》一文。我的文章发表之后，还是接到了几封信，说我的论点比过去的那些论文有说服力[①]。过去我也晓得有不少文章讨论过这个问题，我也到处收集，尽可能都读一读这些论文。但是可惜的是，据说段熙仲老先生在“文革”前曾发表过一篇《左徒新解》的论文（载《南京师院学报》1964年第一期），我没有能找到看一看。但我在写文章时冒了一个险，我想：我的论点是以新出土的文物为根据的，如果没有这些新出土的文物资料，做梦也不会想到“左徒”就是“登徒”。所以我的论点是与过去所有的观点都不相同的。这件事也提醒我们，要随时留心新材料的发现。

以上讲的是屈原的官职的问题，主要是讲的屈原所任“左徒”一职的问题。

① 赵逵夫先生曾在《文学遗产》1987年第2期上，著文称汤炳正这篇文章，“结束了在有关问题上众说纷纭的状态”。

第九讲　屈原流放的路线与沉江的年代

这个问题也是屈原研究的老大难问题，历来说法很多很乱。而我根据新中国成立初期出土的《鄂君启节》，对屈原流放的路线以及沉江年代的问题有了一些新的看法。

我先简单地介绍一下《鄂君启节》。《鄂君启节》是楚怀王时的珍贵文物。“节”就是“符节”，是交通时所用的证件。这个“节”是鄂君的，他封在今天的武昌一带。鄂君是个贵族，他一方面要享受许多东西，用车、船搞运输；另一方面又要做买卖，当然是官商买卖。做买卖要走水路、陆路，需要交通证件，这就是《鄂君启节》。《鄂君启节》有两件，一件是车节，上面详细地记载着当时官商通行的陆路路线；另一件是舟节，也详细地记载着当时官商通行的水路路线。经过专家们的考证，认为这是世界上详记两千多年以前交通要道的唯一无二的珍贵实物。

新中国成立以来，专家们对《鄂君启节》做了许多研究。但是结合屈原当时流放的路线来研究，则是新问题。

关于《鄂君启节》的“舟节”，所记的水路地名、路线是这样的：（1）首先从鄂地出发，向西走，再溯汉水而上，直达汉北；（2）再从汉北折回，向东南，以长江为干线，一直达到江西的彭蠡一带；（3）又从彭蠡一带折回，往西南走，经过湘水、资水、沅水，一直到澧水，然后北上过长江，到楚都郢城。总之，这是一个大的三角形似的水路路线。这三条干线，无疑是楚国在历史上所形成的东连吴、越，西通秦、蜀的国际通商路线。至于车节，则是东北与陈、蔡相连的国际路线。

我根据屈原的《九章》进行考察，发现屈原当时流放所走的路线，与“舟节”的路线大体一致。一般传统的观点说屈原当年流放之后，走的是很荒凉偏僻的地方，是漫无目的地到处流浪。但是将《九章》与“舟节”相比，我认为屈原当时走的是通商大道，并没有流窜于山野小路。他往往走到一个地方要住一段时间。例如西北他走到汉北，西南他走到溆浦，这两处都是当时楚国的边境要塞，都是跟秦国接境的地方，是楚国的边境重镇。屈原在这两个地方住了一段时间。

而且，屈原首先走的是东方，到了江西的泸江、陵阳一带。那儿是楚国的大后方，当时吴、越两国已经被楚国灭亡了。如果屈原想在流放期间平安地度过一辈子，这个地方是最平安无事的了。但是，屈原并没有这样做，他并没有贪图安全，他先跑到了汉北，后来又跑到溆浦，专门跑到这两个与秦国接壤的地方去。

这些事是值得我们认真思考的。

刚才我说了，屈原在顷襄王时被放所走的路线与《鄂君启节》大致是一致的。但是也有所不同，不同在于：他走的路线的先后次序与《鄂君启节》不同。屈原所走的路线是这样的：（1）《鄂君启节》是先走汉北；而屈原离开郢都后，先走的是东方。他沿江而下，到达了泸江、陵阳一带。这个原因很简单。顷襄王元年，秦国兴师打楚国，战事发生在丹淅，就在汉北，今湖北省的北部。楚国打了败仗，死了几员大将。边关吃紧，首都震动。所以当时屈原被放，就与百官和民众一起沿江而东下，一直走到了陵阳。这就是《九章·哀郢》里所说的“当陵阳之焉至”，即是说我走到了陵阳又往哪里走呢？其后屈原基本上停下来了。后来过江到了泸江一带。（2）《鄂君启节》从汉北南下，又以长江为干线，向东一直走到彭蠡，然后又转折而向西南，到湘水、资水、沅水、澧水。而屈原在陵阳住了九年之后，他又顺着当时的官商水路，溯江而上，溯江北而行，直达汉北。然后又沿汉北而下，西南溯沅，直到溆浦。在溆浦住了几年，又向东走，过了资水、湘水，到达了汨罗江边。屈原走的路线也是一个三角形①。

现在我们来考察一下屈原为什么溯汉水而到汉北和为什么南下到溆浦的问题。

首先讲一讲屈原到汉北去的问题。

屈原流放到泸江、陵阳一带后，并不安心于苟且偷安。作为一个爱国主义者，他每时每刻都关心着国家的事情，关心着国防前线，所以他要到汉北去。另一方面，我们从屈原的作品来看，他在《哀郢》中说“至今九年而不复”，他痛心于不能回到首都去。当时楚国是一批卖国者掌权，他自知回不了首都，于是想到了楚国先君所住过的地方。《哀郢》结尾有这样两句诗：“鸟飞反故乡兮，狐死必首丘。”鸟儿要飞回故土，狐狸死了头也要朝着故土，这种感情是多么强烈！屈原在陵阳住了九年，写了《哀郢》，抒发了自己这种深沉的感情。这绝非泛泛的抒情之笔。

但是，他回不了郢都。那么他返回到哪里去呢？

---

① 董运庭先生说，“在对《九章》整体结构的研究和解析中，迄今为止”，汤炳正提出的“屈原放逐的‘三条路线’之说”“仍是最有创见的说法”（《楚辞与屈原辞再考辨》，中国社会科学出版社2005年版，第189页）。

我们知道，楚国的首都曾多次迁移。楚怀王时是在郢，但是在楚国都郢之前，楚国的首都是在丹阳。

丹阳具体在什么地方，现在学术界还有争议。但是其方位一定在丹淅的北面，丹水、淅水的北面，就是在汉北。近年来，在丹阳发掘出了楚国的公子午的墓。公子午是春秋时楚国的人，当过宰相，《左传》里多次提到他。公子午的墓中发现了一些鼎，有一件是《王子午鼎》，所以知道这个墓是公子午的墓。但是，公子午死于楚康王八年，那时楚国早已经以郢为首都了，为什么公子午死于郢而又葬于丹阳呢？郢都和丹阳，相距千余里。公子午的迁葬，当是古人“归葬”的遗俗。丹阳是楚国的旧都嘛。古代民族迁移，死后多归葬故地，因此，北魏孝文帝犹有“迁洛之民，死葬河南，不得还北”的规定。

同学们读过《礼记》，其中有这样几句话：“太公封于营丘，比及五世，皆反葬于周。”意思是说姜太公封到齐地，传了五代，死一个就归葬一个到陕西老家去。所以《礼记·檀弓上》在记载了这一史实后说：“乐，乐其所自生；礼，不忘其本。古之人有言曰：‘狐死正丘首，仁也。’”可以看出，古人把“归葬”与“狐死首丘”联系在一起。所以，屈原当时知道自己不能回到郢都，那么，也应当像“狐死首丘”那样，回到故都去。

当时屈原流浪陵阳九年之久，无时无刻不在怀念着郢都的“州土之平乐”“江介之遗风”。但事与愿违，在顷襄王执政，群小擅权之下，赦免既不可望，归郢自不可能，因而先烈陵墓所在的汉北丹阳废都，也竟成了他向往的目的地，从而发出了“鸟飞反故乡兮，狐死必首丘”的悲叹。他才决定走向汉北，希望能够瞻仰先烈的遗迹，借以抒发其怀念故国之忧思。这就是《哀郢》的“狐死必首丘”跟次篇《抽思》的“来集汉北”的内在联系。屈原的流亡路线，如果说开始的东走陵阳是由于战局失利所导致，那么这时的“来集汉北”，则是由于思念故国的强烈感情所驱使。

所以说，屈原到汉北去，感情上是很复杂的。从当时的政治形势来看，他想到汉北去；从屈原的民族意识来看，他也想到汉北去。他要去看一看国防前线的情况，也要回到丹阳旧都去。汉北丹淅一带，已成楚国的边疆要塞，为秦楚交战的必争之地。据《史记·楚世家》说：楚怀王十六年曾受秦国商於六里之骗。这个“商於”即在丹淅附近。《楚世家》又云：怀王十七年春，“与秦战丹阳，秦大败我军，斩甲士八万，虏我大将军屈匄”。而《屈原列传》则讲：怀王“大兴师伐秦，秦发兵击之，大破楚师于丹淅，斩首八万，虏楚将屈匄”。可见丹阳即丹淅一带。尤其值得注意的是，《楚世家》又云：楚顷襄王元年，秦拘怀王要地不得，竟“发兵出武关，攻楚，大败楚军，斩首五万，取析十五城而去”。《正义》引《括地》谓楚析邑“因析水为名也”。是析即丹淅之淅。可见，丹淅之地，除为楚先公先王的陵墓所在之外，又成了楚国西北的门户，并屡遭秦国的袭击。而且正当屈原被放离郢都赴陵阳之时，曾由于丹淅大败，危及郢都，人民离散。作为爱国主义者的屈原，即使身遭流放，对此也决不会淡然忘却。我们从《哀郢》中所说“外承欢之汋约兮，谌荏弱而难持”看来，他对顷襄王为了“承欢”暴秦所实行的和亲软弱政策是极为忧虑的。屈原不远数千里由陵阳到汉北，绝不完全是为了聊慰故国之思，而且隐然有关心祖国安危，观察边疆动态的曲衷。《史记·项羽本纪》说：“楚南公曰‘楚虽三户，亡秦必楚也’。”“三户”，据说就在汉北一带①。

以上简略地解释了屈原为什么要从大后方的陵阳转向汉北。

① 汤炳正在《屈赋新探》自存本第73页的第一段结尾，加了如下这段话：“据赵逵夫同志的考证，屈氏之先句亶王封地即在丹淅西南之近汉水之滨。《左传·文公十六年》之‘句澨’，亦即庸国故地。《括地志》：‘房州竹山县，本汉上庸县，古之庸国。’《大清统一志》：‘上庸故城在今郧阳府竹山县东南。’据此，则屈子之去汉北，除省视故都丹阳，更缅怀屈氏始封之地，其情之切，可想而见。”

第二，我们讨论一下屈原又为什么要从汉北沿汉水而下，走向西南，到了今天湖南省西部的溆浦一带。溆浦在沅水边上，溆浦这地方我去过。溆浦那时属于楚国的黔中郡，是与秦国接壤的西部边境。据《史记》说，秦国一直想要那个地方。所以屈原一直不放心，就从汉北跑到溆浦去。他从楚国的西北国防前线一直跑到西南的国防前线，在那儿住了几年。我前几年到那儿去的时候，专门到文化馆去问了一下，询问现在还有没有屈原的古迹。文化馆的同志说现在没有，但是离县城几十里有一个大队，水边上有一座亭子，当地老乡说屈原在那儿乘过凉。因为天黑了，路又远，我就没去了。老乡们口耳相传屈原到过溆浦，这是符合屈赋所说的内容的。

屈原流亡西南的原因：传统的说法，以为屈原当时是被放于“江南之野”，但我们从整个《九章》来看，其说并不可靠。盖顷襄王时屈原被放在外是事实，但并没有规定他必须住在哪里。因而，除了《哀郢》描写开始出发是迫于当时战局，不得不跟流民一起东下而外，其余的行踪，都是由他自己决定，有他自己的想法的。前面所谈屈原远抵汉北的情况是如此，而这次西入溆浦，同样是如此。

据《史记·楚世家》：怀王三十年，怀王用子兰之言，北会秦王于武关，被拘于秦，“要以割巫、黔中之郡”。怀王不许，结果病发而死于秦。就在秦要怀王割“黔中”的第二年，即顷襄王的元年，屈原即被放。作为具有强烈爱国感情的屈原，对此后黔中的命运如何，绝不会恝然忘怀。因此，他之由西北与秦接壤之汉北国境转到西南与秦接壤的溆浦国境，绝非没有目的。因而他转到西南，不去别处而远及黔中边界，同样是为观察边疆动静的爱国心情之所驱使。

从战国时期楚国与秦国的关系来看，所谓“纵则楚帝，横则秦王”，确实是如此。但自怀王时屈原被疏以后，纵势已破，楚国渐弱。尤其是怀王二十四年，秦昭王初立，与楚和亲；第二年楚又与秦盟于“黄棘”。自此以后，楚国国势，一蹶不振，处处被动，每战必败。不难看出，作为外交政策，“黄棘之会”，是楚国由强到弱的转折点。屈原到了西南国境，想起了外交失策的往事，故在《悲回风》里写道：

> 借光景以往来兮，施黄棘之枉策。
> 求介子之所存兮，见伯夷之放迹。

洪兴祖《楚辞补注》对“黄棘”之义，不同意王逸的曲解，而主张指怀王二十五年的“黄棘之会”，这是对的。介子之有功于晋文而被遗忘，伯夷由于不食周粟而被饿死，这些前人的往事，怎能不引起屈原想到在国家危亡之际的自处之道呢？

据史载，公元前278年，秦军攻下了楚国的首都郢都。第二年，公元前277年，秦军又攻下了黔中郡、巫郡。巫郡是屈原老家秭归所在地。屈原很可能就是在黔中郡失守之后离开溆浦，又向东北方向走，到了汨罗江边，投江而死。

这儿有一个问题：屈原之死，如果说只是为了殉国而死的话，那么在楚国的首都陷落时，他就会死在溆浦。为什么还要往东走，去死在汨罗江里呢？这儿有几个原因：第一，楚国郢都被攻陷的第二年，秦国又攻打黔中，他是不得不往内地走了。第二，屈原在郢都陷落之时，复仇之心未死，希望之心未灭，他也需要到内地来看一看，观察楚国的情势，所以到了长沙。然而，楚国的情势一塌糊涂，可以说是大厦倾倒，土崩瓦解，楚王率领百官狼狈逃往陈。屈原看到国家这个样子，所有的希望都破灭了，所以投汨罗江而死（从当时的战局来讲，无疑是殉国；但从作品内容来看，毋宁说是殉道、殉志）。

汨罗江畔，乃古罗子国故地。今年（1983）中南五省考古队，在这里发现古罗城遗址和很多战国至西汉墓葬，出土很多楚兵器和楚文物；有几十座大墓，墓主身份是较高的。可证长沙乃至罗城一带，乃战国时楚南的政治、文化、经济、军事的重镇，并非荒凉之地。则屈原的东北走长沙，并徘徊于汨罗，是有目的，并非信步流亡。

以上我对屈原之死的讲法，与过去的人有所不同。他们认为在郢都陷落时，即公元前278年，屈原就死于汨罗江。这个观点是郭沫若同志1953年提出来的。当时世界和平理事会纪念屈原逝世二千二百三十周年，就是用的郭沫若同志的说法。去年（1982）在湖北秭归开了个学术讨论会，纪念屈原逝世二千二百六十年。但是根据我的推测与考察，屈原是公元前277年逝世的，所以今年（1983）才是他逝世二千二百六十年忌。

以上我讲了屈原在顷襄王时被流放所走路线以及他沉江年代的问题，我为此写了一篇文章，论据相当详细。这儿只是讲其大意[①]。

以上几讲，主要是讲的屈原生平事迹的问题。我首先讲了《史记·屈原列传》的问题，目的在于使同学们研究屈原时把材料搞明确，对屈原生平的几个大问题有比较正确的了解。

---

① 关于《九章》的篇次问题，自汉代以来，治骚者的意见便极其纷歧。汤炳正所排定篇次是：《橘颂》《惜诵》《哀郢》《抽思》《思美人》《涉江》《悲回风》《怀沙》《惜往日》。他说："班固、王逸认为《九章》皆作于顷襄王时，是对的；但是王逸认为《九章》都是写于'江南'，则是不合乎事实的。"

其次我分别讲了屈原的生卒年的问题，屈原的才能与学识的问题，屈原所任官职的问题，屈原流放路线的问题。如果把这几个方面综合起来，屈原生平大事就比较清楚了。

第十讲　屈原的政治理想

这两讲，我想着重谈谈屈原的政治理想和思想流派的问题。这两个方面的问题，古今也有不少研究屈原的人讨论过，他们的观点我不打算在这儿重复。因为对这两个问题我自有我的看法，提法不同，提出问题的角度不同，解决问题的方法自然也有不同。我不愿意只是简单地重复和介绍别人的结论，我们对屈原的政治理想和思想流派的问题，应该有新的体会。

我们先回顾一下三十年前的一件往事吧！

1953年9月，世界和平理事会在芬兰首都赫尔辛基开会，号召全世界人民纪念世界四大文化名人。屈原是其中的一位（其他三人分别是波兰的天文学家哥白尼、法国的文学家拉伯雷、古巴的民族运动领袖何塞·马蒂）。我国的《文艺报》在当年第十一期上发表了一篇权威性的社论《屈原和我们》。当时新中国成立不久，《文艺报》还是唯一的也是最高一级的文艺理论杂志，应该宣传马列主义的文艺思想，宣传党的文艺政策。然而《屈原和我们》这篇社论，却开了黄腔。社论一方面说，“屈原是世界性的伟大诗人，是登上了世界文学史上最高峰的人物之一”，称颂之辞不可谓不高。但是另一方面，社论却说，“屈原的政治思想中，有好些思想在当时都已经是过时了的，更正确地说，是历史上未曾实现过的空想。但我们应该加倍注意的，不是他的一套政治理想，而是他的实际的政治态度和斗争”。同学们请注意“在当时”这一提法。社论既然认为屈原的政治理想“在当时都已经是过时了的”，那么，屈原在战国时期只不过是一个时代的落伍者。他的政治理想是落伍的，那么，“他的实际的政治态度和斗争”无论怎样坚定，万死不悔，也只不过是把历史车轮往回拉，又有什么值得世界性纪念的呢？因此，抹煞屈原的历史的阶级的政治思想，而抽象地肯定其“实际的政治态度和斗争”，这是违背历史唯物主义精神的，在逻辑上也是自相矛盾的。

我们应该具体地分析屈原所处的时代，具体地分析其作品，并在此基础上评价其“在历史上有无进步意义”。

我们知道，春秋战国时期，是我国由奴隶制向封建制转化的社会大变革时期，各国都在不同程度上出现了变法革新运动，这是中国历史上一次有进步意义的事件，因为它推动了中国历史车轮的前进。而在楚国，吴起变法于前，屈原草“宪”于后，都积极地从事于变法革新活动。

但是，关于屈原草“宪令”的事，据司马迁的《屈原列传》讲，屈原起草的“宪令”还没有定稿，上官大夫就阴险地去夺。屈原不给他，他就到楚怀王面前去讲屈原的坏话。怀王听信谗言，十分生气，疏远了屈原[①]。屈原的“宪令”没有定稿，更无法施行，所以史书古籍中也没有留下来。

因此，不少同志虽然不同意《文艺报》社论的观点，但是也对不能具体明确地看到“宪令”而感到非常遗憾，因为我们无从由屈原的“宪令”去考察屈原的政治理想。1954年丁力同志在《光明日报》上发表的一篇文章就是这样看的。刘永济同志的《屈赋通笺·笺屈余义》也认为屈原进行过变法革新，但是“宪令”的内容却无从确实考证，认为这是研究屈赋的“根本困难”。所以，我们现在就准备考察一下屈原所草“宪令”的基本内容，勾画出“宪令”的轮廓，想方设法地解决大家提出来而又没有解决的这一问题，这对考察屈原的政治理想，无疑是很必要的。

屈原在《离骚》的末尾有这样两句话：“既莫足与为美政

① 汤炳正曾说，怀王之所以听信谗言，主要“是他为了巩固自己的统治地位而采取的‘威势独在于主而不与臣共’的政治性的对策”。

兮，吾将从彭咸之所居。”可以看出，屈原对“美政”是多么地向往和执着，甚至不惜以死殉之。“美政”就是美好的政治理想，而在《屈原列传》里我们又知道屈原草过“宪令”，那么，屈原在其作品中所说的“美政”，与他在政治改革时起草的“宪令”，在内容上应当是一致的。虽然屈原所草之“宪令”没有留下来，但是他的伟大作品却留下来了。因此，我们可以根据他的伟大诗篇来探索他的“宪令”的基本内容。即使不能一条二款地罗列出来，但是也可以勾勒出其“宪令”的基本轮廓。也就是说，可以从其作品看到其“宪令”的基本内容。

当然，屈原的伟大诗篇，是他崇高思想和人格的结晶，是他感情的表现，而不是政论性的散文。但是，正如列宁所说：“法律就是取得胜利、掌握国家政权的阶级的意志的表现。”那么，作为楚国统治集团中的一个非常重要的人物，作为一个政治家，屈原固然一方面要在其起草的“宪令”中顽强地表现其“阶级的意志”，另一方面也必然在他的不朽作品中流露出这种“意志”。你想叫他不流露是根本不可能的。

因此，当我们具体分析屈原的政治理想时，应注意这么三点：第一，屈原作品中流露出来的他的政治理想，与他所草的“宪令”的条文是不同的，我们只能从屈赋的字里行间去体会它；第二，屈赋中也不是全部地、系统地体现出其“宪令”所制定的各项政治措施，我们只能根据这些来分析其政治倾向；第三，我们所要分析讨论的屈原所草之“宪令”的内容，是要写入国家法令条文之中的，而不是一般的政治抒情或议论。如果不这样，你满可以从屈赋中概括出十条二十条，但是如果这些内容不写入“宪令”，那就不能坚实地证明其在历史上的进步意义。

前面我们说过，春秋战国时期是我国历史上的一个大变革时期。而屈原的政治理想在那个时代是代表了新兴的进步阶级的利益和意志的，即是代表着新兴的地主阶级向落后的反动的奴隶制宣战。屈原的政治理想是顺乎时代潮流的，而绝不是落后的、倒退的。对于这一论点，现在我们就结合屈赋，考察其所草“宪令”的基本内容，来具体地分析他的政治理想。

第一，励耕战

在春秋战国时期，一切进步的代表新兴阶级利益的政治家，没有不提出“励耕战”政策的。因为只有“励耕”，才能够富国；只有“励战”，才能够强兵，即当时所说的“富国强兵”。商鞅相秦，首先就是：“变法修刑，内务耕稼，外劝死战之赏罚。”吴起相楚，也强调“精耕战之士”。屈原在《九章·惜往日》里回忆与楚怀王合作时的情况写道："国富强而法立兮，属贞臣而日娭。"这正是从"励耕""励战"角度来说的。值得注意的是，屈原说"国富强而法立"，是强调了用"法"来确立这种"励耕战"的政策的。这也可以使我们体会到，屈原所草"宪令"，是一定有"国富强"的"励耕战"的条文精神的。

《九歌》中有一篇叫《国殇》，歌颂为国捐躯的战士，这也表现出强烈的"励战"精神。那么，屈赋中是否也有表现出"励耕"思想的诗句呢？有，就在《卜居》里边。

《卜居》中有一大段，提出了八对相反的问题。其中有一对问题是这样说的："宁诛锄草茅，以力耕乎？将游大人，以成名乎？"意思是说：我宁愿铲除杂草努力耕作呢，还是游说诸侯以成功名呢？我们都知道，在《卜居》所提出的八对相反的问题，每一对问题的前一句都是屈原所主张的，而后一句都是他所反对的，爱憎很分明。他对正义的东西很肯定，对非正义的东西很厌恶。在这两句诗中，屈原肯定的是铲除杂草努力耕作，反对的是游说诸侯以成功名。这一点是很明确的。

然而，过去的人对《卜居》这两句有深刻内涵的诗句的理解，却比较表面。如郭沫若同志说，这证明了屈原"是特别同情农民的"；丁力同志说，这说明屈原是很"熟悉农民生活"

的。而我认为，我们应该从屈原主张“励耕”政策这一角度去理解这两句诗。屈原将“力耕”与“游大人”相对举，是很有深意的，是他的“励耕”思想的流露。我们读周秦子书可以看到，当时进步的政治家也是将这二者联系起来看的。我们可以从周秦这些政治家的著作中拈出一二十条这样的论据，不过这儿我就不打算一条一条地举例了。这些政治家，如商鞅、吴起、韩非等，都非常注意这个问题，强调老百姓安安分分地作庄稼，严禁有些人游说诸侯——“舍农游食”，作“游宦之民”。他们尖锐地指出：如果都跑出去游说，那国家怎么会不穷呢？可以看出，提倡农耕，反对游说之士，这是当时变法图强的政治家们的一致主张。那么，《卜居》中提倡耕作，反对“游大人，以成名”，也必然是屈原的政治主张的自然流露。如果仅仅理解为“熟悉农民”和“同情农民”，也未免太肤浅、太皮相了。

屈原的“励耕战”的思想，是当然要反映在他所起草的“宪令”之中的。周秦时的法律，是明文记载着奖励军功、奖励“力耕”，严禁“游士”的条文的。最近在云梦出土的《秦律》中，不但有《军爵律》以规定军功受爵的具体措施，也有《田律》《游士律》。而《秦律》乃是秦国在统一战争中采取六国旧典，增损而成的。其中有的明确标出采自《魏户律》《魏奔命律》的。这就为我们提供了一个证明：六国革新政治家不但主张“励耕战”，而且要将这一政治主张写入法律条目中。

第二，举贤能

《离骚》里说：“举贤而授能兮，循绳墨而不颇。”在《离骚》和屈原其他作品中，“举贤授能”这方面的句子还很多，同学们可以下去翻一翻。而在战国时期，进步的政治家都是非常强调“举贤能”的。这一政治主张跟奴隶主贵族的世袭制是相对立的。

这一点清楚得很，我不打算多谈。不过，同学们也许会问：“举贤能”的主张在先秦革新政治家所规定的法律中，可不可能写入呢？

大家可以读一读《管子》这本书，其中《君臣下》里说道：“布法出宪，而贤人列士尽功能于上矣。”即是说：颁布了法律宪令，贤才能人就都来为国君效力了。我们想一想，为什么“法”“宪”一出，贤才能人就肯为国君效力了呢？如果这个法令里没有关于举贤能的条目，贤才能人怎么会来效力呢？可见《管子》明确地说出了“举贤能”是写入了当时的法令之中的。那么，屈原的“举贤授能”的诗句，自然是他所草“宪令”中这方面内容的流露。

不过“举贤授能”的政治主张，当时各家之间在不同的情况下，其提法上的轻重缓急是有区别的。例如荀子特别强调举贤的作用，认为“有治人，无治法”；而韩非在强调法术的作用时，则认为“无术以用人，任智则君欺，任修则君事乱”，“废常上贤则乱，舍法任智则危”；而商鞅在强调君权的作用时，则认为“立君者，使贤无用也”。但在一般的情况下，尤其是跟“世卿世禄”相对而言时，他们都是把任贤能提到极其重要的地位上而予以肯定。故此，屈原在起草“宪令”时，当然也不会忽视这一问题。

第三，反雍蔽

什么叫“雍蔽”呢？在周秦诸子中的解释是说：在上下、君臣之间有一个东西雍塞隔开，使下情不能上达，君臣不能沟通。这大致包括两种情况：一是有坏人，或者有不好的制度使下情不能上达；二是上面的政策法令不能贯彻下去，中间有人隔着，有阻塞。综观历史，这种“雍蔽”现象往往是因为朝廷中有坏人、有奸臣在有意识地干坏事。所以屈原在《九章·惜往日》中指出：“独障壅而蔽隐兮，使贞臣为无由”，“谅聪不明而蔽壅兮，使谗谀而日得”等 。即是说楚怀王被朝中坏人壅蔽（包围），不明是非，所以那谄谀的小人越来越得志，青云直上，越来越得势。因此，屈原的政治主张不能上达于君，受到阻碍和破坏。屈原在不止一首诗中反复申说过这个问题。

也许有人要说，屈原这样写，是在他受怀王疏远之后。他原先还是深得怀王信任的，进进出出与王图议国事，并没有被阻塞呀。但是我们知道，楚国的顽固势力一直是很强大的，他们纠结在一起，总是企图包围国君，反对变法图强。这是历史的教训。那么，屈原这样一个“明于治乱”的政治家在他所起草的“宪令”中怎么能不总结这种历史教训呢？或者说怎么能不提防这种历史悲剧重现呢？况且，紧接着发生的上官大夫夺稿的事件，会是偶然发生的事吗？这不会是平地而起的突然事变。两个阶级的斗争不会突然爆发，这种较量应该是由来已久的。所以，屈原在被疏之后还痛感于“壅蔽”的危害，回忆着他一贯的反壅蔽的斗争。

也许有人还要问：“反壅蔽”固然是当时革新政治家的主张，那么会不会写入法律条文之中呢？我们多翻一翻周秦古书就会发现，《管子》中讲“反壅蔽”，不知有多少。而《战国策》里有所谓“郭偃之法”，更可说明这个问题。什么叫“郭偃之法”呢？在晋文公时，其政治措施是进步的。而辅佐的大臣中有一个叫郭偃的人。古籍中说郭偃“更晋”，就是说郭偃辅佐晋文公变法成霸。大家对郭偃这个人很少注意，而“郭偃之法”，我们今天虽然不可能读到全文，但是《战国策》就明明白白地说到“郭偃之法有所谓‘桑雍’”。

“桑雍”是什么意思，前人没有谈过。其实“桑雍”就是“塞壅”。“桑”与“塞”，古音都在心纽；又“桑”古韵在阳部，“塞”古韵在之部，阳、之二部为次对转。以“桑”为“塞”，乃一声之转的假借字。今山东土语犹呼“塞”为“桑”音。至于“雍”之为“壅”，乃古书惯例，例多不举。“塞壅”也就是《管子·明法》所谓“塞拥”，也就是屈原《惜往日》里的“障壅”“蔽壅”。故“塞雍”的含义，即指大臣枉法、内外勾结、君主壅蔽、政令不通的政治局面。在春秋战国时期的进步政治家，对于反“塞壅”或反“蔽壅”的问题，都曾做过广泛而深入的阐述。

我们说屈原在其诗歌中所表现出的“反雍蔽”思想，怎么会不体现在他的“宪令”之中呢？这是完全可能的。

第四，禁朋党

“禁朋党”，是先秦政治革新家为了强化君主集权的又一重要措施。荀子在谈到入秦所见时，曾说：“不比周，不朋党，倜然莫不明通而公也。”太炎先生在《訄书·正葛》

中曾指出："韩非所诛，莫先于务朋党，取权誉。"其实何止韩非，春秋战国时期的进步政治家，大都能在朋党擅国问题上予以应有的重视。屈原生在战国中期以后，从前辈变法革新的经验教训中，从个人变法前后的现实斗争中，早已懂得了这一点。他在《离骚》中，有"惟夫党人之偷乐兮，路幽昧以险隘""民好恶其不同兮，惟此党人其独异"等诗句，尖锐地揭露了党人朋比为奸的本性。《离骚》里还揭露了这批党人竞进贪婪，"冯不厌乎求索"，渔利百姓，聚敛财富，作恶多端的反动本性，对于楚国这批奴隶主贵族的本性，《国语·楚语》《战国策·楚策》都有揭露，大家可以翻一翻这两本书，我在此就不一一引证了。而周秦革新政治家管子、商鞅、吴起、韩非等人，对朋党狼狈为奸、危害国家都进行了大胆揭露。屈原"禁朋党"的思想与他们是相通的。

也许有人又要问，屈原在其政治生活中遭到党人陷害，所以在其诗篇中揭露党人的罪行；而他在起草"宪令"时未必一定要写入"禁朋党"的内容。那么我们且看一下先秦革新家。《史记》中讲到吴起在楚国变法的事情。吴起（死了近四十年屈原才出生）是楚国变法革新的先驱。《史记》说他"为楚悼王立法"，"禁朋党以励百姓"（见《范睢蔡泽列传》）。这说明吴起所立的法，是有“禁朋党”的条文的。而吴起的包括“禁朋党”在内的这些法令条文，击中了党人的要害。所以在楚悼王死后，“宗室大臣作乱而攻吴起”，竟用乱箭射死他（见《孙子吴起列传》）。这是血的教训。屈原是继承了吴起的革新思想的，从吴起变法，屈原更明白了“禁朋党”的重要性。因此，他的“宪令”中“禁朋党”的内容自然地在他的诗篇中流露出来了。而屈原革新楚国政治一切努力的失败，不正是党人们破坏的结果吗？这当然是使屈原格外痛心疾首的事情。

第五，明赏罚

“明赏罚”，是战国时期革新路线的主要措施。它贯穿在“励耕战”“举贤能”“反壅蔽”“禁朋党”等一系列措施之中。因为如果赏罚不明，则一切改革都无从贯彻执行。因此，在屈原的诗篇中，反复表达这样的思想：那些于国于民有害的人，总是受到重用，没有受到惩罚；而自己作为一个忧国忧民、革新图强的人，却受到打击迫害。所以他在《九章·惜诵》中说：“忠何罪以遇罚兮，亦非余心之所志。”这是说：我忠心耿耿为何遭罪呢？这是我所想不到的事情。《哀郢》中又说：“信非吾罪而弃逐兮，何日夜而忘之。”《惜往日》里也说："何贞臣之无罪兮，被离谤而见尤。"总之，屈原是坚决反对赏罚不明的。

也许有人讲，屈原忠而被谤，怀王赏罚不明，屈原在其诗歌作品中当然要结合自己的遭遇，痛斥这种反常现象。但是他所草"宪令"中不一定这样写。

我们知道，在先秦革新政治家的著作中，都反复强调"明赏罚"这一问题，并将它以成文法的形式在"宪令"中体现出来。《管子》里说过："申之以宪令，劝之以庆赏，振之以刑罚。"这说明在"宪令"中是要写"明赏罚"的内容的。《国语》中也说过"赏善罚奸，国之宪法"的话，《韩非子》里也反复强调这一点。如他说，"宪令行之时，有功者必赏，有罪者必诛"。那么，作为一个变法革新的先进的政治家，屈原是绝不会忽视"赏不加于无功，罚不加于无罪"这一根本原则的，他在自己所起草的"宪令"中是一定要写入"明赏罚"的内容的。而他的伟大诗篇里再三斥责赏罚不明，正是他这一思想的自然流露。

第六，变民俗[①]

《离骚》中有"謇吾法夫前修兮，非世俗之所服""固时

① "变民俗"一节系据汤炳正的《楚辞类稿·四五》条补写而成的。

俗之工巧兮，偭规矩而改错”“固时俗之从流兮，又孰能无变化”“委厥美以从俗兮，苟得列乎众芳”等诗句，屈原这里所说的“世俗”，固然是指斥怀王左右的谗佞之臣而言，但作为革新政治家来讲，他所谓的“世俗”，当然也包括上行下效而形成的社会风气在内。

屈原改变民俗的思想，也应当是他所草“宪令”的内容之一。战国时的不少改革家，皆重视“一民俗”。如商鞅“决裂阡陌，以静生民之业，而一其俗”；吴起“损不急之官，塞私门之请，一楚国之俗”。荀子也认为治国者当令“百姓易俗，小人变心”。因此，屈原在政治上失败之后，不止一次地提到“世俗”问题。除上述《离骚》四处外，又曾提出“将从俗富贵以偷生乎？”（《卜居》）当然，答案是坚定的：“安能以皓皓之白，而蒙世俗之尘埃乎？”（《渔父》）并表示：“欲变节以从俗兮，媿易初而屈志”（《思美人》）；“吾不能变心而从俗兮，固将愁苦而终穷”（《涉江》）。屈原对“流俗”的固鄙的一面，是深恶痛绝的。有时甚至发出“悲时俗之迫阨兮，愿轻举而远游”（《远游》）的愤激之言。因此，在上述《离骚》中的那些话，是他对时俗的反感，同时也应当看作是他政治主张上“变民俗”“一民俗”的思想流露。

但是，这种“变民俗”“一民俗”的观点，在当时是否会体现在屈原制订的“宪令”之中呢？这从近年出土的云梦秦简《南郡守腾文书》中可以得其梗概。据《史记·秦始皇本纪》有内史腾，曾为南阳郡守。这里的“南郡守腾”，或即一人。不管在秦始皇的统治下，所谓“作为法度”“除其恶俗”的内容与是非如何，而战国时期法令内容包括“变民俗”“一民俗”的条款规定，当是没有什么问题的。尤其这件文物中所提出的人民“好恶不同，或不便于民，害于邦”，这正是《离骚》所谓“民好恶其不同兮，惟此党人其独异”，即民之好恶本来是不同的，而谗佞小人的好恶更为特殊。这正是“不便于民，害于邦”的恶俗。以此推之，则屈原所草之“宪令”，亦或寓“变民俗”“一民俗”于法令之中。

以上我们略说了屈原所草“宪令”的基本内容[①]。过去学术界认为，由于上官大夫的夺稿，屈原的“宪令”没有定稿就因怀王疏远而停止了，“宪令”也没有能够留下来，认为这是历史性遗憾。我说这确实是一件令人遗憾的事情，但并不是一

① 毛庆先生曾说：关于屈原“美政理想”的内容，“以汤炳正先生所析最实最确”（氏著《诗祖涅槃：屈原和他的诗》，三联书店1996年，第48页）。

点儿也不能解决的问题。屈原虽然没有留下“宪令”，却留下了《离骚》《九章》等伟大诗篇。我们完全可以从这些诗篇出发，结合先秦诸子的论述，去探讨其“宪令”的基本内容，大致勾勒出它的轮廓。

我们既然已经大致了解了屈原所草“宪令”的基本内容，那么，《史记·屈原列传》里所记载的上官大夫夺稿的事情，就必然是一场十分严肃的政治斗争，而绝不是“嫉贤”“害能”和人与人之间的“争宠”的纠纷了。如果一定要说这是“嫉贤”“害能”，那么，像屈原这样的“贤能”，若能得到怀王的信任和重用，施行其内政外交的一系列政策，那么，那些党人群小，就会退出历史舞台，没有好下场。因此，所谓的“嫉贤”“害能”，只不过是这场斗争的外部形式而已，而从奴隶制向封建制过渡时期，代表新兴力量的革新派与落后的奴隶主贵族之间的你死我活的政治斗争，才是这场斗争的实质。也就是说，嫉贤害能，只是形式；政治斗争，才是本质。因为屈原坚持进步立场，站在新兴的封建主阶级一边，这就必然与奴隶主贵族势不两立。所以，我们可以肯定地说，屈原的政治理想在当时是进步的，在历史上也是具有进步意义的，而绝不是《文艺报》所说的“在当时已经是过时了的”。

当然，屈原毕竟是一位伟大的诗人，他留给我们的，是他的那些伟大的不朽诗篇，而不是政治论文，也不是他的政治上的业绩。如果他的政治理念能够成为国策的基石，他的外交才能得以充分的发挥，楚国当就由此而强大起来了。不过，这只是假设。所以我们一般地只称他是中国历史上进步的大诗人，而不称他是中国历史上伟大的政治家。

有的人看到司马光的《资治通鉴》中不提屈原，就有许多猜疑和议论。但是据我看来，司马光编写《资治通鉴》，是为了给皇帝看的，是为了从历史上找出治国平天下的借鉴，找出政治上所应采取的措施和方针。正因为这样，所以司马光在《资治通鉴》中不仅没有把屈原载入史载，而且对于文化上的事情，他一般说来也是不记载的（主要记述上起战国，下迄五代的“君臣治乱成败安危之迹”）。不仅屈原，其他诗人他也提得不多。这是《资治通鉴》的一个体例，并不是司马光否定了屈原。其他种种推测和猜疑，都没有必要。

必须指出，用马克思主义的观点来看，在阶级社会中，每当社会大动荡，阶级之间的斗争进入决战的时候，统治阶级的内部必然会发生分化，必然会分化出一部分进步分子，参加到进步的政治革命的行列之中来。屈原正是如此。他本来是贵族，但他在阶级斗争的决战时刻从奴隶主贵族之中分化出来了，投身于进步的行列。他的可取之处就在于此，他的可贵之处也在于此。我们既不能否认他原来属于贵族，也不能否定他后来从贵族之中分化出来，并参加了进步的行列。

关于这个问题，过去《楚辞》学界是有争议的。闻一多同志在抗战时期研究屈原，很有成绩。但是他曾经有这样一个观点，认为屈原是楚怀王手下的一个文学弄臣。他的主观动机是企图说明：越是压在低层的人越进步，越革命。但是当时竟有一个叫孙次舟的人，把闻一多同志的这个不正确的提法捡起来，大加发挥。那是1944年，正是抗战后期，中国的进步文人把“端午节”定为“诗人节”，以纪念屈原，鼓舞全国人民的爱国热忱。这年“端午节”（6月25日）成都市文艺界举行了一个纪念会，目的是“深体时艰，努力抗建工作，以慰诗人在天之灵”。本来纪念会是请陈中凡先生讲屈原生平的；但陈先生这天有病，就委托孙次舟介绍屈原事迹①。孙氏在讲话时大肆发挥“弄臣”说，并说《史记》中所说的上官大夫心害其能是因为争宠，是弄臣之间争风吃醋，所以屈原在一败涂地之后才满腹牢骚。孙氏的这个讲法把屈原说得一钱不值。当时与会者哗然，进而整个成都、四川也一片哗然。许多报纸发表文章，批驳孙次舟，认为他此论是“诬蔑贤者”。本来，学术上

① 查姚柯夫的《陈中凡年谱》和有关资料，知陈与孙此时同在“成都金陵女子文理学院任教”，陈为该院中文系主任。

的问题是可以讨论的，你只要有真凭实据，可以谈出自己的看法。但是孙氏在“端午节”的纪念集会上这样讲，是不合适的，论调也有些哗众取宠。不过当时也有一种说法，说这是蒋介石指使他来破坏纪念会，破坏文艺界用屈原精神来激发民众的抗日爱国热情。这种话一出来，孙次舟感到很大的压力。从那以后，他再也没露过面了。直到最近这一两年，孙氏才偶尔露一下面。孙的提法固然不对，但学术上的问题不应群起而攻之。我讲这件往事，向同学们略略地说一下所谓“弄臣”说的来龙去脉，目的是为了使大家进一步体会我这一讲所说的关于屈原的政治理想的问题。这个问题的解决是从探讨“宪令”着手的。

总括起来说：屈原的政治理想，集中表现在他的一整套变法图强的政治主张上。这些政治主张，在当时是进步的，具有积极意义。屈原为了坚持自己的理想，勇敢而又执着地追求和斗争，万死不悔，名垂千古。

这，就是我们的结论。

第十一讲　屈原的思想流派

谈到屈原的思想流派，主要是从哲学的角度来分析研究。

我们知道，学术界讨论先秦哲学喜欢用“九流十家”的说法。这样做可不可以呢？我想是可以的。虽然“九流十家”的分法不足以全面地概括战国时期百家争鸣中的各家，但是却便于说明问题。因为有个标志，有个界限，有个比较，便于提出问题和说明问题。而且我认为，屈原生活在战国时期，这正是百家争鸣的黄金时代，我们把屈原放在这样一个时代来分析、研究，当然是很有意义的。

不过，我们在对屈原的思想流派进行具体分析研究之前，有必要略略回顾一下新中国成立前后学术界在这个问题上的不同看法和争论。

抗战时期，史学界的名流郭沫若先生和侯外庐先生对屈原的思想流派，就有互相矛盾的提法。那时郭先生写了一本很著名的剧本《屈原》，用屈原的爱国主义思想来激发人民的抗战热忱。郭先生是把屈原作为战国时期的一个进步力量的代表来歌颂的。但是侯先生却提出了不同的意见，他写了好几篇文章，如《屈原思想的秘密》《屈原思想渊源底先决问题》《屈原思想的评价》等，都是跟郭先生的意见针锋相对的。侯先生当时也是很进步的，他提出自己的意见，是从纯学术角度提出来的。最近，侯先生还写了回忆录，把当年他与郭先生的争论写出来了。他说："当时有人指出，在那样一种政治形势下争论下去是不相宜的，所以事情就搁下来了。"当时侯先生只是从纯学术上发表意见，没有看出这种争论在政治上有何影响。他的意见是：屈原的思想有儒家的正统观念，但有时也超越了正统派的儒家思想。从他的这个意见来看，儒家思想在战国时期已经是一个落后的思想流派。所以他认为，屈原在客观上暴露了贵族的没落的命运。他这样讲：屈原同一体系的世界观，不能够否认不是有旧的传统，是落后的，甚至是反动的传统。而《招魂》则是招旧时代的已经死去了的魂，《礼魂》是礼旧时代已经丧亡没落了的魂。侯先生的意见是说儒家思想已经落后了，屈原的思想也已经是落后的了。那么，屈原有没有进步的地方呢？他有这样一段话：屈原流芳百世，活在人们心灵中的艺术价值，是在于他的活的生命力，适应于进步历史的悲剧艺术价值。侯先生的文章写得有些个摇来摇去，不容易使人一目了然。我体会，他是从屈原作品所揭示出的时代的悲剧、历史上悲剧以及他个人的悲剧这一角度来肯定屈原的。总括起来说，他的结论是：屈原的世界观是落后的，而方法论是进步的（指艺术创作方法而言）。

说屈原的艺术创作的方法是进步的，这一点我完全赞同。然而说屈原的世界观是落后的，我却不赞成。前面我们已经对屈原所草“宪令”的内容进行了分析，已经可以说明屈原的政治理想是进步的，而不是落后的，是适应当时的时代潮流的，而不是招旧时代灭亡了的灵魂。

当然，屈原的进步的政治理想，是由他的进步的世界观决定了的。没有进步的世界观，则不可能提出进步的政治主张、政治理想。我们从屈原的世界观来看，他无疑是进步的。例如，《老子》提出了“道”，认为这个“道”是先天地而生的。因此，学术界一般都把《老子》的这种提法说成是客观唯心主义，是唯心主义的一元论。《韩非子》里有《解老》《喻老》两篇，也提到了“道”，说“道”与天地俱生。他认为天地一出现，“道”也就出现了，物质的和精神的两个方面是同时出现的，这与《老子》就有所不同，颇类似于哲学上所谓的“二元论”。而屈原与他们不同，他在《天问》中说："上下未形，何由考之。"即是说天地未形成之前，从哪儿去提出问题，考察问题，无处着手呀。这两句是上承"遂（邃）古之初，谁传道之"而来的，屈原对天地形成的看法，与老子不同，他对所谓的道先天地而生的观点是否定的，我们由此可以看出，屈原的宇宙观是具有朴素的唯物主义思想因素的[①]。又例如庄子慨叹"吾生也有涯，而知也无涯。以有涯随无涯，殆已"。即认为用有限的生命去追求无限，是可悲的。而荀子则主张"制天命而用之"，但他又不主张去探索，不悟其所以然，而制善用其才。这涉及认识论上的一些问题，我们在这儿无法细细论说。屈原与庄、荀不同，他是主张探索的。他在《天问》中虽然没有提出利用自然，但却鼓励人们去探索自然的奥妙。对自然、人事，他总是盘根问底，什么事情都想知其所以然。从认识论的观点来看，屈原并不是不知道"吾生也有涯，而知也无涯"的道理的；但正是因为这一点，他就要执着地去探索，去追求，探索自然，探索人生，追求理想，追求进步。这是多么的难能

① 汤炳正曾说：《天问》第一句就提出，"在天地尚未形成之前，一切都无从谈起。当然也就无从抽绎出什么'道'的概念，这显然涉及到'宇宙观'中是先有物质，还是先有精神的重大课题。屈原虽未像韩非那样做出明确的结论，但这一提问，对破除老子'先验论'学说，是有启迪之功的"。

可贵啊[①]。总之，我们不能同意侯先生的观点，我们坚持屈原在世界观上是进步的观点。

另一方面，与侯外庐先生针锋相对的郭先生则认为：屈原在世界观上是进步的、革命的，而在艺术方法上则有些保守的倾向。他认为屈原受到儒家思想的影响，认为屈原“彻底接受了儒家思想”，而儒家思想在当时是进步的，所以屈原的世界观也是进步的。郭先生提出儒家有“民本”思想，“大一统”思想，屈原也有这种思想，而这种思想在当时是具有进步意义的。他认为儒家都提到尧舜，推崇尧舜，屈原也经常提到尧舜禹汤这些古人，但这是根据其“大一统”思想的需要而提出来的，并不是招旧时代已经死亡了的魂。在春秋战国时期，不同的流派都提到尧舜，目的是为各自的政治主张服务。这是那时的普遍现象，而墨子早就看出了这个窍门。

然而郭沫若先生说屈原的艺术方法有些保守，显然是有意与侯先生唱反调。他的这个观点我也是不同意的。我们一提到屈原作品的艺术上的问题，就说他是浪漫主义的艺术方法。从

---

① 汤炳正曾说：“一篇《天问》，一开头就是对宇宙自然进行一连串的探索。其间不外‘求实’‘究理’两大类。所谓‘求实’，就是追究其有无此事；所谓‘究理’，就是探索其为什么会有此事。屈子对宇宙自然，虽然没有做出任何科学的或哲学的答案，但他却启迪人类，向着无限的宇宙进行着永不停止的探索。此与庄子的态度绝异。”

其精神实质来看，这是作者追求理想、向往光明的思想在艺术方法上的反映，怎么能说是保守的呢？举个例子：《离骚》中追求“有娀之佚女”。有娀氏之二女，是帝喾的妃子。从图腾社会来看，有娀氏之女是吞燕卵而生殷之祖先，这是神圣不可侵犯的，是王权神授的象征。然而屈原却运用浪漫主义的创作方法，大胆想象，用追求有娀氏女来表达自己对美政的追求，对美好事物、美好未来的追求，怎么能说他在艺术方法上有些保守呢？

郭先生对“艺术方法上有些保守”这一提法上加了一个“自注”，说他指的是“在构思和遣词的技术上”有些保守。构思问题我在前面已经简略地讲了，现在我再讲一讲屈赋“遣词”的问题。我认为从《诗经》的比较板滞的四言句到舒卷自如的骚体诗句式，这是中国诗歌语言的大解放。如果没有这一解放，是无法反映出战国时期那种各家思想的丰富性。郭先生为了跟侯先生唱对台戏，才说屈原在政治思想上是进步的，而在艺术方法上是保守的。显然他的立论是有些偏颇的。

到了1953年，在纪念屈原的活动期间，郭先生又写了一篇文章，叫《伟大的爱国诗人屈原》，指出屈原“相当浓厚地表示着法家色彩”，这与他原来的观点是有所改变的。

事实上，在1953年，不少同志写了文章讨论屈原的思想，已经提出了屈原是儒家思想还是法家思想的问题。而“四人帮”横行时期，关于屈原思想，有两种意见：有人想贬低屈原，就说他是儒家；而想推崇屈原的，就说屈原是法家，把屈原也拉进了所谓“儒法斗争”之中。我记得《四川大学学报》上就在同期发表过针锋相对的文章①，不可调和。

“四人帮”被粉碎之后，学术界似乎不愿意谈这个问题。大概是关于屈原思想问题的讨论被“四人帮”搞臭了。我经常爱说，学术无禁区，但是有污染区，就像被堆了一大堆垃圾，人们只得掩鼻而过。但是，学术问题究竟是学术问题，“四人帮”的捣乱已经过去了，我们现在应该正本清源，实事求是地讨论一下屈原的思想流派。这一任务也提到学术论坛上来了，我们应该扫除这个污染区。

近几年，学术界已有不少同志逐渐接触这个问题，刊物上也发表了几篇这方面的论文。聂石樵同志写了《屈原论稿》一书，关于屈原的思想，聂石樵同志提出：屈原的思想是由儒家思想发展到法家思想。他的思想有儒家的成分，也有法家的成分，但是儒家思想的成分重一些。这一提法是不是完全符合屈

---

① 《四川大学学报》（哲学社会科学版）1975年第1期与第4期，分别刊有这样两组文章：陈小民《屈原是法家吗？——与经本植同志商榷》，李定凯《屈原诗歌中的法家思想》；邓德佑《屈原不是儒家》，高中庆《屈原不是法家》。

原的思想实际，还可以讨论。然而他大胆地打破了“四人帮”横行时期盛行的非儒即法、非法即儒的形而上学的老框框，这是大胆的探索，敢于去清除垃圾堆，我很赞同他的勇于探索、勇于创新的学术态度[①]。

以上费了这么多的篇幅来回顾学术界关于屈原思想流派问题的争论和探索的情况。同学们从这一回顾中可以看出，关于屈原思想流派，过去的争论是很多的。因此，我们有必要认真探讨一下这个问题，以求更科学地说明屈原的思想。

我对屈原思想流派的总的看法是这样的：第一，屈原的思想流派并不是他的世界观与方法论的矛盾。也就是说，他的世界观既不落后，他的方法论也不保守。第二，屈原的思想中，有儒家的东西，也有法家的东西。但并不是由儒到法的发展，而是儒法两家的融合；而且不仅是儒法两家的融合，还融合了许多家而自成其体系。简言之，是融合了儒、法、道、名，而用来为他的新兴的封建主阶级的政治服务。

我们应该知道，百家争鸣的思想局面，在战国中期以后，可谓盛况空前，而开始互相融合、互相吸收，由分化走向综合，这是因为战国中期以后政治形势已经向封建大一统方向发

① 汤炳正曾为《屈原论稿》写过一篇书评，发表在1983年1月11日的《光明日报·文学遗产》上。标题就是《关键在勇于探索》。

展。七国兼并越来越激烈，逐渐向统一方向发展。在这种政治形势下，虽然各家流派仍然在争鸣，但是在矛盾斗争的过程中各派也在演变，向着互相渗透的方向演变、发展。关于这个问题，《汉书·艺文志》说：诸子百家，“各推所长，穷知究虑，以明其指”。即是说诸子百家各自讲各自的那一套道理，用尽了思考力，阐明各自的理论，而且达到了相当的深度，从思想史的角度看，都取得了辉煌的成就。正是因为这样，如同一个人的思维一样，诸子百家也必然从分析走向综合，这是符合逻辑的发展趋势。

也许有人这样想：诸子百家的学说互相之间毫不退让，互相批驳，互相斗争，相当尖锐，形同冰炭。但是，对这个问题我们应该辩证地来看。《汉书·艺文志》中也说：诸子之间，“其言虽殊，辟犹水火”，但是，“相灭亦相生也”，“相反而皆相成也”。即是说诸子百家的学说虽然立论不同，好像是水火一样不兼容；但是它们是互相联系、互相借鉴、互相吸收的，是相反相成的。我认为这话很有道理，是很朴素的一种辩证观点。正如列宁所说：“一种现象，如果离开了它和周围条件的相互联系、相互作用，就会成为不可理解的、毫无意义的东西。”

诸子百家学说相互间的关系正是如此。因此，我们要看到，诸子百家开始时固然是相对独立的。而且，各家在开始时甚至一家也分成几个学派。如《韩非子·显学》中就曾说："孔墨之后，儒分为八，墨离为三。"从《庄子》的《天下篇》，《荀子》的《非十二子》，都可以看出那时百家争鸣，学派愈分愈细，派中有派，门户林立的情形。

但是在战国中晚期，各家学说互相影响，趋于综合，这是政治形势趋于大一统的发展在思想史上的反映。例如申子，《史记》说他"本于黄老而主刑名"；韩非，《史记》也说他"喜刑名法术之学，而其归本于黄老"。也就是说，申、韩二人都是以法家而吸取道家黄老之学以及名家的"名实论"来构成一家之言的。而韩非不仅把法家内部的法、术、势三大派加以融会贯通，而且对法家之外的道家、名家学说，也加以综合利用。韩非又是儒家学派著名人物荀子的学生。荀子的著作，固然以儒学为本，但也吸收了法家很多东西，大家读《荀子》是可以看出来这一点的。

总之，战国中晚期以后，诸子百家逐渐从互相对立而趋于综合。所谓"百家"，并不如一般人所想象的那样，一家之内，总是铁板一块，毫无变化；也不是各家之间，永远壁垒森严，互不相谋。我们对屈原的思想流派也应该从思想史的这一发展角度来看。屈原生活在战国中晚期，他又"博闻强志”，很有学问，还两次出使齐国，而齐国当时的稷下集团中各派，正“各著书言治乱之事，以干世主”（见《史记·孟子荀卿列传》），这对于屈原融合各家各派，是有不可忽视的作用的。

屈原的学术思想，主要是融合了儒、法、道、名四家的思想。与他合传的贾谊也是融合了这四家的思想。这也就是司马迁当年以他二人合传的一个“最核心的原因”。我下面就分别概略地讲一讲屈原思想体系。

第一，屈原确实有儒家思想。

学术界这方面的论述很多，我在这儿就不一一举例论述了。我要强调指出的是，屈原的儒家思想是有渊源的。作为楚国的政治革新家，比他早百年左右（以卒年计）的吴起，是一个有鲜明法家色彩的人物，但就是这个吴起，曾受学于孔门曾子，习于儒家经典，并有浓厚的儒家思想，所以他比一般的法家（如商鞅）要爱民得多，而且多讲“德”。前人对吴起的这一特点早有评价，我认为是中肯的。而屈原在变法革新上是继承吴起的思想，所以他在屈赋里津津乐道汤武尧舜，提倡“民本”“爱民”，推崇“仁义”，注重修身养性，等等，这些都是有原因的，有基础的。

第二，屈原确实也有法家思想。

学术界对此也有不少论述。屈原主张变法革新，富国强兵，他亲自起草“宪令”，而且“宪令”的主要内容又差不多都是法家的东西。前面我们讨论“宪令”时已经讲了，这儿就不再重复了。

但是前人总爱把儒法对立起来。说屈原是儒家就反对法家，说屈原是法家就反对儒家。这就太片面了，是绝对地孤立地看问题。前面我们说到的那个吴起，不是既有点儒又有点法吗？荀子不是也说过“君人者，隆礼尊贤而王，重法爱民而霸”（《天论》），“治之经，礼与刑”（《成相》）等话，也是既有点儒又有点法吗？所以我们不可简单地片面强调儒法的尖锐对立，而更应看到战国中晚期儒法两家学说的互相融合和补充。过去太炎先生曾指出：儒家与法家在汉代“稍合”，而到了宋代则已经“合而为一”了。太炎先生的提法比较慎重。我们现在可以把时间稍微提前一些，即战国中晚期儒法两家已经开始融合，屈原就是一例。如他一方面“重仁袭义”，另一方面又“明法度之嫌疑”。太炎先生的话虽然说得比较谨慎，但是对我们的启发很大，促使了我们进一步的思考。

第三，我要说，屈原有道家思想。

此问题较为复杂，我不得不多说几句：从历史上看，楚国是道家的发源地，又是战国时期黄老学说盛行的国家。不难设想，屈原生活在这样的历史条件与政治环境中，在思想意识上受到道家黄老学说的影响，是完全可以理解的。

讨论这个问题，首先应该讲一讲屈原的《远游》。如果说屈原在《离骚》中的上下求索、神游四方的描写只是用来表达自己对理想的不懈追求，是他所运用的浪漫主义的创作手法；那么，在他后来所写的《远游》中的飞升四游的描写，就不完全是创作手法了，而是在思想上融合了道家的东西。换言之，他在极端苦闷、孤独之时，就自然地用他思想深处所原有的道家思想来排遣、来寄托。《远游》中从松乔、游虚无、餐六气、审一气，结尾还说“超无为以至清兮，与泰初而为邻”，都是这种寄托和排遣。《远游》中提到“道可受兮不可传，其小无内兮，其大无垠”，明确地讲到了“道”。而“漠虚静以恬愉兮，澹无为而自得”“虚以待之兮，无为之先”等句子，都是道家思想的具体表述。

我们说屈原作品中流露出道家思想，是他在苦闷孤寂时的寄托，这一点我们应该理解，而不是大惊小怪。而且战国时期不少革新家，往往采用道家思想中的辩证观点来为自己的政治革新主张服务。我们前面讲到的那个韩非子，他的法家思想是很激进的。但他有《解老》《喻老》，把老子的思想吸取过来，为他的革新思想服务；而他所吸取的，差不多正是老子思想中的辩证观点。所以《史记》说他“喜刑名法术之学，而其归本于黄老”，司马迁是看到了这一点的。

山东大学的陆侃如同志曾写过一本《屈原》的小册子，书中否认《远游》是屈原的作品，其最有力的理由是说《远游》表达的是“出世”思想，而屈原则是“入世”思想，二者水火不兼容，所以《远游》不是屈原的作品。这种观点直到今天还有人赞同。但是我要说：“出世”“入世”并不是完全对立的。韩非子是出世还是入世，自然是入世，但他为什么写《解老》《喻老》？他的思想为什么又归本于黄老？又例如贾谊，他是积极用世的，还提出过“改正朔，变服色”的改革主张。但是他的《鹏鸟赋》，可以说是淋漓尽致地表达了道家的思想，把道家思想宣扬完了，而且其中宿命论的思想特别浓厚。为什么只承认贾谊会写《鹏鸟赋》，而不承认屈原会写《远游》呢？贾谊可以在思想最苦闷的时候写出《鹏鸟赋》来自我排遣，那么，屈原为什么不可以在思想最苦闷的时候写出《远游》来自我排遣呢？

后来，关于《远游》的争论就更多了。例如《远游》是司马相如《大人赋》初稿的意见[①]，颇有市场。大概也是因为《远游》所表达的思想与屈原积极进取的一生不相合，所以才这样说。但是，屈原本来就生活在道家思想盛行的楚国，他受到影响，所以在一定情况下，这种思想就冒出来了。这有什么好奇怪的呢？我们看问题、分析问题，头脑应该复杂一点，千万不要简单化。我们考察一个古人的思想，应该把民族传统、思想渊源、个人经历、时代风尚、个人修养等各方面的问题（因素）都考虑进去，不要简单化[②]。

第四，屈原还受到名家思想的影响。

战国时期所谓的“刑名”之学，实际上就是“形名之学”，“刑”只是“形”的借字。“形”是说的事物的形体，“名”是指的事物的名称。过去人们在“刑”“形”上的争论，大可不必。

---

① 汤炳正在《〈远游〉决非抄袭〈大人赋〉的初稿》中说：“郭老认定《远游》是抄袭《大人赋》，甚或即《大人赋》的初稿，其说之所以陷于武断，即因其目光仅仅集中于事物的局部，而没有能放开眼界全面看问题。郭老如果能注意汉代人学习屈赋时所形成相当广泛的因袭风气，即不会下此结论。”王泗原在《楚辞校释》中称，《远游》“内容是道家思想，且不只是老庄的道家，更是汉人‘服食求神仙’的仙家”。（中华书局2014年版，第310页。）

② 力之先生曾说：“在这方面，汤炳正先生做了最为切实之研究。”其意义“还不在其结论本身，更重要的是为我们找到了一个看似寻常而实新颖之角度”。

在战国时期，各家都不同程度地受到名家学说“名实论”的影响。儒家孔子，本来就讲“正名”。孟子、荀子也讲这个问题。那时的不少革新政治家，也多用“名实论”来为变法改革服务。例如《韩非子》就讲“循名而责实”，说刑赏必须“循名责实”，用人必须“循名责实”，必须名实相符。

我们看屈原的作品，反复强调“名”与“实”相合，而且特别要注意的是，屈原所接受的乃是“名实论”中最精采的东西，即在“名”与“实”的关系上，“实”是第一位的，而“名”只是第二位的。有其名而更有其实，不能够光有名，没有实。所以他在《九章·抽思》中讲：“善不由外来兮，名不可以虚作。孰无施而有报兮，孰不实而有获。”他认为不可以“虚”，这正是务“实”。这正如“施”与“报”的关系，“实”与“获”的关系。这是很精采的观点，是朴素的唯物的观点。所以在《离骚》中他揭露子兰“无实而容长”，指责他徒有其外表。而《九章·惜往日》中更是指责怀王“弗参验以考实兮，远迁臣而弗思”“弗省察而按实兮，听谗人之虚辞”等等，都是从这一角度提出来的。

以上，我们从四个方面，即就儒、法、道、名四家综合考察了屈原思想的归属问题。至于其他特点不够显著的方面，或者说起来颇费考证而这个讲录又难以包容的方面，我们就不多提了。例如阴阳家关于宇宙生成的说法与《天问》开头一段有没有一定程度上的联系。而且以上所讲的四个方面，证据是很多的，我们在这里只是简单地勾画一个轮廓而已。

概括起来说，我的意见是：屈原既不是儒家，也不是法家，当然也不是道家、名家，或者其他什么家。也不是由儒到法的发展，而是生活在战国中期以后而又将儒、法、道、名融为一体，而形成了自己独特的思想体系。我们不可各执一端。因为如果纠缠各自的说法，问题将永远扯不清，而且把战国中晚期思想界的实际情况简单化了。

必须指出，我们说屈原把儒、法、道、名融为一体而形成了自己的一套思想，这并不意味着屈原的思想是一个兼容并包的大杂烩，而是自成体系的。比较起来，在这四个方面，屈原法家色彩比较浓厚一些，这是屈原思想的主流。我们当然不是说屈原就是一个法家，而是说法家思想对他的影响大一些，烙印深一些。这是因为，当时战国时代和楚国的形势，决定着屈原所属的思想流派。楚国需要变法图强。屈原是站在新兴的封建主阶级的立场上的，处在从奴隶制向封建制过渡的历史关头，时代的要求和革新图强的政治实践，使他的思想中法家色彩比较浓厚一些。我们讨论屈原的思想流派，应该先从他的作品着手，把他的作品所反映出的思想摆出来，又放到他所生活的历史环境中去考察，才可能做到知人论世。不要各人事先拟定一个框框，然后用这个框框去套。

我们说战国中期以后，百家思想互相吸收，互相融合，这绝不只是反映在屈原一个人的身上，而是一种历史趋势。为了说明这一点，最后我们再举一个例子：

我们知道，《汉书·艺文志》中著录有《文子》《鹖冠子》两部书。据班固说，文子是老子的弟子，而《鹖冠子》是楚人写的。现存的这两部书，内容相当复杂，儒、法、道、名，什么都有。唐宋的人读到这两种书，对其复杂的内容很不理解，想不通，就说这是两部伪书，是后人杂凑乱编的。后来的人研究中国思想史，也不敢引用这两部书。因为是“伪书”，怎么敢用呀！但是，在近年来的出土文物中，出土了《文子》和《鹖冠子》的竹简，《文子》从定县汉墓出土，人们才知道这部书并不是后人伪造的，而确实是先秦典籍。马王堆也出土了《鹖冠子》，人们也才知道这部书不是后人伪造而是先秦的古籍。现在我们从两部书的内容看，儒、道，甚至阴阳、法、名、墨，都有，已经被熔于一炉而自成一家之言了。

当然，熔为一炉，还是以一家为主体的。《文子》《鹖冠子》两部书道家思想色彩浓一些。然而综合利用各家之说这一点，正说明了当时思想界的一种普遍现象。那么，我们看屈原的思想，综合各家，而法家思想成分重一些，这就断断不是什么偶然现象了。

以上所讲，是关于屈原思想流派的问题。我的观点与过去的人不同，也与当前学术界的一般观点不同。究竟对不对，大家可以讨论，也可以直接和我讨论，交换意见[①]。

以上两讲，我们讲了屈原的政治理想和思想流派的问题。这两个方面的问题有区别，也有联系。所谓政治理想，侧重于讲一讲屈原的实际的政治主张；而思想流派，则主要是考察他的思想渊源，思想构成。而弄清了这后一个问题，又可以进一步解释为什么屈原有那样一套政治主张，政治理想。因此，这两个方面是相辅相成的。同学们如果有兴趣深入钻研这个问题的话，可以多读一点周秦子书，自己去分析、比较，发现问题，也许还能自立新说呢。

---

① 汤炳正这篇讲稿的观点形成于"文革"中。当时，他在给同门好友姚奠中先生的信里曾说："我近发现，屈原虽有法家思想，但很复杂，不名一家。即以法家而论，他又有黄老思想，与韩非相近，而与商鞅相远。现证以马王堆出土佚书，益明。郭老曾否定《远游》是屈子之作，值得考虑。因《远游》正体现了屈子黄老思想的某一消极面。"

第十二讲　《楚辞》成书的过程与版本概况

关于以屈原不朽作品为主要代表的《楚辞》成书的问题，千百年来人们都认为是刘向编辑的。这是一个很权威的成说，向来没有人怀疑过。

我现在所要讲的，就是我对千年成说的怀疑。前面讲屈原的生平事迹，那是一个千百年来人们争论不休的问题，我提出了自己的观点；而现在所要讲的问题，则是一个千百年来从来没有人怀疑，没有人争论过的问题。可不可以提出自己的看法呢？我看是可以的。我们从事学术研究，就是要善于发现问题，并努力解决问题。人们争论不休的问题，我要去碰；人们似乎认为是定论的问题，我也要去碰。我们的目的是解决问题，是推动学术的发展，而不是墨守成说、寸步不前。

关于《楚辞》的成书，千百年来人们一直认为是西汉末年的刘向纂辑的。此说最早出自东汉中期的王逸。他在《楚辞章句》中说刘向典校宫中藏书，把《楚辞》分成十六卷。所以《楚辞章句》题的是“汉护左都水使者光禄大夫臣刘向集，后汉校书郎臣王逸章句”。就说这本《楚辞》是刘向校书时纂辑的。从此以后，历代官私著录以及《楚辞》各传本，还有各代《楚辞》研究者，都说是刘向编辑的《楚辞》。清代的《四库全书提要》也说：“裒屈、宋诸赋，定名《楚辞》，自刘向始也。” 后来游国恩先生在《楚辞讲录》的《楚辞的编辑过程》中也肯定地指出：“做这种楚辞的编辑整理工作的，头一个就是纪元前一世纪末的刘向。”（见《文史》第1辑）

但是我认为，《楚辞》的编纂成书是一个长期的复杂过程，并非一时一人所纂。当然，要证明这一观点，我们首先要有第一手的资料。我依据的是《楚辞释文》的篇次[①]。

《楚辞释文》的篇次，在洪兴祖的《楚辞补注》的目录下附录了的，与宋代通行的《楚辞》的篇次不同。另外，宋代两

---

① 竹治贞夫曾指出，汤炳正据《楚辞释文》的《楚辞》古本篇次，“出色地阐明了十七卷本形成的过程，建立了前所未有的学说”；“可以称得上是出色的研究”。（竹治《围绕〈楚辞释文〉的问题》，德岛大学《文学论丛》1993年第10期。）另，有论者说，“关于《楚辞》的成书主要有两种说法”，一是成于刘向，一是成于众手。后者是汤先生提出的，“其说颇有说服力”。（黄金明《典籍的传播与西汉拟骚之作》，收《中国楚辞学》第12辑，学苑出版社2009年版。）“汤先生的‘楚辞成书五阶段’说总体上论证比较严密，有较强的逻辑性，今天已越来越为学界所接受。”（刘庆安《〈九章〉时地研究》，南京师范大学硕士论文：2007年。）

部著名的目录书，即晁公武的《郡斋读书志》和陈振孙的《直斋书录解题》，也著录了《楚辞释文》的篇次，与洪兴祖所见《楚辞释文》篇次是一致的。现在我们就将《楚辞释文》的篇次与今本《楚辞章句》的篇次做一个比较。这一比较可以看出大问题，对我们解决《楚辞》编纂问题有很大的帮助。

《楚辞释文》篇次	今本《楚辞章句》篇次
离骚　第一	离骚　第一
九辩　第二	九歌　第二
九歌　第三	天问　第三
天问　第四	九章　第四
九章　第五	远游　第五
远游　第六	卜居　第六
卜居　第七	渔父　第七
渔父　第八	九辩　第八
招隐士　第九	招魂　第九
招魂　第十	大招　第十
九怀　第十一	惜誓　第十一
七谏　第十二	招隐士　第十二
九叹　第十三	七谏　第十三

哀时命　第十四	哀时命　第十四
惜誓　第十五	九怀　第十五
大招　第十六	九叹　第十六
九思　第十七	九思　第十七

这一排列说明了什么问题呢？

第一，《楚辞释文》篇次与今本《楚辞章句》很不相同。《楚辞释文》的篇次比较混乱，而《楚辞章句》的篇次则是依作者的年代先后次序来排列的。

第二，虽然《楚辞释文》的篇次很乱，但与王逸《楚辞章句》原来的本子的篇次又是一致的。不过这一问题只能看出一点消息，还不能全面展开论证。这点消息是从《九辩》中漏了出来。今本《楚辞章句》，从《离骚》起一直到《渔父》，先把屈原的作品排完了，再是宋玉的作品。而《楚辞释文》是《离骚》第一，《九辩》第二。《楚辞释文》的这一篇次对不对呢？我们知道，王逸注《楚辞》，在注释体例上有一个原则，就是已解于前者即略于后，不再重复出现。所以如果后面的文字，意义与前面相同的话，王逸就注释说，“已解于某某篇”，“见前某某篇”。这是王逸注骚之通例。然而王逸在给《九章》的某些文句作注时，却说：“皆解于《九辩》

中。”[①]这说明王逸原本《楚辞章句》的篇次，《九辩》是在《九章》之前的。另外，王逸注《九辩》，详细解释“九”字的意义，而《九歌》《九章》均不释“九”，也可以说明《九辩》不但在《九章》之前，也在《九歌》之前[②]。据此可以看出，虽然《楚辞释文》篇次很乱，而与王逸《楚辞章句》古本是相合的。

第三，《楚辞释文》成于何时何人之手，过去的人没有说。而余嘉锡先生在《四库全书总目提要辨证》中考证，《楚辞释文》是五代时南唐人王勉所撰。并谓其书“当南宋之初，已在若存若亡之间”。余先生的考证很精审，现在人们都用他的这一说法。我们据此又可知，王逸《楚辞章句》的原本，在南唐时还通行于世，所以王勉据之而作《释文》。

第四，宋代以来以时代先后为篇次的《楚辞章句》本，据宋人晁、陈二氏以及朱熹的说法，是北宋天圣年间的陈说之“重定”的。但是我们考虑问题不能只认为：在陈说之以前《楚辞章句》的篇次都是《楚辞释文》的样子，而没有依时代先后为次的本子。因为洪兴祖作《楚辞考异》时，是看到唐

① 汤炳正在《〈楚辞〉成书之探索》中称这是南宋洪兴祖的“重要发现”。

② 汤炳正在《〈楚辞〉成书之探索》中称这是刘永济同志“一个新的发现”。

代的本子的，他在《考异》中数引“唐本”，可以证明他是见过“唐本”的。但是洪兴祖在《楚辞补注》的“目录”之下，只注明《楚辞释文》的篇次与宋代所通行的本子不同，并没有提到唐本的篇次与通行本不同。这说明以时代先后为次的本子，唐时可能已经有了，只是与古本并行。但有一点可以再说明一下：从汉代到唐代，原本《楚辞章句》的篇次，跟《楚辞释文》是相同的；唐到宋初，则新旧两本并行；而宋代以来，以时代顺序为篇次的本子通行而古本失传了。这是可以理解的。因为以时代先后为篇目次序，这一点容易为文人学士所接受。

以上略谈了《楚辞章句》古本与今本篇次的大致情况。而我们所说的唐以前的《楚辞章句》篇次，与《楚辞释文》的篇次是一致的，这一点是不是还能找到一点证明呢？我说能找到证明。我们从南北朝时期的《文心雕龙·辨骚》中可以找到证明。《辨骚》有一段话，在全面评价了《离骚》等屈、宋的作品之后，说：“自《九怀》以下，遽蹑其迹，而屈、宋逸步，莫之能追。”这几句话很值得注意。刘勰用“《九怀》以下”来概括汉代人的作品，这一点值得我们分析一下。现在通行的《楚辞章句》本，汉代人的作品是从《惜誓》开始的，顺着时代先后次序排下来的。而《九怀》是在第十五。《九怀》以上是《惜誓》《招隐士》《七谏》《哀时命》，这些也都是汉代人的作品。所以，刘勰用“《九怀》以下”来概括汉代人的作品，用今本的篇次来衡量，就会出现矛盾现象，即是说：刘勰之所以用“《九怀》以下”来概括汉代人的作品，刘勰所见的本子，汉代人的作品一定在《九怀》以下。那么，我们如果用《楚辞释文》的篇次来衡量，则汉代的作品正是从《九怀》开始的。同学们参看前面排列的那个篇次表，便一目了然（《楚辞释文》中《大招》在第十六，这个问题下面再谈）。这件事说明，在南北朝时，刘勰所见的《楚辞章句》的篇次，与《楚辞释文》的篇次是一致的。换句话说《楚辞释文》的篇次，是《楚辞章句》古本的篇次。

但是我们可以看出，《楚辞释文》的篇次虽然很古，然而却极其凌乱。比如从《离骚》到《渔父》，皆标为屈原的作品，而《楚辞释文》却在中间编入宋玉的《九辩》；《九辩》和《招魂》，都标明是宋玉的作品，《释文》为什么又分列在第二和第十两卷呢？《大招》标为屈原或者景差所作，为什么列在汉人作品的最后呢？《释文》第十一到第十五，同是汉人的作品，为什么时代错乱？《九叹》是刘向的作品，而相传刘向是《楚辞》的编纂者，为什么竟杂在东方朔的《七谏》和严忌的《哀时命》之间，而不按古代编书通例，放在全书之末呢？这些问题很不好解释。为什么宋人调整《楚辞章句》篇次后，人们都接受了，原因是很简单的。因为你颠倒错乱，人们当然不满意。也正是因为《楚辞释文》的篇次颠倒错乱，所以后人对它很不满意，提出种种否定意见。《四库全书提要》说它“必谓《释文》为旧本，亦未可信”。清代一个比较有名的考据家孙志祖在《读书脞录》中认为“《释文》旧本自误”。游国恩先生的《楚辞九辩的作者问题》一文也说，“所谓《释文》的次第乱七八糟，绝无道理”，是“颠倒凌乱的烂本子”。当然，我们从篇次的时代顺序上看，这些说法也不是完全没有理由的。

但是，就是这个所谓“颠倒凌乱”的《楚辞释文》却正是《楚辞章句》旧本的篇次。前面我们谈了那么多证据都证明了这一点。所以，我们不能简单地因为这一点而否定它，而应该进一步思考：为什么《楚辞》章句的旧本的篇次是这个样子呢？我们从历史发展的眼光来看，这个现在看起来颠倒错乱的本子，在历史上——确切地说在汉代《楚辞》成书的历史上则不是颠倒错乱的，而是颇有道理的。因为《楚辞》的纂成，既不是出于一人之手，也不是出于一个时代，它是由不同时代和不同的人们逐渐纂辑增补而成的。这一点下面将比较详细地向同学们介绍。

关于这个问题，我有一点体会给同学们谈一谈。我们搞学术研究一定要重视原始性的第一手材料。比如现在通行的《楚辞章句》的篇次，是经过后人调整了的，已经不是原始材料了。而只有第一手原始的材料才能反映出事实的本来面貌。非原始性的材料已经不能完整地反映出事实的本来面目了。所以，我们研究讨论《楚辞章句》的旧貌，探讨《楚辞》成书的问题，一定要努力掌握和运用第一手材料。但是，第一手材料的获得，也不是一件简单的事情，往往需要我们去分析和鉴别，使它呈现在我们眼前。比如《楚辞释文》的篇次，是不是《楚辞章句》原本的面貌，我们要加以鉴别、分析、证明。我前面讲了，王逸自己说的话，已经向我们提供了一些证据；而当我们进一步分析研究时，又证明了刘勰所见《楚辞章句》的旧本、宋人所见《楚辞章句》的旧本，也是《楚辞释文》那样的篇次。另一方面，对于原始资料，人们往往不接受，常常简单地轻率地否定。这是因为原始资料往往很朴素，很粗糙，后人往往识别不了，甚至排斥、否定。往往要经过打磨、洗刷之后，才能见其光辉。前面说了，对于《楚辞释文》，清代以来，就遭到排斥和否定。所以这一点我们应该充分注意，做科研的时候要认真思考，鉴别材料。这些年来出土文物很多，对我们搞科研提供了许多新鲜材料，解决了不少重大问题。单就古籍的篇次为例，同学们都知道，《老子》五千言，向来都是《道经》在前，《德经》在后。在很久以前，有人提出一个意见，韩非子读过《老子》，他的《解老》《喻老》引用《老子》，是先引《德经》，次引《道经》，所以，古本《老子》是《德经》在前，《道经》在后。但是这个意见人们一般不同意，说是孤证难立。近几年（1973年12月）在长沙马王堆出土了汉初的两种《老子》的写本，一个甲本，一个乙本，是汉初的帛书，很古很早，而这两个本子的《老子》，都是《德经》在前，《道经》在后。事实终于证明了《老子》的篇次确实是《德经》在前，《道经》在后。当年提出这一意见的人，是很不简单的，说明他治学严谨，读书认真仔细，才能发现问题，提出问题。而这一点又为出土文物所证明，更是一件可喜的事情。

现在我们来进一步研究《楚辞》的编纂情况。表面上很颠倒凌乱的《楚辞释文》的篇次，如果把它分成五组来看，则反映出从先秦到汉代《楚辞》成书的基本情况。这五组反映出《楚辞》非一人、一时所编，而是一个逐渐编纂增补而成的书。

这五组分别是：

第一组：离骚　第一，作者屈原（依秦汉时通说）

九辩　第二，作者宋玉

第二组：九歌　第三，作者屈原
天问　第四，作者屈原
九章　第五，作者屈原
远游　第六，作者屈原
卜居　第七，作者屈原
渔父　第八，作者屈原
招隐士　第九，作者淮南小山

第三组：招魂　第十，作者宋玉
九怀　第十一，作者王褒
七谏　第十二，作者东方朔
九叹　第十三，作者刘向

第四组：哀时命　第十四，作者严忌
惜誓　第十五，作者贾谊
大招　第十六，作者屈原，或者景差

第五组：九思　第十七，作者王逸

我们这样一分，原来似乎很错乱的《楚辞》旧本的篇次，就很有规律了，它反映出《楚辞》逐步成书的五个不同的时期和不同的编纂者。

我为什么这样说呢？我们知道，先秦诸子的书，往往不是作者自己编纂成书的，而多由门人后学编辑，或者是成了某学派，后学补续旧说成书。而纂辑者又往往把自己的作品附在后面，这几乎是古书的通例。清代学者考察了这些现象，揭示了这一现象。比如《墨子》《管子》《庄子》，等等，都是这种情况[①]。

我们用先秦成书的这一普遍现象来考察《楚辞》成书，也说明了这一带规律性的现象。

我们下面分别对前表所列的五组，略加说明和分析：

第一组的纂成时间，当在先秦；其纂辑者很可能就是宋玉本人。此为屈宋合集之始，《楚辞》的雏形。

《离骚》是屈原的代表作。宋玉比屈原稍晚。《九辩》是宋玉的代表作。王逸说宋玉是屈原的弟子，这一点后来有些不

---

① 汤炳正在《屈学答问·五四》中有句云："《列女传》为刘向所纂，世无异议。但今传的《列女传》中，竟收有东汉女性事迹，则其为后人续补无疑，更何疑于《楚辞》？古代，凡同一学派之后学，对所传祖本，不断搜罗遗说，加以增补，并益以己作。其中如《墨子》《庄子》等，无不如此，更何疑于《楚辞》？"

同的看法，但是宋玉作为楚国的人，崇拜屈原，学习屈赋，他创作上继承了屈赋的传统，因此，以后学的身份把屈原的代表作《离骚》提出来，又把自己学习屈赋的代表作《九辩》附在后面，成为一个集子，以资流传，这在当时的历史条件下，是很可能的。这是屈宋合集的最早的集子。

第二组，从《九歌》到《渔父》，都是屈原的作品，其后附淮南小山的《招隐士》。这一组作品增辑者为淮南王刘安。这一组共七篇作品，是第一组的续编；它与第一组合在一起，是淮南王以后一直到刘向以前的《楚辞》通行本。我在讲义中论证了刘安喜爱屈赋，学习屈赋，也谈了淮南文学集团的情况。刘安所续编的这个集子，已经相当全面，屈原的作品几乎全部收入了。

第三组，《招魂》到《七谏》，是刘向增辑的，然后刘向把自己的作品《九叹》放在后面。前人说刘向编辑过《楚辞》，对不对呢？当然是对的，因为刘向在刘安的基础上又增辑了一些作品。但是前人说《楚辞》全书都是由刘向一人纂辑的，这话就不对了。

第四组作品的增辑，既不出于一人之手，也不在一个时期。而是后人在刘向增补篇次的基础上又陆续增补进去的。这一组中有《大招》一篇，这一篇的作者在汉代就不明确。《楚辞》研究界比较一致的看法，说它不是屈原的作品。我们现在单从增辑情况，也可以证明它不是屈原的作品。增辑者已不可考；增辑的时期当在班固以后、王逸以前。这一组跟上述三组合在一起为一集，就是王逸作《楚辞章句》时所根据的十六卷本。

第五组就是王逸的《九思》。王逸注《楚辞》，用的是前四组的结集本，共十六卷。其后补入自己的作品《九思》，成十七卷，即后世流传的十七卷本《楚辞》。

以上分五组略微地说了先秦到汉代《楚辞》成书的基本情况。以下，我打算提出各组中的一些问题，给同学们讲讲我的看法。

第一组是屈、宋二人代表作的结集，是最早的《楚辞》结集，编辑者就是宋玉。关于宋玉作《九辩》的问题，学术界是有争议的。《楚辞释文》列《离骚》为第一篇，《九辩》为第二篇，因此学术界众说纷纭，而又基本上分成了两大派。一派以《楚辞释文》所列的这一篇次为依据：说《九辩》不是宋玉的作品，而是屈原的作品，王逸标为宋玉所作，是错误的。这是一派的意见，从明代的焦竑、清代的吴汝纶、后来的梁启超、一直到刘永济同志，都是这个意见。第二派则认为王逸标《九辩》是宋玉的作品，这是正确的；而《楚辞释文》把它放在屈原的作品中间，这又是错误的，所以《楚辞释文》的篇次有问题。提出这种意见的有清代孙志祖、张云璈，近来的姜亮夫、游国恩等人。两派争执不下，各说各的道理。

这一争论之所引起，是由于《楚辞释文》篇次的《九辩》列入第二，即杂在屈原作品中间的缘故。而我认为，争论两派由于没有考虑到《楚辞》成书的复杂情况，才争论不休。《楚辞释文》列《离骚》第一，《九辩》第二，而《九辩》也的确是宋玉的作品，这两者并不矛盾。因为这两篇是屈宋合集之始，是独立成书的，篇次既不是“颠倒凌乱”，作者也不是“张冠李戴”。争论两派的看法，各有片面性，又各有正确的一面。我把两派错误的一面抛弃，又把两派正确的一面吸收起来。这不是调和矛盾，而是用我的论点，即先秦古籍成书的情况这一观点统帅，从而得出了新的论点。

关于宋玉是不是屈原的学生，这一点历代有争论。司马迁只是说宋玉是楚人，比屈原稍晚一些。而王逸《楚辞章句》说宋玉是屈原的学生。但是，屈原是不是宋玉的老师，这一点关系不太大。亲自授学与否，不是太大的问题。因为无论怎样说，宋玉都是很崇拜屈原、努力学习屈赋的人。他以后学的身份而纂辑其前辈的代表作，而把自己的学习模拟之作附在其后，这是先秦学术界的惯例。

另一方面，宋玉为什么不把屈原其他作品一起编纂成集呢？这是当时的风气。《离骚》是屈原创作的代表，是屈原创作的高峰，在当时也流行最广、影响最大，是最足以代表屈原的精神面貌和艺术成就的诗篇。而单独研究《离骚》，直到汉代此风犹在。西汉刘安，只注《离骚》；东汉班固、贾逵，也是只注《离骚》。这种风气，直到今天尚存[①]。

关于《九辩》的作者问题，这里还须附加说明一下。《九辩》本来为宋玉所作，皆无异说。但清代吴汝纶却主张《九辩》是屈原所作，他找了一个论据。即曹子建《陈审举表》引《九辩》的 “国有骥而不知乘，焉皇皇而更索”，而冠以“屈平曰”，所以《九辩》应该是屈原所作。这似乎是一条很有力的证据。但是我们知道，古人引书，往往只凭记忆，其中偶有误引，这是常见的事情。曹子建之误引宋玉语为屈原语，即其一例。而曹氏所以致误之故，主要是由于古本《楚辞章句》的篇次，《九辩》一篇杂厕于屈原许多作品之间，以致造成记忆上的模糊，不能据此遽易旧说。古人引书，由于记忆不确而误引者极多。例如《论语》是孔子门人后学纂辑孔子的

① 如卫瑜章有《离骚集释》（1936年）、王泗原有《离骚语文疏解》（1954年）、魏炯若有《离骚发微》（1980年）、詹安泰有《离骚笺疏》（1981年）、闻一多有《离骚解诂》（1985年）、黄灵庚有《离骚校诂》（1996年），等等。

话而成，其间也夹杂着一些门人后学的话。但是后人引用《论语》时，经常把门人的话误引为孔子的话，如王充、蔡邕等人就是这样。

通过这一组的讲解，我有两个方面的体会：第一方面是任何学科都有它自己的特殊规律。我们做学问，一定要认识这种特殊规律。这一规律，或者是前人总结出来的，或者是你自己总结出来的。而我们又可以用这一规律，去指导自己的科研工作。比如先秦典籍，往往是门人后学纂辑的，其后又附以门人后学的东西。这是先秦典籍成书的一个特殊规律。而我在研究《楚辞》成书时，就是从这一特殊规律中得到了启发。我原来读《楚辞释文》，也是百思不得其解的，也是像游国恩先生一样，认为它是个烂本子。而我用先秦典籍成书往往是后学纂辑而附以己作这一特殊规律来指导研究工作，把《楚辞释文》的篇次分为五组，这个问题就迎刃而解了。

我体会的第二方面是：学术界往往有这样一种情况，对同一问题，得出的结论却针锋相对，并且长期争论，不得解决。这些针锋相对的意见，往往又是各有各的道理，当然谁也不服谁。对于这种现象，我们的态度是：首先分析两家矛盾的焦点在什么地方，其次是分析两家合理的部分在哪里，最后是进一步找出并扬弃两家错误的部分。这样一来，往往可以得出第三种结论。我刚才讲的两派在《九辩》篇次与其作者问题上的争论，就可以说明这一点。

作为方法论来讲，马克思当年创建自己的哲学体系，既吸收了黑格尔学说辩证法的合理性，而抛弃了他的唯心论学说，又吸收了费尔巴哈的唯物论因素，而抛弃了他的形而上学部分，从而创立了辩证唯物主义的哲学体系。这一点对我们治学是很有启发、很有教益的。我们搞科学研究，要运用这一点来指导我们的工作。

第二组所列是《九歌》《天问》《九章》《远游》《卜居》《渔父》《招隐士》，这一组是淮南王刘安所辑。这一组有几个问题要讲一讲：

《汉书·淮南王传》以及高诱的《淮南子·叙》都记载了淮南王刘安招致宾客，著书立说的事迹；而淮南王都寿春，正是楚国的最后的都城。屈原的作品在寿春流传，必然很广泛。淮南王不但喜爱屈原的作品，而且研究《离骚》，写了《离骚传》。而《淮南子》中引用屈赋，是很多的。淮南王及其宾客，对屈赋是很熟的，他们著书立说，动辄就引用屈赋，而且用得很妙。淮南王刘安及其宾客，还写了大量的辞赋，如题为“淮南小山”所作的《招隐士》，就是学习屈赋的成功之作。《招隐士》就是模仿的《招魂》（关于《招魂》，我下面还要谈）。他们学习、研究屈赋，必然先是收集整理屈赋。但为什么淮南王及其宾客收集屈赋，没有把《招魂》收集进去呢？我们知道，与刘安同时（略晚）的司马迁认为《招魂》是屈原所作，但是为什么淮南王及其宾客不把这一篇收入集子里去呢？淮南王及其宾客并不是没有读到《招魂》，《招隐士》就是模仿《招魂》的。对于这一个问题，我们应该这样看：汉代对《招魂》作者的看法，意见是不一致的。司马迁认为是屈原的作品，而刘安和后来的王逸一样，则认为《招魂》不是屈原的作品。

这一组的《招隐士》这一篇，《文选》题为刘安所作。这可能有两种情况：一是如《淮南子》一样，题主编者的名字；二是《招隐士》本身就是刘安所作。《招隐士》是招致贤人俊士，很符合刘安的身份。我们说刘安纂辑了《楚辞》，并在其末附了自己的代表作。这是符合古籍编纂旧例的。

这儿再谈一个问题：《汉书·艺文志》说"屈原赋二十五篇"，究竟包括哪些作品，这个问题，后人也争论不休。现在我们从《楚辞》成书这一角度来考察，这二十五篇就是：《离骚》一篇，《九歌》十一篇，《天问》一篇，《九章》九篇，《远游》一篇，《卜居》一篇，《渔父》一篇，恰恰二十五篇，也就是第一组，第二组之中除去《九辩》和《招隐士》这两篇。这二十五篇，全部包括在由宋玉和刘安所纂辑的《楚辞》之中。另一方面，我们从刘安的《离骚传》中，是可以体会到刘安是读过《离骚》《天问》《九歌》《九章》《远游》等作品的。我的讲义中言之甚详，同学们可以看一看。

最后谈谈《楚辞》名称始于何时。清戴东原认为“汉初传其书（指《屈原赋》二十五篇），不名《楚辞》”；而游国恩先生在《屈赋考源》中则说，“屈原的作品，本是名为《楚辞》，并未自命为‘赋’的”。两人的说法正好相反。对这个问题，我是这样看的。如果一个集子只包括一个人的作品，则应标以作者个人的名字。如《汉书·艺文志》称《屈原赋》二十五篇，《宋玉赋》十六篇。如果某种特殊文学样式起源于一个地域并形成了流派，则应冠以地名为合理。如《汉书·地理志》于列举屈原、宋玉、唐勒、枚乘、严夫子诸作家之后说“故世传楚辞”。根据前面的考证，则在西汉武帝时，刘安已将屈原的作品跟宋玉的《九辩》及自己的《招隐士》辑在一起，加以传播，则《楚辞》一名，这时当已通行；尤其是通行于淮南封域及其附近地区。证之史实，也确是如此。如《史记·酷吏列传》说：“朱买臣，会稽人也，读《春秋》。庄助使人言买臣，买臣以《楚辞》与助俱幸。”《汉书·朱买臣传》则说："会邑子严助贵幸，荐买臣。召见。说《春秋》，言《楚词》，帝甚说之。"又《汉书·王褒传》说："宣帝时修武帝故事，讲论六艺群书，博尽奇异之好，征能为《楚辞》九江被公，召见诵读。"有人认为这些地方所提到的"楚辞"都是指的文体，而不是指的书名。但是，这里把《楚辞》跟《春秋》并举，并且把它包括在"六艺群书"之内，则显系指的书名，而不是指的文体。至于所谓"言"和"诵读"，也绝不是指对某种文体创作，而是指的对《楚辞》的讲解与传诵。据此可以证明《楚辞》传播，在西汉武帝时已极盛；《楚辞》的名称，在西汉的前期已经确定。《四库全书提要》所谓"裒屈、宋诸赋，定名《楚辞》，自刘向始也"，是错误的结论。但是，这个错误的结论，至今仍为学术界所袭用。有人且谓《汉书·朱买臣传》与《王褒传》中所称《楚辞》，乃"因为《汉书》是班固所著，班固是刘向以后的人，不过借用了刘向所创造的《楚辞》这个名称罢了"。而不知《汉书·朱买臣传》之称《楚辞》，乃上承《史记·酷吏列传》而来，并非因袭刘向。由此观之，《楚辞》之名不仅不是起于元、成之际，而且远在汉武帝时期刘安纂辑屈赋之时已经盛行。而这时《楚辞》的内容，就是包括上表所列的第一、二组的全部作品。所以《楚辞》的纂辑不始于刘向，《楚辞》的命名也绝不是始于刘向。

内证和外证的结合问题，光有外证没有内证是不够的。如刘安编的《楚辞》，外证是不少的，《淮南子》高诱注都涉及这一问题，从刘安本身的书找到内证，这才是最重要的。从刘安的《离骚传》也可以看出《离骚》《九歌》《天问》《九章》《渔父》，甚至《招魂》他都读过，这些都是内证，只有内证才最有力量，而且必须是外证和内证相结合。其次，在科研时，往往攻其一点，突破全局，如果得出不大切合实际的结论，你在以后的论证中会四处碰壁。如果得出的结论，以后的问题都能解决，那你就突破了全局。

关于第三组作品的增辑时间，当在西汉元、成之世；其增辑者即为刘向。

这一组的增辑体例与前两组不同。前两组的纂辑对象，主要是屈原的作品，只是纂辑者本人各附己作一篇。但经过宋玉与淮南王的两次纂辑，先秦到汉初被认为是屈原的作品，已全部收入。所以刘向这次的增辑，只收了当时被认为是宋玉的作品《招魂》一篇以及汉人的作品两篇，最后附刘向自己的《九叹》一篇。而且前两组所附录的屈赋以外的作品各一篇，只是继承骚体形式的作品，不一定在内容上跟屈原有什么密切关系。而刘向这次则是择要选录了跟伤悼屈原有关的作品由《招魂》到《九叹》四篇。所以，即以宋玉的作品而言，《汉书·艺文志》虽著录十六篇之多，也并没有全部入选。《招魂》一篇的作者及被招的对象，至今虽无定论，但在汉人看来却是宋玉悯屈之作，王逸的意见在当时是有代表性的。

其次，王褒的《九怀》和东方朔的《七谏》两篇，都是西汉中期前后辞赋家的作品，而且都认为跟悼屈原有关，故继《招魂》之后连类收入。

最后，经过刘向增辑的这个《楚辞》传本，共十三卷，直到后汉班固时期，其篇目并没有什么增减。洪兴祖《楚辞补注》目录附考云："鲍钦止云：'……班孟坚二序，旧在《天问》《九叹》之后，今附于第一通之末云。'"按洪氏《补注》，曾参校了很多唐、宋旧本。这里所征引的班序篇次，当是古本的形式。班固曾著过《离骚章句》，今佚，只剩下这两篇序文。但这两篇序文为什么古本会附在《天问》《九叹》之后呢？其附在《天问》之后，至今无法理解。《四库全书提要》引鲍钦止语，并没有《天问》二字，可能古本无此二字。而附在《九叹》之后，那完全是可以理解的。这是因为古人的书序皆附在全书之末。以此推之，则班固当时所见的《楚辞》，当即刘向的增辑本；其最后一篇，就是刘向的《九叹》，共十三卷。所以旧本《楚辞》才残留下班序竟在《九叹》之后的这样一个痕迹。自从后人把班氏的序文移在《离骚》之后，刘向增辑本的《楚辞》原型，就更不容易看到了。

提出矛盾解决矛盾的问题，在某种情况下应寻找矛盾（在科研时得到结论后，发现某一个问题与你的结论有矛盾，因此要千方百计寻找矛盾），解决矛盾，如不解决，则你的结论就有缺陷。如《东方朔传》内无《七谏》，而刘向的增辑本则有，就要“自找麻烦”，其次对旧资料做新解释，等于发现了新资料。如洪氏《补注》的一句话，这是很普通的本子，历来未为人所注意，我对它做了新的解释，又反过来证实了我的结论。

从以上的考证中可以看出，自汉代王逸以来都认为十六卷本《楚辞》乃刘向所辑，是不可信的。实则刘向只是在第一组、第二组作品的基础上增加了四篇作品而已。

第四组作品的增辑，既不出于一人之手，也不在一个时期，而是在较长的时期里由不同的人一篇一篇地增辑起来的。增辑者已不可考；增辑的时期当在班固以后，王逸以前。

这一组的规律可以概括为三个特点：第一，不仅作者的时代顺序不合，而且是逆溯而上，由近及远，由汉代以至战国。这显然是本组的第一个增辑者上承第三组加上了一篇认为是悼屈的作品《哀时命》；接着又有人增加了一篇被认为是悼屈的作品《惜誓》；最后又有人把后来发现而被认为是屈原作品的《大招》收了进去。这三篇作品，由于增补者各不相谋，后来增补的作品只能附在原来的作品之后。因此，这一组作品的篇次，乃是增补时代的顺序，而不是作者时代的顺序。第二，这一组所收的三篇东西，有两篇作者不明。如王逸《惜誓叙》云：“《惜誓》者，不知谁所作也。或曰：‘贾谊。’疑不能明也。”《大招叙》云：“《大招》者，屈原之所作也。或曰：‘景差。’疑不能明也。”这种存疑的篇目，在王逸《章句》中只有这两篇；尤其是《大招》的作者，后世的争论很多。近来一般的结论，以为它不仅不是屈原的作品，也不是景差的作品，乃是汉人摹拟《招魂》之作。其论据不复述。这里只根据其收入《楚辞》的年代最晚这一点来看，似乎不会是屈原的作品。因为战国时代的作品，在一般情况下，不会沉没了这样久的时间到了东汉末年才突然出现。第三，前三组作品，最后都附有纂辑者的作品一篇，而这一组没有。因为增补者，各自加入一篇，并没有以纂辑者自居，所以也就没有援引旧例，加入己作。总之，这一组的纂辑情况是相当复杂的。

其情况的复杂性，还表现在增补的篇数，直至王逸以后，仍有所增加。据宋黄伯思《校定楚辞》序云：“按此书旧十有六篇，并王逸《九思》为十七。而伯思所见旧本，乃有扬雄《反骚》一篇，在《九叹》之后。此文亦见雄本传，与《九思》共十有八篇。”这就不难想象到，在刘向之后王逸之前，这第四组的增补情况，正是这样逐渐进行的。

最后谈谈第五组作品。本组只有王逸的《九思》一卷。它跟以前的十六卷合并，就是后世流传的王逸《楚辞章句》十七卷。把《九思》附入《楚辞章句》的，乃是王逸自己，其叙及注文，乃后人所为。

关于第五组，再说两点，首先具体问题具体分析，某种现象经历多年了，便形成了规律。具体问题具体分析和规律并不矛盾，在《楚辞》的成书过程中，往往都是编纂者自己将自己的作品附于末，每成一组，这是一个规律。但是，第四组就不符合这个规律，如果要套用的话，则第四、五组应合为一组。具体问题具体分析，王逸的自叙里明明写了十六卷，他接受过来的就是十六卷，因而不能用来套。其次，具体问题具体分析，又可以得出规律性的东西。他注释了前人的东西，又附上了自己的东西。采用前人的旧说，最好能触类旁通，有所发展，如对《九思》的“思丁文兮圣明哲”句中的“丁”作注，顾炎武《日知录》提出，此注不当，到俞樾手里，他看法不过是重复顾炎武的观点，后一句“使逸自作注，何至有此谬乎”，这就有所发展了。顾只认为“误”，俞更进一步指出不是逸注，而我则接受了顾、俞二人的旧说，并进一步从王逸注中找内证，发现王注的规律是释于前者略于后。《九思》内吕望、傅说的传说，《离骚》《天问》里已有，故在《惜往日》里王注云：“见《骚经》《天问》。”因此，《九思》里出现的“吕傅”，例不应重作注解；而且既注“吕傅”于上文，又注“傅说”于下文，一篇之中重复出现。如系王逸自注《九思》，不应如此自乱其例。因而可证不仅《九思》叙文不是出于王逸，注文也系后人所作[①]。

① 汤炳正对《楚辞》成书的探索，给我们的启示是：一个传统观点，无论有多少前人赞同它，只要你有扎实的资料证据、有严密的逻辑思维，同样也可以推翻它。

第十三讲　《楚辞》研究史述略及今后研究的展望

爱国诗人屈原，在政治斗争中曾留下了不少的光辉诗篇。两千多年来，不仅屈原的人格为人们所景仰，而且屈原的诗篇也成了人们讽咏、学习和研究的对象。历代学者，在这方面曾付出了巨大的劳动，并写下了大量的专门论著。这对我们今天更好地继承祖国优秀的文化遗产，具有极其重要的意义。

现在把历代《楚辞》研究的情况，分四个时期简述如下：

第一时期　两汉

两汉为《楚辞》研究的开创时期。上承秦火之余，重点在于搜辑、整理和著录屈原遗作；注释工作，刚刚打下基础；对屈赋的评价，意见还未趋于一致。

屈原死后，其言行事迹及光辉诗篇，即在楚国广泛地流行传播。而其时宋玉、唐勒、景差等，当是传播屈赋的主要人物。后百余年，西汉前期，屈赋已成为人们研究的对象。对它进行搜辑、传抄、注释和讲诵者，颇不乏人。其中最早的两个人，是刘安和司马迁。司马迁撰《史记》，不仅曾亲临屈原自沉的汨罗，凭吊遗迹，访察行事，而且更研读了屈原的《怀沙》《离骚》《天问》《招魂》《哀郢》等诗篇，作为撰写《屈原列传》的依据。淮南王刘安，所都寿春，乃楚国旧都。他招纳宾客，搜辑屈赋，不遗余力；并撰有《离骚传》一书，成为中国学术史上研究屈赋而且写下专著的第一人。《离骚传》已失传，据《史记·屈原列传》里所残存的片断来看，其中有评文论史的总叙；据班固《离骚序》所援引者来看，其中又有释义考典的注解。可见，刘安的《离骚传》，已为后世的屈赋研究开辟了道路。

西汉中期，宣帝召九江被公"诵读"《楚辞》，已开始注意屈赋的音读问题（《汉书·王褒传》）。西汉后期，刘向父子典校秘阁遗书，定《屈原赋二十五篇》，著之《七略》。这是对屈赋进行校雠的开始。而且刘向和扬雄，皆撰有《天问解》。其书不传。据王逸《天问叙》说，他们都是对《天问》中的"奇怪之事"，"援引传记以解说之"。则刘、扬对屈赋的注释考订工作，在刘安的基础上又向前发展了一步。迨及后汉，班固、贾逵皆撰有《离骚经章句》（见王逸《离骚叙》）；马融也撰有《离骚注》（见《后汉书·马融传》）。其书皆不传。贾、马为经师，班氏为史家，其内容当有训释，亦有史评。这从贾、马之说经及班氏所留下的《离骚序》，可以想见。但是，王逸曾谓：班、贾只注《离骚》，“其余十五卷缺而不说”（《离骚叙》）。马融《离骚注》当亦如此。则直到后汉中期，学术界对屈赋还没有展开全面的研究，重点只放在《离骚》《天问》的注释上。至于《楚辞》中宋玉以下的其他篇章，更不待言。

对《楚辞》进行全面论述与注释的是后汉王逸。他著有《楚辞章句》十七卷，是流传到今天最早、最完整的一部有关《楚辞》研究的专著。

王逸《楚辞章句》研讨的范围是很广泛的。其中有训诂与名物（如“肇，始也”；“参差，洞箫也”）；有方言与音读（如“羌，楚人语也”；“楚人名满曰凴”）；有考异与校勘（如谓班、贾《离骚经章句》本“以壮为状”）；有释义与发微（如谓“善鸟香草以配忠贞，恶禽臭物以比谗佞”）；有文艺评述（如谓“其词温而雅，其义皎而朗”）；有史迹论证（如谓“三闾大夫之职，掌王族三姓，曰昭、屈、景”，又谓“进不隐其谋，退不顾其命，此诚绝世之行，俊彦之英也”）。当然，王逸的《楚辞章句》还存在缺点与局限。其中不少经生迂腐之见，穿凿附会之谈。但此书上承其前诸家之遗说，下为后世《楚辞》研究者奠定了基础，是一部极有参考价值的《楚辞》古注。

这一时期对屈原及其作品的评价问题，贾谊、刘安、司马迁、扬雄、班固等，意见还有分歧。而其中班固的持论与刘安的观点针锋相对。如刘安《离骚传》认为"《国风》好色而不淫，《小雅》怨诽而不乱，若《离骚》者可谓兼之"，"蝉蜕浊秽之中，浮游尘埃之外"，"推此志，虽与日月争光可也"。而班固则以儒家"既明且哲，以保其身"的观点来衡量屈原，认为"屈原露才扬己"，"强非其人"，"责数怀王，怨恶椒兰"，"多称昆仑、冥婚宓妃虚无之语"，因此"谓之兼《诗》风雅而与日月争光，过矣"（见《离骚序》）。关于屈原问题的争论，直到南北朝时期，还在延续着。

第二时期　魏晋到隋唐

这一时期，屈宋辞赋在文学创作方面的影响是极其巨大的。而在研究方面却处于低潮，专著寥寥无几。但注释、音读、文论等个别论著，从质量上看，却有所提高。

继王逸《楚辞章句》之后，晋郭璞有《楚辞注》三卷。郭以训诂学大家，曾注过《尔雅》《方言》等书。他的《楚辞注》已佚，但据诸书所引或互见于郭氏他书注解中者，其训诂名物方面，足资参考者颇多，对王逸旧注亦有所更定。如郭璞《江赋》以为“任石”义同“怀沙”，《山海经·中山经》注以为“湘夫人”乃“天帝之二女”，皆与王逸注不同。《隋书·经籍志》还著录宋何偃《楚辞删王逸注》、梁刘杳《离骚草木疏》二卷、隋皇甫遵训《参解楚辞》七卷，今皆亡佚。

汉宣帝时，召九江被公“诵读”《楚辞》，可见当时已注意“楚声”问题，但无专著。据《隋书·经籍志》所载，这一时期，晋徐邈有《楚辞音》一卷，宋诸葛民有《楚辞音》一卷，孟奥有《楚辞音》一卷，隋释道骞有《楚辞音》一卷，阙名氏《楚辞音》一卷。音读著述之繁多，反映了当时对《楚辞》讽诵吟咏之盛况。但其书今皆佚亡。只有敦煌石室曾发现道骞的《楚辞音》残卷，为隋唐间写本。今藏法国巴黎国民图书馆。据《隋书·经籍志》称：道骞善读《楚辞》，“能为楚声，音韵清切，至今传《楚辞》者，皆祖骞公之音”。今以残卷考之，骞公音切多异，而用楚方音读韵脚以取叶，尤为本书之特征。

对屈赋评价问题，这时仍然有分歧。颜之推之否定，刘知几的肯定，即代表了两大派系的意见。其间，梁刘勰《文心雕龙》折中诸家，独标己见，誉屈赋为“奇文郁起”“惊彩绝艳，难与并能”，有意纠正了评论家“褒贬任声，抑扬过实”之弊。但刘氏仍以是否合乎儒家“经义”为评价屈赋的标准，是其局限。

第三时期　宋元明清

宋元明清，是《楚辞》研究空前兴盛时期。校勘、训诂、韵读、文论等方面，著述繁多，不胜枚举。尤其清代的校勘、训诂，超过了以前任何时期，并为下一时期的研究工作创造了有利条件。

屈宋诸赋，乃先秦古籍，传流既久，讹误滋多。刘向的校雠、王逸的正误之后，一个长时期内没有出现过这方面的专著。迨宋洪兴祖始撰《楚辞考异》一书才有较大的改观。此书所参校者，上至“古本”“唐本”，下至当时诸名家校本，尽行收录，考其异同，有极高的参考价值。据宋代陈振孙《直斋书录解题》谓：洪氏所参校者有苏轼至洪玉父以下校本十四五家；又有欧阳永叔、孙莘老、姚廷辉诸家本。尤其可贵的是，现已佚的南唐王勉《楚辞释文》，在洪氏《考异》中计引用七十多条，其中异文最多，足资考证。但洪兴祖的《楚辞考异》原为单行本，后人始分窜于洪氏的《楚辞补注》之中，单行本已失传。清末的刘师培，又于古本《楚辞》之外，参以诸书所引，成《楚辞考异》十七卷，为研究屈宋辞赋者所必读。

宋洪兴祖的《楚辞补注》，乃补王逸注之不足。实则有补缺，亦有纠误。明训诂，考名物，援引该博，取证详审，颇为学术界所推重。至于清戴震的《屈原赋注》，则以精审谨严见称。自序所谓“俾与遗经雅记合致同趣”，确实如此。又朱骏声的《离骚赋补注》，亦颇精于训诂。但戴书善以训诂明大义，朱书则考训诂并及语例，各有特点。至于清儒的零笺散札之精者，如王念孙的《读书杂志·余编》，俞樾的《俞楼杂纂·读楚辞》等，在训诂名物上发前人所未发，为《楚辞》研究提供了新的论据。此外，如马其昶的《屈赋微》，对前人注屈之精者，采撷极广，又能抒以己见，为清代治《楚辞》的后劲。

屈赋有文内之意，亦有言外之旨，历代学者，在探索上曾下过不少功夫。但见仁见智，各有不同。王逸《章句》，除训诂名物外，微言大义，亦时有发明。宋洪兴祖的《补注》，对训诂名物，所补者多，而微言大义，则发挥不足。故朱熹撰《楚辞集注》时曾谓：王、洪二氏“于训诂名物之间，则已详矣”，“至其大义，则又未尝沉潜反复，嗟叹咏歌，以寻其文词旨意之所出”。可见朱氏著书之旨，对屈赋不仅释其词，而且要发其微。在这方面，朱氏确实提出了不少创见。但其间亦多迂曲附会之弊。明人通释大义之作颇多，但又陷于空疏。其中，如黄文焕有《楚辞听直》八卷，黄氏以坐党锢下狱，所发义理，多以己意为转移，正如他自己所说："自抒其无韵之骚，非但注屈而已。"明清之际王夫之的《楚辞通释》，略于训诂而详于阐义，其成就颇与朱熹相近。清胡文英的《屈骚指掌》，曾被誉为"不为空言疏释，而骚人之旨趣自出"（见王鸣盛序），此殆当时朴学务实之风使然。

在前一时期以便于吟咏为目的的音读派，到这一时期逐渐发展为科学的古韵学。本来道骞以楚方音求屈赋的叶韵，其态度是可取的。但其末流竟泛滥无归，乃至如朱熹之注《楚辞》，随句改读，"一字数叶"。迨明陈第的《屈宋古音义》出，始主张"发明古音，以见叶音之说谬"（见陈书《凡例》）。但事出草创，难免粗疏。有清一代，古韵学大盛。其专就屈宋以求古音者，以江有诰的《楚辞韵读》为较精。他分屈宋韵部为二十一部，跟王念孙的《毛诗群经楚辞古韵谱》的分部之说最相近。江氏的结论，颇为学术界所重视。

评文论史之作，向无专著，汉魏以来多以单编散简出现。故这一时期的辑录之作渐多。首先是宋黄伯思的《翼骚》，上自《史记·屈原列传》，下至宋陈说之《序》为一卷。其书已佚。明归有光的《玉虚子》《鹿虚子》各一卷，亦以辑录诸家评语为其特色。蒋之翘的《七十二家评楚辞》，搜罗更广，可供参考。但其中明人评《楚辞》者，往往以评点时文的手法为之，可取者少。而清代刘熙载的《艺概》第三卷《赋概》，则语能扼要，意多中肯，不失为古代文论的佳作。

史考之作，盛于有清一代，但对屈原生平之考证，多散见于专著之中。在这方面，清蒋骥的《山带阁注楚辞》很有代表性。书中首据《屈原列传》详考事迹经历之本末；次依屈赋地理旁证放流涉足之远近；并对屈赋的写作时地有所论次。虽有附会之词，亦多核实之谈，非托空言者所可比。此外如陈玚的《屈子生卒年月考》（见黎阳端木氏刊《楚辞》附录），刘师培的《古历管窥》等，其考订的屈原生卒年月，颇为学术界所采用。

第四时期 "五四"至当代

"五四"以后，尤其新中国成立以来，《楚辞》的研究工作，进入了历史上的繁荣时期。这一时期的特点，除了继承清代朴学精神在考证方面有所发展、有所前进而外，更重要的收获，是用历史唯物主义的观点，对屈原及其诗篇提出了新的历史评价。

其间具有代表性的著作如：陆侃如的《屈原评传》《屈原与宋玉》，郭沫若的《屈原研究》《屈原赋今译》，闻一多的《楚辞校补》《离骚解诂》《天问释天》，游国恩的《楚辞概论》《楚辞论文集》《离骚纂义》，姜亮夫的《屈原赋校注》，刘永济的《屈赋通笺》，谭戒甫的《屈赋新编》，林庚的《诗人屈原及其作品研究》，朱季海的《楚辞解故》，王力的《楚辞韵读》等等，不胜枚举。而1953年世界和平理事会纪念屈原时，我国学术界所撰述的论文，大部收在作家出版社编印的《楚辞研究论文集》中。它反映了作者之间不少的新观点，颇有参考价值。

总之，两千多年来，《楚辞》研究者不下数百家，而概括起来，其情况略如上述。经过历代学者长期而辛勤的努力，使《楚辞》不少问题得到了解决；对问题的发掘也愈来愈深入。但是，《楚辞》作为古代典籍来讲，研究任务，仍然是艰巨的。其中不少的遗留问题，有待后人去钻研。例如：由于年代久远所造成的文字语言上的障碍，还没有完全清除；当时流行于南楚的历史传说与神话故事，真相还很模糊；作品写作的时、地问题，还有争论；某些篇章有无真伪问题，认识还不统一，等等，都不是短期内所能解决的。而且任何科学研究，总是随着时代的发展而不断前进的，对《楚辞》的研究也不例外[①]。当前，对屈原哲学思想的研究已经提出，语言艺术的探索刚刚开始，而从社会学、民族学、民俗学、考古学、美学等角度研究屈赋，已经提到议事日程上来。在新的历史条件下，屈赋研究工作一定会取得更大的成就。

我在这儿附带地说一个问题：即关于今后《楚辞》研究的展望。

第一是今后要注意综合研究。对于《楚辞》研究，进行一番总结，也许为时尚早，但是进行综合式的研究是必须进行的。姜亮夫先生写了一部《楚辞通故》，就是进行这方面的工作。这本书还没有出版，将来出版发行了，同学们可以读一读。中华书局本来是约他搞一个《楚辞辞典》，但是姜先生认为像一般的辞典那样搞，不容易包括他自己的一些见解，于是搞了这个《楚辞通故》。《通故》包括了《楚辞》多方面的内容，如文字、训诂、释名、历史、制度、地理、文物、绘画等等，共八十卷，一百二十万字。由于部头大，有些篇章还没有

① 汤炳正在序《先秦诗鉴赏辞典》（上海辞书出版社1998年版，卷首）中曾说："如果能把这些基本问题解决好，则对屈学研究向更高的层次发展，是大有好处的。否则由于立足点不够坚实，则有不少所谓新结论，也就很难立于不败之地。"

能深入下去；我读过发表了的几篇，觉得还可以深入。但是，这样一部大书对《楚辞》研究的推动一定是很大的，有些资料你可以根据《通故》的线索查下去。另外，据报道，日本有一个叫竹治贞夫的学者（日本德岛大学的教授），他前些年出版了一本《楚辞研究》，也是带综合性的研究。例如书中对屈原生活的那个时代、那个社会，屈原的世系，关于《楚辞》的文献、《楚辞》的编辑、《楚辞》的版本、《楚辞》的注释研究、《楚辞》的韵律等等，都包括进去了。这也是综合性的著作。这本书近一千页。据我看来，目前国际国内搞综合性的总结式的研究，是一个趋势。但是鉴于《楚辞》本身还存在许多问题没有解决，所以搞总结式的工作似乎还为时尚早。如果说这项工作的意义，主要还在于资料收集得比较多，对我们研究工作可以提供一些方便。目前的总结式工作，往往浮在表面上，深度是不够的，但它以丰富见长，这还是有用的。日本有不少学者研究《楚辞》，成绩也是比较大的。前几年日本有个叫稻畑耕一郎的学者，到中国来访问，还到杭州大学去做过学术报告。他研究《楚辞》有一些著作。他还把郭沫若同志的《屈原赋今译》翻译成了日语。从日中文化交流来说，这还是可以的。但是郭沫若同志的《今译》已经没有多少屈原的东西了，那么根据这个《今译》再译成日语，屈原的东西就更少了。

第二个方面是今后要注意边缘学科的研究。近年来国内出了一个萧兵，他在江苏淮阴师范专科学校工作，这几年发表了许多论文。他主要用社会学、民族学、神话学的学科知识来研究《楚辞》。这些学科有各自的特点和范畴。而萧兵有意识地将这些学科方面的东西与作为文学的《楚辞》相交叉、相渗透，从而得出了不少新的结论。当前国际上很注意边缘学科的研究。成都科学技术大学有一位老师去美国，他是搞生理工程研究的。社会科学也出现了这种趋向，萧兵的论文注意了这一趋向，所以他有的论点是比较新的。别人没有解决的问题，他用社会学、民族学、神话学、民俗学等知识，解决了。虽然他的有些结论也讲得过分离奇，但确也有不少新的创见。我举个例子：《天问》里边涉及民族、民俗的东西特别多，许多问题也是不好讲的。《天问》里有这样两句："帝乃降观，下逢伊挚。"传统的讲法是：上帝下来看了一趟，夏桀太不像话了，于是碰到伊尹，上帝于是叫伊尹辅佐商汤去消灭了夏桀（此连《天问》下二句"何条放致罚，而黎服大说"串讲）。这是传统的解释。萧兵对"观"字却有另一种讲法。他说"观"字就是"萑"字，"帝乃降观"就是"帝乃降萑"，《说文》上讲了“萑，鸱属”，“读若和”，“萑”就是俗说的猫头鹰。这是用的古文字学、训诂学的知识。为了加强这一结论，萧兵又用了民俗学的知识做进一步的解释说，猫头鹰在哪里叫，那里就要出祸事。各个民族包括汉族都有这样的习俗。我这里只是举一个例子，具体内容可参《中华文史论丛》1980年第二辑上发表的萧兵《〈天问〉“帝乃降观”系“降祸”考》的文章。我们在中国古代文学研究中，往往运用古文字学、声韵学、训诂学、历史学、文献学等学科知识，但这些学科与文学是亲属学科，还是关系密切的。而民族学、民俗学等，就隔得远多了。较好地运用这些学科知识，一定会使文学研究工作打开新的局面，实现新的突破。又比如现在有些外国学者研究中国文学史，着重从宗教学的角度下功夫，考察道教、佛教对中国文学的影响，他们认为，如果不懂得道教的学说、佛教的学说，你对魏晋到唐宋的文学的研究就深入不下去。对这段时期的不少作家作品，过去人们往往只是提一下，某某受道教的影响，某某受佛教的影响，但是深入不下去，浮在表面上。所以日本学者强调用宗教学的知识来研究中国文学史。这确实是应该引起我们重视的。楚国在战国时代，宗教气氛很浓，宗教活动频繁，如果从这个角度研究屈赋，收获会是很大的。

第三个方面是开拓《楚辞》研究的新的领域。《楚辞》研究本身也有一些方面、一些领域是过去的人较少注意的。粉碎“四人帮”以来，《楚辞》研究的论文近百篇，但是谈到他的哲学思想的不过三篇。我觉得对屈原哲学思想的研究，过去重视不够，今后可以加强。又比如，屈赋的艺术风格，一直也是屈赋研究的薄弱环节。又如屈赋诗歌对其后中国诗歌发展的影响，也是可以探索的；从屈赋诗歌的特点来探索中国诗歌发展的道路、发展规律，也是需要花大气力的。总之，开拓《楚辞》研究的新领域，既注意深度，又注意广度，一定能推动《楚辞》研究的发展，一定能打开新的局面。此外，屈赋中的神话、历史、宗教、语言各方面都有单独研究的必要。

最后，略略地说一下我自己在《楚辞》研究方面的情况。从方法上来讲，我研究屈赋的方法是用的老方法，笨方法。鉴于《楚辞》本身还有许多问题没有解决，所以我主要运用文字、声韵、训诂等方法，努力解决《楚辞》研究中的疑难问题，我的出发点是从一个一个的具体问题着手，能解决一个就是一个。如果说每个人做学问都应当有自己的风格，我还不敢说已经形成了自己的风格。

作为先秦典籍，尤其是屈原的作品，语言文字上没有解决的问题，虽然经过前人的不断努力，仍然大量存在。对这样的具体情况，不先解决语言文字问题，则所谓思想的剖析、文艺的评价，都是空中楼阁。因此，我在评价屈原时，固然常从大处着眼，但却不得不从小处着手。其次，在屈赋研究上，由于先秦的第一手资料有限，仅凭传世典籍，有时就无能为力。因此，就不得不充分利用新出土的地下文物，才能使研究工作有所推进，千百年来没有解决的问题，往往有可能得到解决，从而提出新的结论。否则只有无限期地作为悬案而被搁置下来。先秦的文献资料，本来就不够；尤其有关屈原问题的记载，更感不足。因此，以诗证史，固然重要；而以史证诗，也不能忽视。

归纳起来，我研究《楚辞》主要是从这样三个方面做了一些工作、一些试探。

第一是对于过去的资料进行新的解释，从而得出新的结论。例如我对《史记·屈原列传》，考证了被后人窜入的两段文字，从而恢复了《屈原列传》的原貌。我所用的资料都是别人能看到的，但我做了一番新的解释，得出了新的结论。又比如《楚辞》究竟是怎样编辑的，过去的人都说是刘向编纂的，而我对历史资料进行研究，得出了自己的结论。这些资料也是人们容易读到的[①]。

第二是尽可能地运用新出土的文物，从而得出了新的结论。比如我利用新文物“利簋”，对屈原的生年月日提出了新的观点。运用考古学知识，可以帮助我们解决一些问题[②]。

第三是从不同的角度出发，提出了新的论点。比如研究《楚辞》，过去人们比较注意文字、声韵、训诂，而我从修辞学的角度去研究它，提出了新的结论。修辞学既属于语言学，也可以属于文学。文字、声韵、训诂往往不能解决的问题，而从修辞学的角度恰恰可以解决问题[③]。

以上我大略地回顾了自己在《楚辞》研究中所做的工作。总之，是注意一砖一瓦、一点一滴，努力在学术的长河中添一滴半滴水。我这样搞，可能搞不出冠冕堂皇的奇迹，写不出大

① 有论者称汤炳正的《楚辞》成书研究，“是从别人多次失之交臂的材料中建立新说，他第一次直接而细致地揭示了《楚辞》的悠久历史和研究盛况”，是“迄今为止最令人满意的答案”。

② 汤炳正在答记者问时曾说：“正因为先秦的史料典籍留下的不多，所以我特别注意地下出土文物的利用。我曾根据1977年阜阳出土汉简中发现的《离骚》残句和《涉江》残句，澄清了《离骚》作于淮南王刘安之论的谬误。……这些结论大家都比较赞同。但过去的人没有出土文物作参考，不可能得出这样的结论。这并不是由于我比前人高明。”

③ 四万多字的《屈赋修辞举隅》一文，是他这方面的代表作。汤炳正曾对我说，他探讨屈赋修辞的目的，并不是为了全面概括屈赋的修辞条例，只是为了解决屈赋中用校勘、训诂所不能解决的疑难问题。

部头的通论、概论式的大书。但是，我认为能解决一个问题就解决一个问题，能弄清一个词、一个字，就弄清一个词、一个字，努力为今后的研究工作扫清道路，从某些方面奠定一点基础①。

我在研究中体会到，往往有这种情况：某一个小问题的提出和解决，实质上涉及文学史上的一个大问题，一个带规律性的大问题。我写东西往往在最后有个“结语”，提出一些带规律性的问题②。

对于学术研究，首先要求严格考证、审核自己所掌握的材料，然后才可能根据这些材料得出新的结论。

前不久在长春开了一个中国古典文学研究座谈会，林庚同志提交了一个书面发言《两点想法》③，其中有这样一段话，我很欣赏。他说：“也只有从无数的点点滴滴的具体成果中认识到某些带有普遍性的规律，才有可能从中取得真正的突

---

① 汤炳正在答记者问时曾说：“《楚辞》是先秦时期留下来的经典作品，可供参考的资料并不是很多，但研究著作却有数百部。在这种情况下，要有新的突破是很不容易的。我给自己的任务，就是在前人没有解决的重大问题上，提出一些新的看法。如《屈原列传》的种种矛盾、《楚辞》成书的年代等问题。我在这方面确实下过一点功夫。”

② 赵逵夫先生在《古典文献论丛·前言》中说：汤炳正“没有一篇论文是随感式的论述，都是扎扎实实，进行严密论证”的。

③ 载《社会科学战线》1980年第4期。

破。”这段话与我的想法是很相似的。林庚同志还说：“对于具体事物做具体的分析，原是马克思主义的灵魂。而我们多少年来在科研上却往往似乎是结论先行，这与创作上出现的主题先行的现象，同样都是不利于科研与创作的。”我们知道，“四人帮”时期不少人搞文学研究，字都未识，句都未断，就引用某些材料，去说明他事先想好了的结论。我们今后做学问，切不可重蹈覆辙。

当然，我们说做学问应努力一点一滴地去摸索、突破，但是不是不注意面上的问题呢？不是的。点与面，是互相联系的。点是专精，面是博览。如果用古人的说法，就是“约”与“博”的关系。第一步是“由博返约”，第二步是“约中有博”。同学们在读了不少书的基础上选择专攻的方向，这是由博返约；但是不能在一个小圈子里转，在重点攻克某一点的过程中，一定要不断地扩大你的知识范围，一定要围绕论题努力地多读书。我对你们要提出这样的要求：在广度的基础上集中焦点进入深度，又在深度的过程中不断地扩大和加强广度。比如你要研究屈原，不能只读屈原的东西。屈原生活在战国时期，那么，你对战国诸子百家的书就应该都去读、去钻。往往为了一个问题，不知看了多少书，你说博览不博览？

另外再谈一点，在学校硕士生培养计划书上，要求同学们要实事求是，论文要有创见。这个要求很好。我们做学问要实事求是，不要虚浮，要推陈出新，在前人的基础上提出新的见解，得出新的结论。文艺创作要推陈出新，学术钻研也要推陈出新。这是学术发展的要求，也是学术发展的必然趋势。有人做学问喜欢标新立异，好奇尚怪。比如屈原研究，胡适等人否定历史上有屈原这样一个人，说《离骚》等作品是汉代人作的，何天行就写过一本《楚辞作于汉代考》，直到新中国成立初，还有人说《离骚》是刘安作的。这是邪门歪道，我是不赞成的。做学问应该老老实实，不要以危言耸听相标榜。又如抗战时期有个叫孙次舟的人，写了一篇文章，叫《屈原是“文学弄臣”的发疑：兼答屈原崇拜者》，连载于1944年9月6日至8日成都的《中央日报》副刊上。他说屈原因为争风吃醋，才因不得志而作《离骚》来发牢骚。当时这一观点一出来，学术界群起而攻之，搞得孙次舟很狼狈，销声匿迹几十年，我至今也不知道这位先生到哪里去了。最近才听说此人在四川大学。

总之，我们做学问，一定不要走邪门歪道，而要踏踏实实，实事求是。

编后记

《楚辞讲座》是我董理先祖父汤炳正先生的第一本书稿。2006年9月出版后，受读者欢迎的程度远轶我的预料，书评就有十多篇。其中不乏名流，如复旦大学教授傅杰、“川军四杰”冉云飞、专栏作家王国华，等等。而《〈史记·屈原列传〉的问题》一篇，还收进胡晓明先生选编的《楚辞二十讲》（华夏出版社2009年3月版）。这本书算是为我开了个好头，从此在学术界与出版界有了人脉。

这本小册子就内容而言是专题性的，就方法而言则是示范性的。“川大最受学生欢迎教师”谢谦先生曾说，“我听汤先生课的唯一收获，就是知道了什么叫真学问大学问”。先祖父当年的讲课并不囿于知识的介绍，而是重在启迪与培养学生的科研能力。其中包括如何读书、如何提出问题、如何解决问题与如何撰写论文等等。而这些内容全是来自他半个世纪治学的独得之秘，倾囊相授，可谓金针度人。先祖父讲课的情形，据我了解大致是这样的，先将要讲的所有论文（即书里说的“讲义”）油印发给诸生；但讲课时他却并不瞧讲义，而是另起炉灶，借题发挥，着重就自己当年如何研究这个问题，结论是怎么来的侃侃而谈。不过，正如四川师范大学1984级研究生、今香港中文大学教授周建渝先生近在一篇回忆文章中说的，“先生年事高，到我们这一届，楚辞课只能听录音”了。现在这个1983年的录音稿，大多收入到这本《楚辞讲座》里。在整理时，我们最大限度地保留了讲稿的“原汁原味”。如其中关于意识形态的话语，我们也没有做任何删改，以存其真，借此可以看出时代对一个学者的牵制与烙下的印记（当然就是现在高校的教师也不能幸免）。遗憾的是，先祖父讲课的部分内容，如关于屈赋语言的旋律美、修辞举隅等稿子，由于某种原因，现在只得付之阙如了。所以，《楚辞讲座》并不是他讲课的全部。在校对书稿时，我们力所能及地核校了所有的引文，发现他的记忆力真是惊人，如全书结尾处引林庚先生那句话几近严丝合缝。

新版比广西师范大学出版社版，在内容上更加精粹。附录全删去，正篇也略有删汰，如拿掉两篇演讲稿。另，《总论屈原》《屈原的作品》以及《〈楚辞〉研究史述略及今后研究的展望》中的前一部分，均系1981年先祖父应《中国大百科全书》编辑部之请，撰写的《楚辞》词条。这三部分的内容（占五分之一弱）虽不属于讲稿性质，但在新版中我们仍然保留下来，目的是使书稿结构完整有序。这次我们又增添一篇关于屈赋神话的稿子。此系据汤门高足、四川大学教授罗国威先生1981年的“课堂笔记”加工补入的（此外，第一讲与第十二讲里有四段文字，也是从罗先生此珍贵的“笔记”选取的）。罗先生这个记录稿，作为课堂实录，已算很详尽了。据我所知，此稿曾得到先祖父的赞誉。罗先生对我们这次的整理工作非常支持，慨然惠赐记录稿的副本，盛情厚意，令人感激。

先祖父这本书虽然是专讲《楚辞》与他自己研究的心得体会，听讲对象也是中国古代文学的研究生，但对研治其他学问的人士亦会有所启发。据凤凰卫视“锵锵三人行”2015年11月11日那期嘉宾吴军博士说：“在麻省理工学院有个普遍的观点：学什么课不重要，关键是跟哪个老师学。你是学他的思维方式和方法，至于你是学一门物理课或一门化学课完全不重要。”此说“于我心有戚戚焉”。当年整理书稿的过程，我真是受益匪浅，整个思维方式都受到影响。再者《楚辞讲座》的学术特色颇似严耕望先生的《治史三书》，窃谓这两本书很有异曲同工之妙。近年我在贵州师范大学为中国史研究生开课时，曾应校方的要求开列书单。其重中之重，即章实斋《文史通义》与严氏《治史三书》，古今各一种。另，去年我开讲“《楚辞》研读”课，学生中有一位听后即决定改考《楚辞》学博士。这当然不是我的课讲得好，实是《楚辞》以及《楚辞讲座》的魅力。这里可用云飞兄的一句话，“为其辞藻所惑，为其想象疯狂”。

《楚辞讲座》这次有幸入选“大家小书”，首先要感激丛书的总策划人高立志先生。他2014年岁杪向我约稿，因为当时合同尚未到期，事情就搁置到今天。“大家小书”是“大家写给大家看的书”，现已成为国内人文社科领域极具口碑和影响力的丛书，本书现得以入选其中，我们都极其珍惜这次难得的机会，尽全力把书稿做好。还要感谢责任编辑孔伊南，她为书稿的编校付出了很多努力。我们更要感谢力之先生为新版写下的研究性序文，使读者更准确地认识这本书的学术价值。此书新旧两版的整理工作，均是在力之先生的具体指导下完成。先生董理书稿的理念完全契合了先祖父当年讲课的思路。还要感谢广西师范大学出版社，感谢王强、张忱石两位编辑，没有他们的辛勤劳作，也不会有这本书的今天。在新版问世之际，我们当年愉快合作的情景历历在目。

这本书里面还凝聚着家严汤世洪、家慈张世云的智慧与心血。父母的高度，从某种意义上说，决定着孩子的未来。我自己有今天这点微不足道的成绩，首先得归之于我父母的教导有方。小时（1967—1977年：小学到高中）我是个智力特别低下的人，学习很不好，在老师眼里基本上“忽略不计”，但父母不管别人怎么评价我，仍按部就班地施教，不急不躁。这就是他们的睿智，眼光超前，不以一时的分数论成败。今天看来，我所受的有益教育多数来自于家庭，学校对我的影响说起来实在有限得很。今天（丙申年农历六月十四）是家严辞世一周年的忌日。父亲的辞世，是我人生最大的创痛，至今心绪也没有调过来。现谨以这本小书献给父亲在天之灵！孔子尝云：“夫孝者，善继人之志，善述人之事者也。”我在这方面还要继续努力。

近因诸事繁剧，如厕身本省的重大出版工程《贵州文库》（1949年上溯到先秦间的文献，计四百多种）的编纂与审订工作，所以这次董理书稿的任务交与小女文瑞来具体操办，这对她也是一次历练。近日偷闲翻检她的整理稿，心想如果由我来做，不少地方恐也不过如此，便坐享其成了。

汤序波

写于父亲去世一周年忌日破晓

2016年7月17日（六月十四）

国家新闻出版广电总局
首届向全国推荐中华优秀传统文化普及图书

‖大家小书书目

经典常谈	朱自清　著
语言与文化	罗常培　著
习坎庸言校正	罗　庸　著　杜志勇　校注
鸭池十讲（增订本）	罗　庸　著　杜志勇　编订
古代汉语常识	王　力　著
国学概论新编	谭正璧　编著
文言尺牍入门	谭正璧　著
日用交谊尺牍	谭正璧　著
敦煌学概论	姜亮夫　著
训诂简论	陆宗达　著
金石丛话	施蛰存　著
常识	周有光　著　叶　芳　编
文言津逮	张中行　著
中国字典史略	刘叶秋　著

古典目录学浅说	来新夏　著
闲谈写对联	白化文　著
怎样使用标点符号（增订本）	苏培成　著
诗境浅说	俞陛云　著
唐五代词境浅说	俞陛云　著
北宋词境浅说	俞陛云　著
南宋词境浅说	俞陛云　著
人间词话新注	王国维　著　滕咸惠　校注
苏辛词说	顾　随　著　陈　均　校
诗论	朱光潜　著
唐诗杂论	闻一多　著
诗词格律概要	王　力　著
唐宋词欣赏	夏承焘　著
槐屋古诗说	俞平伯　著
词学十讲	龙榆生　著
词曲概论	龙榆生　著
中国古典诗歌讲稿	浦江清　著 浦汉明　彭书麟　整理

唐人绝句启蒙	李霁野　著
唐宋词启蒙	李霁野　著
古典文学略述	王季思　著　王兆凯　编
古典戏曲略说	王季思　著　王兆凯　编
唐宋词概说	吴世昌　著
宋词赏析	沈祖棻　著
道教徒的诗人李白及其痛苦	李长之　著
闲坐说诗经	金性尧　著
陶渊明批评	萧望卿　著
舒芜说诗	舒　芜　著
名篇词例选说	叶嘉莹　著
唐诗纵横谈	周勋初　著
楚辞讲座	汤炳正　著 汤序波　汤文瑞　整理
好诗不厌百回读	袁行霈　著
山水有清音 ——古代山水田园诗鉴要	葛晓音　著

门外文谈	鲁　迅　著
我的杂学	周作人　著　张丽华　编
论雅俗共赏	朱自清　著
文学概论讲义	老　舍　著
中国文学史导论	罗　庸　著　杜志勇　辑校
给少男少女	李霁野　著
鲁迅批判	李长之　著
英美现代诗谈	王佐良　著　董伯韬　编
三国谈心录	金性尧　著
夜阑话韩柳	金性尧　著
英语学习	李赋宁　著
漫谈西方文学	李赋宁　著
历代笔记概述	刘叶秋　著
笔祸史谈丛	黄　裳　著
古典诗文述略	吴小如　著
有琴一张	资中筠　著
鲁迅作品细读	钱理群　著
唐宋八大家 ——古代散文的典范	葛晓音　选译

红楼梦考证	胡　适　著
《水浒传》与中国社会	萨孟武　著
《西游记》与中国古代政治	萨孟武　著
《红楼梦》与中国旧家庭	萨孟武　著
《金瓶梅》人物	孟　超　著　张光宇　绘
水泊梁山英雄谱	孟　超　著　张光宇　绘
《红楼梦》探源	吴世昌　著
《西游记》漫话	林　庚　著
细说红楼	周绍良　著
红楼小讲	周汝昌　著　周伦玲　整理
曹雪芹的故事	周汝昌　著　周伦玲　整理
古典小说漫稿	吴小如　著
三生石上旧精魂——中国古代小说与宗教	白化文　著
《金瓶梅》十二讲	宁宗一　著
古体小说论要	程毅中　著
近体小说论要	程毅中　著
文学的阅读	洪子诚　著
中国戏曲	么书仪　著

中国史学入门　　顾颉刚　著　何启君　整理

秦汉的方士与儒生　　顾颉刚　著

三国史话　　吕思勉　著

史学要论　　李大钊　著

中国近代史　　蒋廷黻　著

民族与古代中国史　　傅斯年　著

五谷史话　　万国鼎　著　徐定懿　编

民族文话　　郑振铎　著

史料与史学　　翦伯赞　著

唐代社会概略　　黄现璠　著

清史简述　　郑天挺　著

两汉社会生活概述　　谢国桢　著

中国文化与中国的兵　　雷海宗　著

两宋史纲　　张荫麟　著

明史简述　　吴　晗　著

北宋政治改革家王安石　　邓广铭　著

从紫禁城到故宫

——营建、艺术、史事　　单士元　著

史学遗产六讲　　白寿彝　著

司马迁之人格与风格	李长之　著
司马迁	季镇淮　著
唐王朝的崛起与兴盛	汪　篯　著
二千年间	胡　绳　著
论三国人物	方诗铭　著
考古发现与中西文化交流	宿　白　著
中国古代国家的历史特征	张传玺　著
艺术、神话与祭祀	张光直　著 刘　静　乌鲁木加甫　译
中国古代衣食住行	许嘉璐　著
中国古代史学十讲	瞿林东　著
黄宾虹论画	黄宾虹　著
中国绘画史	陈师曾　著
和青年朋友谈书法	沈尹默　著
中国画法研究	吕凤子　著
桥梁史话	茅以升　著
中国戏剧史讲座	周贻白　著
俞平伯说昆曲	俞平伯　著　陈　均　编

新建筑与流派	童　寯　著
论园	童　寯　著
拙匠随笔	梁思成　著　林　洙　编
中国建筑艺术	梁思成　著　林　洙　编
沈从文讲文物	沈从文　著　王　风　编
中国画的艺术	徐悲鸿　著　马小起　编
中国绘画史纲	傅抱石　著
中国舞蹈史话	常任侠　著
海上丝路与文化交流	常任侠　著
世界美术名作二十讲	傅　雷　著
中国画论体系及其批评	李长之　著
金石书画漫谈	启　功　著　赵仁珪　编
吞山怀谷——中国山水园林的艺术	汪菊渊　著
中国古代音乐与舞蹈	阴法鲁　著　刘玉才　编
梓翁说园	陈从周　著
旧戏新谈	黄　裳　著
民间年画十五讲	王树村　著　姜彦文　编
民间美术与民俗	王树村　著　姜彦文　编

长城史话　　罗哲文　著
中国古园林概说　　罗哲文　著
现代建筑奠基人　　罗小未　著
世界桥梁趣谈　　唐寰澄　著
如何欣赏一座桥　　唐寰澄　著
桥梁的故事　　唐寰澄　著
园林的意境　　周维权　著
万方安和
——皇家园林的故事　　周维权　著
现代建筑的故事　　吴焕加　著
中国古代建筑概说　　傅熹年　著

国学救亡讲演录　　章太炎　著　蒙　木　编
简易哲学纲要　　蔡元培　著
大学教育　　蔡元培　著
北大元培学院　编
老子、孔子、墨子及其学派　　梁启超　著
中国政治思想史　　吕思勉　著
天道与人文　　竺可桢　著　施爱东　编

春秋战国思想史话	嵇文甫　著	
晚明思想史论	嵇文甫　著	
新人生论	冯友兰　著	
中国哲学与未来世界哲学	冯友兰　著	
谈美书简	朱光潜　著	
中国古代心理学思想	潘　菽　著	
民俗与迷信	江绍原　著	陈泳超　整理
佛教基本知识	周叔迦　著	
儒学述要	罗　庸　著	杜志勇　整理
希腊漫话	罗念生　著	
佛教常识答问	赵朴初　著	
大一统与儒家思想	杨向奎　著	
孔子的故事	李长之　著	
西洋哲学史	李长之　著	
乡土中国	费孝通　著	
社会调查自白	费孝通　著	
经学常谈	屈守元　著	
墨子与墨家	任继愈　著	
汉化佛教与佛寺	白化文　著	
中西之交	陈乐民　著	

出版说明

“大家小书”多是一代大家的经典著作，在还属于手抄的著述年代里，每个字都是经过作者精琢细磨之后所拣选的。为尊重作者写作习惯和遣词风格、尊重语言文字自身发展流变的规律，为读者提供一个可靠的版本，“大家小书”对于已经经典化的作品不进行现代汉语的规范化处理。

提请读者特别注意。

北京出版社